AF175636

FSC
www.fsc.org

MIX

Papier aus ver-
antwortungsvollen
Quellen
Paper from
responsible sources

FSC® C105338

© 2020 Ringo Trutschke
www.ringotrutschke.de

Lektorat: Susanne Armbruster, Hamburg
www.susannearmbruster.de

Umschlaggestaltung: Charline-Nana Rathje, Hamburg
www.charline-nana.de

Herstellung und Verlag: BoD – Books on Demand, Norderstedt

ISBN: 978-3-7519-7819-4

Bibliografische Information der Deutschen Nationalbibliothek:
Die Deutsche Nationalbibliothek verzeichnet diese Publikation
in der Deutschen Nationalbibliografie; detaillierte bibliografische
Daten sind im Internet über http://dnb.dnb.de abrufbar.

Ringo Trutschke

Raketen werden fliegen

Roman

DAS BUCH

Kiel, zu Beginn der Zweitausenderjahre: Der chaotische Student Nico träumt davon, mit seiner Band *Galaktika* die Charts und das Herz der schönen Krissi zu erobern. Doch Kiel-Brunswik ist nicht Berlin-Kreuzberg und schon gar nicht Berkeley, Kalifornien: Statt der ersehnten Rockstar-Karriere erwarten ihn Kleinkonzerte in griechischen Gaststätten und linksalternativen WGs, Bandproben auf Bauernhöfen und peinliche Frustbesäufnisse. Dann aber soll beim Talentwettbewerb auf der *Kieler Woche* die beste Nachwuchsband der Stadt gekürt werden – Nico und seine Freunde wittern ihre große Chance ...

DER AUTOR

Ringo Trutschke wurde Anfang der Achtzigerjahre tief in der schleswig-holsteinischen Provinz geboren und entwickelte schon in frühester Jugend eine Leidenschaft für Deutschrock und Dosenbier. Er studierte in Kiel, spielte in Bands und betreibt seit 2012 den Twitter-Account @Nacktmagazin. *Raketen werden fliegen* ist sein erster Roman. Er lebt in Hamburg.

Raketen werden fliegen

Meinen Freunden Ingvar und Daniel

RANDALE

Das letzte Konzert von *Syntax Error* geriet wie erwartet zum absoluten Fiasko. Wir machten eine Art Indie-Deutschpunk, merkten aber aufgrund unseres massiven Alkohol- und Drogengebrauchs meist nicht, wie schlimm der sich anhörte. Ich betätigte mich als Sänger, sofern man bei meinem Schaffen überhaupt von Gesang sprechen konnte: In der Hauptsache schrie ich obszöne Parolen ins Billigmikro, zuweilen klang ich, als ob mir ein Lastwagen über den Fuß gefahren wäre oder wie ein schizophrener Schimpanse, bei dem medizinische Experimente fehlgeschlagen waren.

Unsere letzte Bandprobe, die wie üblich in ein brachiales Besäufnis und wüste Streitereien ausgeartet war, lag zudem gut zwei Monate zurück. Für den Auftritt im Jugendzentrum unserer Kleinstadt waren meine Bandkollegen aus ihren Uni-Städten in die schleswig-holsteinische Provinz zurückgekehrt, während ich einen deutlich kürzeren Anreiseweg hatte: Ich wohnte noch immer bei meinen Eltern, keine zweihundert Meter Luftlinie vom Veranstaltungsort entfernt. Nach Abitur und Zivildienst hatte ich meine Zukunftsplanungen weiter und weiter vor mir hergeschoben, bis zu meiner Verblüffung die Bewerbungsfristen für sämtliche Bildungsgänge abgelaufen waren. Seitdem hing ich herum, konsumierte *Dithmarscher Pilsener* in handelsunüblichen Mengen und unternahm ausgedehnte Spaziergänge zwischen Kinderzimmer und Kühlschrank. Das Jahr 2001 neigte sich dem Ende zu, und ich hatte keinen Schimmer, welchen Auftrag ich in meinem dämlichen Leben haben könnte.

Auf den Bandabend hatte ich mich seit dem frühen Nachmittag gewissenhaft mit einem Kasten Bier vorbereitet, den Soundcheck verpasste ich ärgerlicherweise, weil ich viel dringender die Kloschüssel in der Toilette des Jugendzentrums checken musste. Die Wände des Mehrzweckraums schwankten bereits bedenklich, als *Syntax Error* die winzige Bühne betraten. Obwohl es Anfang November war, hatte ich eine sommerliche Bekleidung gewählt: Ich trug lediglich eine zerrissene Cordhose und als modisches Accessoire eine Barbiepuppe um den Hals, der ich aus schwarzem Klebeband eine Art Latexkleid gebastelt hatte. Ich begrüßte unsere knapp zwei Dutzend Zuschauer mit rustikalen Beleidigungen, den weiblichen Gästen stellte ich zusätzlich ein paar sexuelle Dienstleistungen in der als Backstagebereich fungierenden Abstellkammer des Jugendzentrums in Aussicht.

Der erste Song klang eigentlich noch ganz annehmbar, zumindest, bevor ich zu singen begann. Wie ich feststellen musste, hatte mein Gehirn im Laufe der bierlastigen Wochen die Kenntnis sämtlicher Songtexte eingebüßt, worauf ich mit weiteren Publikumsbeschimpfungen improvisierte. Um die Bühnenshow war es nicht besser bestellt: Ich sprang wie ein Schwachsinniger beim Sackhüpfen auf der Bühne herum, umklammerte mit einer Hand das Mikro und mit der anderen das, was sie in den Untiefen meiner Cordhose vorfand. Die Zuschauer hatten sich inzwischen teils angewidert, teils unter höhnischem Gelächter in den hinteren Teil des Saals zurückgezogen. Während des dritten Songs hatte ich einen großartigen spontanen Einfall: Ich würde die Stimmung anheizen, indem ich die Barbiepuppe als Wurfgeschoss einsetzte! Leider erwischte ich einen völlig undienlichen Winkel, die Puppe prallte direkt über mir von der Decke ab und blieb halb nackt und nutzlos vor der Bühne liegen. Seitens des Publikums waren erste »Aufhören!«-Rufe zu hören, meine

Bandkollegen warfen mir boshafte Blicke zu. Schließlich entschied ich mich zu einem spektakulären Coup, um den aus allen Fugen geratenen Auftritt mit aller Macht wieder an mich zu reißen: Ich sammelte die ganze Wut und Enttäuschung über meinen missglückten Start ins Erwachsenendasein für einen barbarischen Urschrei, an den man sich in der Geschichte des Jugendzentrums noch lange erinnern würde. Den Mund weit aufgerissen, ließ ich alles, aber auch alles raus. Erst stoppte das Schlagzeug, dann verstummten auch Bass und Gitarre. Der Leiter des Jugendzentrums brüllte irgendwas von wegen »Hausverbot«, dann wurde das Konzert abgebrochen: Ich hatte ins Mikro gekotzt.

Während ich beschämt von der Bühne taumelte, konnte ich aus den Augenwinkeln Maren erkennen. Meine Ex-Freundin lehnte im Arm ihres neuen Freundes, dieses ziegenbärtigen Gothic-Fritzen, und flüsterte dem Drecksack irgendetwas ins Ohr, wahrscheinlich so was wie »Was für ein Verlierer« oder »Keine Ahnung, was ich zwei Jahre lang von dem gewollt hab«. An den weiteren Verlauf der Veranstaltung habe ich keine Erinnerung mehr, aber es bleibt zu vermuten, dass ich nicht mehr allzu viel Ruhmreiches zu ihr beizutragen hatte.

THIS LAND IS YOUR LAND

Am nächsten Tag lag ich schwerstverkatert im Bett meines mit Bandpostern tapezierten Jugendzimmers und überlegte unter den glasigen Augen von Kurt Cobain und Jim Morrison, wie ich meinem überflüssigen Dasein möglichst zeitnah ein Ende bereiten könnte. Bahngleise? Schmerztabletten? Wie genau knüpfte man eigentlich so einen Strick? Mitten in meine finsteren Grübeleien hinein schrillte erst die Türklingel und dann die Stimme meiner Mutter: »Niiicooo, Besuch für dich!«

Besuch? Für mich? Möglicherweise standen die Bullen vor der Tür, um mich wegen Landfriedensbruch und Unzucht in der Öffentlichkeit festzunehmen. Zwei Sekunden später platzte jedoch mein Bandkollege Tobi mit seinem Lockenkopf und seiner abgewetzten Gitarrentasche in mein Zimmer. Offenbar wollte er mich vor seiner Rückkehr nach Berlin noch einmal gepflegt zusammenfalten.

»Okay, Nico«, sagte er, »ich will jetzt nicht lange rumreden wegen gestern. Scheiße gelaufen, Schwamm drüber. War ja wahrscheinlich eh unser letzter Auftritt ...«

»Ja, höchstwahrscheinlich ...«, murmelte ich.

»Ich bin wegen der Klampfe hier.«

Ich starrte ihn irritiert an. »Was denn für 'ne Klampfe?«

»Jetzt sag auch noch, du hattest wieder 'nen Filmriss. Gestern meintest du noch, du nimmst sie!«

»Hä? Wovon redest du, Alter?«

Tobis sonst so dauergechilltes Gesicht nahm genervte Züge an. »Okay, dann eben noch mal kurz und knapp: Ich hab mit dem Studium so viel um die Ohren, da hab ich echt keine Zeit mehr, Musik zu machen. Außerdem ist Berlin ganz schön teuer, weißt schon, die ganzen Clubs und so. Also, kaufst du mir jetzt die Klampfe ab oder nicht?

Zweihundert Eier, dann gibt's die Tasche, das Stimmgerät und den Übungsverstärker dazu.«

»Moment mal, Mann«, protestierte ich, »was soll ich denn mit 'ner Gitarre?«

Diese Frage hatte ihre Berechtigung. Meine Kenntnisse des Gitarrenhandwerks beschränkten sich auf die anderthalb Akkorde, die Tobi mir in einer betrunkenen Proberaumsession beigebracht hatte. Im Alter von zwölf Jahren war bei mir eine milde Form der Aufmerksamkeitsstörung ADHS diagnostiziert worden, für das Erlernen eines Instruments fehlte mir schlicht die Geduld. In meiner simplen Rolle als Bühnenschreihals war ich immer ausgesprochen zufrieden gewesen. Was also sollte ich mit einer Gitarre?

»Na ja, Nico, ich meine, du hast doch … nicht gerade viel zu tun im Moment. Klampfen lernt man in zwei oder drei Wochen. Hier, nimm sie mal. *Fender Mexican Strat*, neu zahlst du für so eine locker 'nen Tausender!«

Er holte die E-Gitarre aus der Tasche und überreichte sie mir. Sie sah aus wie neu, die zahlreichen Aufkleber wie *Punk's Not Dead* und *Mollies und Steine gegen Bullenschweine* waren rückstandslos entfernt. Ich hängte mir das Teil um und trat vor den Kleiderschrankspiegel. Mir stockte schier der Atem: Ich sah verdammt gut aus. Warum hatte mir das nie jemand gesagt? Eben noch war ich ein verkaterter Schwächling, der in seinem *Möbel-Kraft*-Kinderbett vom Suizid auf dem Gleisbett der Regionalbahn fantasierte, jetzt ein kraftstrotzender Rockstar, dem die Mädchen kreischend zu Füßen liegen würden.

»Ich nehm sie«, stammelte ich wie in Trance.

»Fett, Alter. Hast du die Kohle da?«

»Äh … Moment …«

Ich fischte die Scheine aus meiner *Simpsons*-Spardose, deren Inhalt eigentlich für die Einrichtung meiner ersten eigenen Wohnung bestimmt war, mir in den letzten Wochen aber vor allem meinen Bierkonsum finanzierte. In nächster Zeit würde ich mich in Sachen *Dithmarscher* etwas einschränken müssen.

Eine halbe Stunde später jedoch war Tobi wieder auf dem Weg in sein Berliner Partyleben, und ich saß ratlos auf meinem Bett, in der einen Hand ein Bier und in der anderen ein Instrument, das ich nicht spielen konnte. Im Spiegel hatte ich ausgesehen wie eine Rocklegende, doch hier in meinem muffigen Jugendzimmer war ich nichts als ein angehender Sozialfall, der mit einem Impulskauf seine existenzielle Leere zu verschleiern versucht hatte und nun Fantasieakkorde durch einen taschenbuchgroßen Übungsverstärker drosch. Schon begann ich, den Kauf zu bereuen.

So stapfte ich am Montag ins einzige Musikgeschäft unseres Provinzkaffs und fragte schüchtern nach einem Gitarrenbuch für blutige Anfänger.

»Das hier ist voll easy, ohne Notenlesen«, verkündete der aufgedunsene Althippie und holte *Peter Burschs Gitarrenbuch* unter dem Tresen hervor. »Der ist so was wie der Gitarrenlehrer der Nation. Ist 'ne CD mit dabei, da musst du einfach nur mitspielen. Jeder Idiot kann damit Gitarre lernen. Sogar mein Sohn, und das ist der größte Faulpelz in der ganzen Stadt, haha!«

Wenn er sich da mal nicht täuschte, dachte ich. Das Buchcover zierte ein Comicbild, auf dem ein langhaariger Mann mit Blümchenweste eine Handvoll gut gelaunter Menschen aller Altersstufen im Gitarrenspiel instruierte.

»Was für 'ne Klampfe haste denn?«, fragte der Verkäufer.

»Ähm ... 'ne *Fender Mexican*.«

»Oha. Starkes Teil. Aber gleich mit 'ner E-Gitarre anfangen ... na dann gutes Gelingen. Willst du noch 'ne Packung Ersatzsaiten mitnehmen? Am Anfang reißen die ja immer schnell. Plektren hast du auch schon? Und 'nen Notenständer?«

Fünf Minuten später hatte der geldgeile Hippie mir einen Großteil meines Biergelds für den Monat November abgeknöpft. Die Sauferei war ja bereits ein kostspieliges Hobby, jetzt hatte ich derer schon zwei. Ich würde meine Eltern beizeiten um frisches Arbeitslosengeld anbetteln müssen.

»Hallo, ich bin der Peter! Willkommen zu meinem Gitarrenkurs!«, verkündete der Gitarrenlehrer der Nation mit feinstem Ruhrpott-Akzent, als ich zu Hause die CD eingelegt hatte. Peter Bursch hörte sich an wie ein etwas spröder Achtundsechziger, der betont lässig rüberkommen wollte und sich bemühte, die *Sprache der Jugend* zu sprechen. Eines aber musste man dem Gitarrenguru lassen: Er hatte den Dreh raus. Noch am selben Nachmittag beherrschte ich eine Zweiakkordfolge und damit den Woody-Guthrie-Song *This Land Is Your Land*, einen entsetzlich patriotischen Folk-Gassenhauer. *This land is your land, this land is my land, this land was made for you and me ...* Während ich zur Übungs-CD mit verkrampften Fingern zwischen G- und D-Dur wechselte, bekam ich eine Ahnung, wie der amerikanische Westen wirklich erobert worden war: Höchstwahrscheinlich hatten mit Westerngitarren bewaffnete Pioniere den verdutzten Indianern durch wiederholtes Absingen von *This land is your land, this land is my land* klargemacht, wer ab sofort in der Prärie Mitspracherecht haben würde.

In den folgenden Wochen arbeitete ich mich wie im Rausch durch die Songs der Gitarrenbibel. *Blowing in the Wind, House of the Rising Sun* ... Mein Repertoire reichte schon bald einmal quer durch die Geschichte der Rockmusik. Als ich mich schließlich eines Tages zu einem Spaziergang aufraffte, spukten mir erste Ideen für eigene Songs im Kopf herum. Kein Wunder, in den letzten Wochen hatte ich mehrere Stunden am Tag Akkordfolgen geübt, mein versoffenes Hirn war randvoll mit Musik. Die Melodien flogen mir zu wie Herbstlaub, ich musste sie lediglich einfangen und durch die tristen Straßen der Kleinstadt nach Hause tragen, wo ich sie mit passenden Akkorden unterlegte.

Schließlich verlangten die Melodien danach, in Worte gekleidet zu werden. Bei *Syntax Error* hatte ich vorwiegend sinnfreie Spaßtexte zum Besten gegeben, jetzt, in der ersten großen Krise meines Lebens, brachte ich allerlei Weltschmerz und düstere Zukunftsängste zu Papier:

Falsche Heimat
Stadt der toten Träume
Ich fühle den Verrat
Krümme leere Räume
Studiere das Sterben
Für immer eingeschrieben
Ins Grauen eingegraben
Vom Leben abgeschrieben

So weit, so griesgrämig. Das Songschreiben wurde eine regelrechte Manie, ich schrieb nahezu täglich einen neuen Depri-Schlager. Wenn ich allein zu Hause saß, was oft vorkam, sang ich die Songs laut vor mich hin, wobei ich mir stets vorstellte, auf der Bühne einer Großstadt wunderschöne Mädchen und die Talentsucher großer Platten-firmen mit meiner Kunst zu begeistern. Ich nahm die Songs mit meinem steinzeitlichen Kassettenrekorder auf und kam zu dem Ergebnis, dass ich jenseits von Gebrüll und Gegrunze über eine ganz passable Singstimme ver-fügte. Um den Jahreswechsel herum begann ich, erste Um-risse einer möglichen Zukunft zu sehen.

Eines Winterabends soff ich mir einen stabilen *Dithmarscher*-Rausch an, kramte mein spärlich bestücktes Adressbuch hervor und wählte die Nummer, die »Klaas & Anja Kiel« zugeordnet war. Neben Klaas hatte ich im Deutsch-Leistungskurs gesessen und großspurige Pläne für das Leben nach der Schule entworfen. Jetzt stu-dierte er in Kiel irgendwas auf Lehramt.

»Meine Schwester ist immer noch vergeben, falls du deswegen anrufst«, belehrte er mich gleich zu Beginn.

»Hör mal, deine dumme Schwester interessiert mich doch gar nicht. Also, jedenfalls im Moment nicht.«

Ich lockerte lieber noch einmal gründlich Zunge und Kiefer, denn Klaas hegte eine fast schon inquisitorische Abneigung gegen übermäßigen Alkoholkonsum. Sogar auf unserem Abschlussball war unser Jahrgangsbester der so ziemlich einzige nüchterne Mensch gewesen, während ich schon gegen halb neun mein Abiturzeugnis angezündet und den Rest des unrühmlichen Abends versucht hatte, seine kleine Schwester zu küssen.

»Ich bin grad am Überlegen, ob ich zum Sommersemes-ter auch studiere«, verkündete ich. »Tja, da wollte ich mich mal bei ein paar Leuten umhören.«

Klaas' Stimme erhellte sich. »Mensch, Nico, warum denn nicht gleich so! Also, Anja und ich finden es super hier in Kiel. Kleine Uni, nette Leute, nette kleine Cafés. Al-les sehr familiär. Viel Natur, viel Wasser, der Strand ist nur zwanzig Minuten entfernt. Und was für dich interessant sein dürfte: Kiel hat die höchste Kneipendichte Deutschlands.«

Das war für mich interessant. »Hört sich gut an. Und gibt's bei euch hübsche Mädchen?«

»Aber hallo, jede Menge. Das macht die Nähe zu Skandinavien.«

»Klingt wirklich gut. Ach, und sag mal, wie ist die Kieler Musikszene so? Also, gibt's viele Konzerte und Bands? Ich würd halt gern bisschen Musik machen neben der Uni.«

Klaas klang sofort wieder skeptisch. »Ach, daher weht der Wind. Du willst wieder mit so 'ner drittklassigen Punkband im Suff von der Bühne kotzen? Ich hab von eurem letzten Auftritt gehört ...«

»Quatsch, nee, keine Punksachen mehr. Ganz brav, bisschen Deutschrock, so Singer-Songwriter-Sachen. Aber eher so als Ausgleich zum Feierabend, ich will das mit dem Studium schon ernst nehmen ...«

»Also, Musik macht hier irgendwie jeder. Ich fühl mich schon ganz aussätzig, weil ich kein Instrument spiele. Aber was willst du studieren? Bevor du fragst – die schönsten Mädchen gibt's in der Skandinavistik.«

»Nee, so was jetzt vielleicht nicht unbedingt ...«

»Was denn dann?«

»Puh, ehrlich gesagt, keine Ahnung. Also, schon was Geisteswissenschaftliches. Am besten ein Fach, was ... na ja, was nicht ganz so schwer ist.«

»Okay, fassen wir mal zusammen: Du willst in Sachen Studium 'ne möglichst ruhige Kugel schieben und dich lieber mit wichtigeren Dingen beschäftigen, also Partys, Mädchen und deiner komischen Musik?«

»Na ja, wenn du es so ausdrücken willst ...«

»Ja, genau so will ich es ausdrücken. Und ich glaube, da wüsste ich genau das richtige Fach für dich. Ein Fach, dass jeder Idiot schafft, mit niedrigen Anforderungen, und das Wichtigste: Frauenüberschuss!«

»Und welches Fach soll das bitte schön sein?«

»Germanistik, Nico.«

MELANCHOLIEN FÜR MILLIONEN

Zu Beginn des Jahres 2002 hatte ich die Zusage der Uni Kiel im Briefkasten. Die Aussicht auf ein spannendes Studentenleben in der Musik- und Mädchenmetropole beflügelte mich, während der finstere Winter sich endlich vom Acker machte. Ich hatte mir vorgenommen, bis zum Umzug mehr oder weniger trocken zu bleiben, also nicht mehr als vier oder fünf Bier pro Tag und nicht vor vierzehn Uhr. Die neu gewonnene Energie nutzte ich, um weiter an meinen Songs zu schrauben. Ich erweiterte meine Peter-Bursch-Bibliothek um *Gitarrenbuch 2* sowie *Rock Guitar* und saugte zu Forschungszwecken eifrig MP3s von *Tocotronic*, *Blumfeld* und *Tomte* über halblegale Downloadportale herunter. Schließlich kam ich zu dem Urteil, dass meine Kompositionen denen der großen Vorbilder in nichts nachstanden, mit ein paar *Dithmarschern* in der Birne beschlich mich sogar das Gefühl, ihnen überlegen zu sein.

Meine Lieblingsband dieser Tage aber war das Münsteraner Trio *Samba*, das melancholische Rocksongs mit abstrakten, schwer durchschaubaren Texten kombinierte. Da mir die Wirklichkeit zunehmend rätselhaft geworden war, fand ich mich gerade in solchen Songtexten wieder, bei denen die Tür zum Interpretationsspielraum sperrangelweit offenstand. Außerdem: Was konnte einen interessanter und unnahbarer erscheinen lassen als kaum fassbare, mysteriöse Poesie? Ich sah schon reihenweise Mädchen fasziniert vor der Bühne stehen: »Oh wow, ich weiß nicht, was es bedeutet, nur, *dass* es etwas bedeutet! Wer ist dieser geheimnisvolle, zufällig auch noch ziemlich gut aussehende Typ? Ich *muss* seine Nummer haben ...«

Da es außer klampfen und Kladden mit Songtexten bekritzeln nichts zu tun gab, dachte ich viel nach, während ich auf stundenlangen Spaziergängen die Schauplätze meiner Kindheit durchstreifte: Die Kieskuhle, in der wir als Kinder mit Zinnsoldaten brutale Kriegsszenarien nachspielten, den guten alten Bahndamm, an dem ich mir mit am Bahnhofskiosk geklauten Pornoheften einsam, aber glücklich einen runterholte. Das alles war vorbei, etwas anderes würde beginnen. Es wurde März, Tauwetter setzte ein.

Wenn ich erst einmal als Musikgenie in die Geschichte eingegangen wäre, würden auch die Kieskuhle und der Bahndamm endlich einen höheren Sinn ergeben. Alles war eindeutig vorherbestimmt, der Pfad, der mich meinem glorreichen Schicksal als Rockstar entgegenführte, musste nur noch beschritten werden. Ein ganzes Leben voller Musik, Poesie, Liebe, Sex und Erfolg lag vor mir. Vor allem Erfolg, Liebe und Sex würden sich dann von ganz allein ergeben. Nach aufregenden und finanziell ertragreichen Jahren mit meiner bereits zu Lebzeiten legendären Band würde ich eine von den Kritikern wohlwollend begleitete Solokarriere einschlagen. Als alter Mann, so mit Anfang dreißig, würde ich meine Autobiografie schreiben, die in einem Großverlag erscheinen würde. In der Verfilmung würde ich mich von August Diehl oder Daniel Brühl spielen lassen, ich selbst würde mich mit einem Cameo-Auftritt als Gitarrenhändler oder Talentsucher zufriedengeben. Dann vielleicht ein eigenes Plattenlabel, um vielversprechende Talente zu fördern und meinen Reichtum mit ihnen zu mehren (»Du hast dasselbe Feuer wie ich damals, aber in diesem Geschäft gelten gewisse Spielregeln, Junge!«).

Und natürlich Groupies! Glühende Verehrerinnen meiner Kunst und meines Körpers, unbedarfte, wunderschöne Mädchen aus der Kleinstadt, wie sie mir als Teenager unerreichbar waren, aber auch bekannte Schauspielerinnen, Sängerinnen, Models, natürlich alle vollbusig und nicht älter als zwanzig. Champagner und Kokain, jede Menge Kokain! Ein Strandhaus in Portugal! Das Leben voll auskosten, mit spätestens Mitte dreißig den Löffel weglegen. Bloß nicht vierzig werden, Legenden sterben jung! Im Rockstarhimmel mit Rio Reiser um die Wette saufen und Uschi Obermaier vögeln, bis sie zum zweiten Mal stirbt.

So träumte ich ausführlich mein Leben, während ich durch die Naherholungsgebiete der Kleinstadt irrlichterte. Grinsend vor Glück passierte ich arglose Spaziergänger. Wussten sie eigentlich, wer gerade an ihnen vorbeigegangen war? Das Schicksal würde mich reich entschädigen für alles, was ich in meiner trüben Provinzjugend hatte erleiden müssen. Was war ich doch für ein Glückspilz!

Als ich aus dem Wald auf die Straße trat, kreuzte ein junges Pärchen meinen Weg: Meine Ex-Freundin Maren und ihr Gothic-Vogel. Vor dem Abitur waren Maren und ich zwei Jahre lang zusammen gewesen, bis ich mich auf der Abifahrt unsterblich in eine wunderhübsche Wienerin verknallt hatte. Maren hatte zwei Wochen lang durchgeheult und sogar einen dilettantischen Selbstmordversuch mit einer halben Packung *Paracetamol* unternommen. Das mit der Wienerin wurde natürlich nichts, und als ich reumütig wieder bei Maren angekrochen kam, hatte die mich bereits durch den schwarzledernen Suppenkasper mit den lackierten Fingernägeln und dem albernen Ziegenbart ersetzt. Inzwischen ging es ihr anscheinend ausgezeichnet, sie hatte ein paar Kilo zugelegt und etwas mehr Farbe im Gesicht als früher.

»Hallo, Nico.«

»Äh, ja, hallo.«

Es war eine peinliche Situation für uns alle.

»Thorsten kennst du ja.«

»Ja, hallo.«

»Hi«, sagte der Lackaffe und grinste blöd.

»Und, was machst du jetzt so?«, fragte Maren. »Meine Mutter sagte, du studierst jetzt?« Ihre Stimme klang tief und schwer. Maren wirkte merkwürdig erwachsen.

»Ja, also ich fang jetzt in Kiel an.«

»Und was noch mal?«

»Äh, Literatur- und Medienwissenschaften.«

Das machte doch wesentlich mehr her als Germanistik. Selbst meine Mutter nutzte diese Umschreibung inzwischen für die Berichterstattung im Bekanntenkreis, oft in allerlei absurden Variationen: »Nico studiert Medienliteratur«, »Er fängt jetzt Literaturmarketing an ...«.

Maren kräuselte ihren Mund zu einem spöttischen Lächeln. »Hm, okay. Und was wird man da später?«

Da diese Frage im Zusammenhang mit meinem Studienfach so gut wie immer gestellt wurde, war ich auch hier vorbereitet. »Ich bin noch nicht festgelegt, da gibt es verschiedene Richtungen ... Vielleicht Journalismus, Kulturmanagement ... oder PR, Kommunikationsbranche. Durch das Internet werden da in Zukunft ganz neue Branchen erschlossen ...«

»Und zur Not gibt es ja noch die Taxibranche«, unterbrach mich der Gothic-Gockel. Wer zum Teufel hatte Mr. Totengräber nach seiner überflüssigen Meinung gefragt?

»Haha, ja, genau«, lachte ich und gab mich betont gelassen.

»Ja, also ... wir müssen dann mal weiter«, sagte Maren und glotzte ihren Grufti-Lover verliebt an, wobei sie mit der rechten Hand kreisförmig über ihren Bauch streichelte. Was sollte mir das sagen? Wollten die beiden in ein Restaurant? Erst als wir nach einer knappen Verabschiedung unserer Wege gingen, schnallte ich endlich: Meine erste richtige Freundin würde ein Kind mit diesem Zombie-Clown haben!

Alles richtig gemacht, versuchte ich mich zu beruhigen, alles richtig gemacht. In ein paar Jahren würde Maren in ihrer Doppelhaushälfte zwischen der großen Wäsche und den Schulaufgaben ihrer missratenen Bälger meinen aktuellen Top-Ten-Hit im Radio hören und sich fragen, wieso um alles in der Welt sie einen hochtalentierten Ausnahmemenschen wie mich gegen ihren Vollpfosten von Ehemann eingetauscht hatte. Die im Wind ächzenden Eichen wussten es, der schweigende Himmel wusste es sowieso, und Maren wusste es insgeheim auch. Zu Hause betrank ich mich in aller Ausgiebigkeit und schrieb einen besonders bösartigen Song über Maren und ihre elende Kleinstadthölle. Herrgott, es wurde so was von Zeit, dass ich endlich nach Kiel kam.

SMELLS LIKE KIEL SPIRIT

»Dein Vater hat's mit dem Kreislauf«, erklärte mir meine Mutter, als wir am Umzugstag den *Passat Kombi* mit meinem Krempel beluden. Mein Vater hatte es zu dieser Zeit ziemlich oft mit dem Kreislauf, vor allem wenn er am Vorabend in der Kneipe gewesen war. Ein unerhört blauer Frühlingshimmel machte sich über der schleswig-holsteinischen Tiefebene breit, während wir über die A1 nordwärts bretterten. Es fühlte sich an wie eine Fahrt in den Urlaub.

Meine Mutter nutzte die gut anderthalbstündige Tour, um mich auf ein strebsames Studium ohne Müßiggang einzunorden. »Denk daran, Nico: Neun Semester ist die Regelstudienzeit. So lange unterstützen wir dich und kein Semester länger, haben wir uns verstanden? Wenn du darüber hinaus noch weiterstudierst, wirst du nebenher arbeiten müssen.«

»Ja, Mama, hab ich verstanden. Und ich hab ja auch extra zwei leichte Nebenfächer gewählt, da kann ich mich besser aufs Hauptfach konzentrieren.«

Ich hatte mich beim Einschreibetermin relativ spontan für Geschichte und Europäische Ethnologie entschieden. Geschichte klang machbar, Ähnliches galt für Europäische Ethnologie, wenngleich ich keinen Schimmer hatte, was genau das eigentlich sein sollte. Es klang irgendwie weltmännisch und kultiviert, und ich hegte die Hoffnung, dass man sich als Student der Europäischen Ethnologie nicht unbedingt totarbeiten würde.

Inzwischen hatte ich als Antwort auf die Frage nach meiner Fächerkombination sorgfältig eine klangvolle Langversion eingeübt: »Neuere deutsche Literatur und Medien, Geschichte und Europäische Ethnologie«. Welch intellektuelle Weltgewandtheit lag in diesen Worten! Ich würde nur noch mein »… und ich bin Sänger und Gitarrist in einer Band« hinterherschicken müssen, und sämtliche Frauen wären im Handumdrehen beischlafbereit.

»Ach, ich weiß ja nicht«, seufzte meine Mutter, während sie uns vorbei an Weltmetropolen wie Bad Oldesloe und Reinfeld in Holstein nordwärts kutschierte. »Vielleicht hättest du einfach eine Ausbildung machen sollen. Der Harald Böckelmann lernt ja bei der *Sparkasse.* Der verdient jetzt schon gutes Geld!«

»Ach Mama«, unterbrach ich ihre Tirade, »das hab ich dir doch schon tausendmal erklärt. Wenn ich mit dem Studium fertig bin und einen Job in der Medienbranche habe, werde ich dreimal so viel verdienen wie dieser Schwachkopf Harald Böckelmann.«

Meine Mutter schien nicht überzeugt. »Ich hoffe ja mal, dass du überhaupt eine feste Anstellung findest später.«

»Da mach dir mal keine Sorgen. Es entstehen grad überall Jobs in den Neuen Medien. Und außerdem … außerdem will ich mein Leben nicht damit vergeuden, dass ich von morgens bis abends in einem kleinen Büro sitze.«

»Dein Vater hat sein Leben lang im Büro gesessen, damit du was zum Essen und zum Anziehen hast!«, zischte meine Mutter zurück.

»Ach Mama, nun komm nicht wieder damit.«

»Beinah die Hälfte unseres Monatsbudgets geht für dein Studium drauf! Wenn wir dich schon durchfinanzieren, erwarten wir wenigstens, dass du dich anstrengst und nicht dauernd in die Kneipe gehst.«

»Papa könnte ja damit anfangen, selbst weniger in die Kneipe zu gehen.«

»Das ist ja wohl was ganz anderes! Dein Vater arbeitet seit dreißig Jahren vierzig Stunden die Woche, da wird er sich am Wochenende ja wohl ein bisschen entspannen dürfen.«

Diesmal war es meine Mutter, die Unfug erzählte. Als Beamter in der Stadtverwaltung hatte mein alter Herr schon immer keinen übermäßig anstrengenden Job gehabt, und seit seiner Beförderung rührte er in seinem eichholzvertäfelten Einzelbüro kaum noch einen Finger. Während eines Schülerpraktikums in der elften Klasse hatte ich mich persönlich davon überzeugen können, wie es in dem verschlafenen Laden zuging. Nein, der Sohn von Abteilungsleiter Jensen war zu Höherem bestimmt! Statt verschimmelter Büros warteten gewaltige Bühnen darauf, von ihm erobert zu werden!

»Du wirst sehen, Mama, ich krieg das schon hin. In Deutsch war ich doch immer gut, in der Abiklausur hatte ich 'ne Drei plus! Und Klaas hat doch auch Deutsch auf Lehramt, der meint, das ist alles kinderleicht.«

»Ich weiß doch, dass du was im Kopf hast, Nico, so ist es ja nicht. Du stehst dir manchmal nur selbst im Weg mit deiner Träumerei. Das haben schon deine Lehrer immer gesagt: Nico ist mit seinen Gedanken ständig woanders ...«

»Jetzt studiere ich ja was, das mich richtig interessiert.«

»Na, das hoffe ich auch. Ich meine, Literaturwissenschaft ... So viele Bücher liest du ja nun auch nicht. Diesen Charles Bukotzki klammere ich jetzt mal aus.«

»Er heißt Charles *Bukowski*, Mama, und das ist wichtige amerikanische Literatur.«

»Na, ich weiß ja nicht. Da geht's doch immer nur ums Saufen und *naduweißtschon*. Ich meine, wir haben ja nichts dagegen, wenn du eine Freundin hast. Ganz und gar nicht. Die Maren, die hat immer einen guten Einfluss auf dich gehabt. So ein braves, liebes Mädchen. Ich hab immer gesagt: Nico, halt dir die Maren warm ...«

Es war vollkommen klar, dass wir irgendwann wieder beim Nico-Maren-Komplex landen würden.

»Mensch, Mama, das haben wir doch schon so oft durchgekaut. Maren und ich passten einfach nicht zueinander. Also, na ja, in manchen Bereichen schon, aber in anderen halt so gar nicht.«

»Na, jetzt ist das auch egal, wo sie weg vom Markt ist. Ausgerechnet dieser komische, schwarz gekleidete Typ ... und dann gleich ein Kind ...« Sie warf mir einen Seitenblick zu, mitleidig und anklagend zugleich. In ihren Augen hatte ich in der Maren-Sache kläglich versagt. »Na ja, Nico. Du lernst bestimmt ein anderes nettes Mädchen kennen.«

»Bestimmt. Die Uni ist ja voll mit Mädchen.«

Sie warf mir wieder einen Blick zu, diesmal einen prüfenden. »Junger Mann, aber nicht, dass du da durch die Betten hüpfst im Studentenwohnheim. Und pass bloß immer schön auf, wenn du *naduweißtschon* ...«

»Mensch, MAMA!«

»Ich mein ja nur, Nico. Man hört immer so viel ...« Wie stellte sich meine Mutter eigentlich ein Studentenwohnheim vor? Wahrscheinlich befürchtete sie, dass es dort zugehen würde wie in einem Freudenhaus in Lloret de Mar, dass nackte Studentinnen mit Zweimeterjoints durch die Gänge rennen würden. Eine Vorstellung, die mir übrigens recht gut gefallen hätte. »Und pass mit deiner Gitarre auf, dass du die anderen nicht beim Lernen störst. Ich weiß eh nicht, wofür du dir auch noch diese komische Klampfe zulegen musstest.«

»Ich spiel doch nur ab und zu mal für mich, Mama.«

»Na hoffentlich. Keine Band, Nico, das hatten wir besprochen. Da geht viel zu viel Zeit für drauf. Dein Abi wäre auch besser ausgefallen, wenn du nicht dauernd im Proberaum rumgehockt und Bier getrunken hättest.«

»Ja, Mama, keine Band mehr. Ist versprochen ...«

Klar belog ich meine arme Mutter nach Strich und Faden, aber was blieb mir anderes übrig? Eines Tages würde sie es bitter bereuen, nicht an mich geglaubt zu haben. War ihr eigentlich bewusst, dass sie neben einer angehenden Rocklegende saß? Wenn dann Film und Fernsehen den Eltern von Superstar Nico Jensen die Bude einrennen würden, würde sie natürlich Unsinn absondern wie: »Ich habe es ja immer gewusst, wir haben sein Talent früh gefördert ...« und so weiter. Ich hingegen würde in meiner Autobiografie schonungslos und detailliert über mein verschrobenes Elternhaus auspacken ...

Gegen Mittag verließen wir die Autobahn und fuhren in die Kieler Innenstadt ein. Gut, das war jetzt nicht New York, statt des *Waldorf Astoria* gab es das *Hotel Astor* und statt des *Madison Square Garden* die *Ostseehalle*, aber es war immerhin ansatzweise so etwas wie eine richtige Großstadt und besser als mein Heimatkaff allemal. Eine erregende Vorfreude lief mir das Rückenmark hinunter. Kiel, ich komme! Du wilde Stadt am Meer, lass uns zusammen abrocken!

»Ach, weißt du, was wir vergessen haben, Nico? Deine dicken Socken. Ich hab dir extra noch ein paar gestopft. Hier am Meer ist es doch noch mal ein paar Grad kälter als bei uns.«

So verrückt sich das anhörte: Auch Rio Reiser oder Blixa Bargeld hatten mit hoher Wahrscheinlichkeit eine Mutter gehabt. Und meine hatte nun mal meine Socken gestopft, während ihr Sohn in seinem Kinderzimmer daran feilte, die deutsche Rockmusik zu revolutionieren. Nico Jensen, der Superstar, der sich wie durch ein Wunder niemals erkältete. Das Genie auf gestopften Socken.

STILLER, SPORTFREUNDE!

Das Studentenwohnheim bestand aus einer Reihe vier-
stöckiger Gebäude, die alle vollkommen gleich aussahen.
Eventuell hatten mir amerikanische Collegefilme einen
falschen Eindruck von einem Studentenwohnheim vermittelt: Ich hatte mir mächtige viktorianische Verbindungs-
häuser mit marmornen Torbögen vorgestellt, vor denen
glückliche Studenten im saftig-grünen Gras unter blühenden Kirschbäumen ausdiskutierten, wer die Drogen für die
nächste Verbindungsparty organisieren würde. Diese ste-
rilen weißen Wohncontainer hingegen erinnerten mich
eher an eine Weltraumkolonie oder ein hastig hochge-
zogenes Flüchtlingsheim. Eine studentische Infrastruktur
in Form von Kneipen oder sonstiger Gastronomie schien
in der verkehrsberuhigten Einbahnstraße nicht zu existieren. Zum Glück hatte ich an der Kreuzung bereits eine
Shell-Tankstelle gesichtet, sodass hier zumindest die Bier-
versorgung sichergestellt war. Kiel-Brunswik war eben
nicht Berlin-Kreuzberg und schon gar nicht Berkeley,
Kalifornien.

Den Schlüssel sollte ich im Hausmeisterbüro abholen.

»Du willst doch einen guten Eindruck machen, kämm
dich noch mal«, befahl meine Mutter.

»Mensch, Mama, ich gehe zum Hausmeister und nicht
zum Universitätspräsidenten!«

»Ich mein ja nur. Dass du immer noch mit dieser
schrecklichen Matte rumlaufen musst ...«

Ich trug meine Haare seit frühester Jugend halblang,
mit einem schmissigen Seitenscheitel. Was bitte war daran
schrecklich? Als Musiker würde mich ein akkurater Kurzhaarschnitt doch komplett unglaubwürdig erscheinen

lassen, aber von diesen Dingen verstand meine Mutter ja nichts.

Hausmeister Katschinsky hatte sein Büro im Keller von einem der Wohnblöcke. Mir öffnete ein ungefähr hundert-jähriger Gnom im schmutzigen Blaumann.

»Guten Tag, Nico Jensen«, grüßte ich artig. »Ich wollte den Schlüssel für mein Wohnheimzimmer abholen ...«

»Katschinsky«, keuchte das Männlein, das ich vermut-lich gerade beim Sterben gestört hatte. »Na, dann kommen Sie mal rein, junger Mann.«

Sein Büro war eher eine Werkstatt, oder besser gesagt: Eine Gruft. Das fensterlose Kellerverlies war feucht und muffig, ein scharfer Geruch von Schimmel und rostigem Metall stand in der kaum vorhandenen Luft. Unfassbar, dass menschliches Leben hier existieren konnte. Überall hingen Schlüsselbretter und Tafeln mit Belegungsplänen. Hausmeister Katschinsky durchwühlte einen Papierhau-fen auf seinem Schreibtisch und zog zwischen *Bild-Zeitung* und Kreuzworträtselheften eine handgeschriebene Liste hervor.

»Wie war das? Jens Nielsen?«

»Jensen, Nico Jensen!«

»Ach ja. Herrje, diese dänischen Allerweltsnamen ... Hier gibt's bestimmt 500 Leute, die so heißen. Und damit mein ich nicht in Kiel, sondern hier in der Straße.«

Allerweltsname? Daran hatte ich noch gar nicht ge-dacht. Wahrscheinlich würde ich mir früher oder später einen Künstlernamen zulegen müssen. Falco wäre wohl schwerlich Nummer eins in Amerika geworden, wenn es geheißen hätte: »Ladies and Gentlemen, Mister Hans Hölzel ...«

»So, da haben wir's«, krächzte der Hausmeistergnom. »Hausnummer 8, Wohneinheit G. Ganz oben, im vierten

Stock. Kein Fahrstuhl! Das ist eine Fünfer-Wohngemein-schaft. Zwei Duschbäder, Küche, Gemeinschaftsbereich. Ab 22 Uhr ist Nachtruhe. Und das heißt: Alles nur noch Zimmerlautstärke oder eher darunter, keine Musik, keine Trinkgelage, keine wilden Orgien.«

»Habe ich auch nicht vor«, log ich.

»Was studiernse denn überhaupt?«

»Ich?«, fragte ich blödestmöglich, als ob sich in den Ecken des Kellergewölbes noch irgendwelche anderen Studenten verstecken würden. »Äh, Germanistik.«

»Ach Gott«, seufzte Herr Katschinsky, »noch so einer ...«

Ich quittierte den Erhalt des Schlüssels und verzog mich zügig, bevor mich Ratten oder Fledermäuse vertilgen würden. Wie meinte dieser schrullige Schlüsselmeister das eigentlich: »Noch so einer«? Egal, wahrscheinlich war ihm in seinem Kellerloch im Laufe der Jahrzehnte einfach sein Hirn weggeschimmelt.

Zurück am Licht der Oberwelt war bereits mein Um-zugshelfer Klaas eingetroffen. Er unterhielt sich angeregt mit meiner Mutter, beide eine Zigarette in der Hand. Mo-ment mal, hatte sie nicht gerade mal wieder aufgehört? Gegen Klaas' Charme war wohl einfach kein Kraut gewach-sen. Seit sie ihn auf dem Abiball kennengelernt hatte, liebte meine Mutter Klaas heiß und innig.

»Da ist ja unser Spitzen-Germanist«, feixte Klaas mir entgegen. Mit der smarten Werber-Brille, dem marine-blauen Jackett und dem tadellos gebügelten rosa Hemd sah er aus, als käme er geradewegs von einem Workshop der Jungliberalen.

»Hast du jetzt einen Nebenjob als Vertreter für die Tabakindustrie?«, schnauzte ich ihn an.

»Ach Nico, nur eine! Dein Freund Klaas und ich unterhalten uns gerade so nett.« Meine Mutter strahlte. In die ewig zweifelnde, meckernde alte Frau war plötzlich das blühende Leben eingeschossen. Wahrscheinlich hätte sie Klaas am liebsten adoptiert oder noch besser geheiratet. »Ich verstehe ja gar nicht, warum ihr nicht zusammen in eine WG zieht. Der Klaas würde bestimmt einen mäßigenden Einfluss auf dich haben!«

»Aber sicher, Frau Jensen! Leider wohne ich ja bereits mit meiner Freundin zusammen.«

»Was studieren Sie noch gleich, Klaas?«

»Deutsch und Geschichte – auf Lehramt!«

»Auf *Lehramt!*«, jauchzte meine Mutter, als hätte Klaas ihr soeben verkündet, dass er humanitäre Projekte in Mittelamerika leiten würde. »Das ist doch wunderbar, Klaas. Da können Sie ja nach dem Studium mit einem festen Job rechnen.«

»Und mit einem attraktiven Gehalt noch dazu!«

»Tja, Nico wird es da ja nicht so leicht haben. Man hört ja immer, wie schlecht die Berufsaussichten für Geisteswissenschaftler auf dem freien Markt sind … Vielleicht können Sie da ja noch ein bisschen auf ihn einwirken, Klaas?«

»Unterrichten liegt halt nicht jedem«, blaffte ich.

»Ich sehe Nico auch nicht unbedingt vor einer Klasse. Da muss man gut organisiert und strukturiert sein. Und Nico ist halt von seiner Arbeitsweise, na ja … eher kreativ und spontan.«

»Er ist eben einfach *faul!*«, stieß meine Mutter hervor. »Nico braucht eigentlich jemandem, der ihm in den Hintern tritt …«

»Nun, Frau Jensen, *der* Sache werde ich mich sehr gern annehmen!«

»Vielleicht nimmst du dich jetzt endlich mal dieser Umzugskartons an, sonst stehen wir hier morgen noch«, knurrte ich. »Die haben mich natürlich im vierten Stock einquartiert, und es gibt keinen Fahrstuhl.«

»Fang *du* doch schon mal an, Nico. Deine Mutter und ich rauchen jetzt erst mal noch eine«, erwiderte Klaas und zauberte zwei weitere Kippen hervor.

»Oh, das ist ja so liebenswürdig von Ihnen, mein lieber Klaas! Haben Sie noch mal Feuer?«

Himmel, das war ja schlimmer als in *Die Reifeprüfung*. Ich ließ unseren Muster-Collegeboy und seine Mrs. Robinson da stehen und nahm die Inspektion von Wohneinheit 8-G in Angriff.

In der WG wurde ich mit lautstarker Musik empfangen, was nicht weiter schlimm gewesen wäre, hätte es sich nicht um die leidenschaftlich von mir verabscheuten *Sportfreunde Stiller* gehandelt. Die braven Indie-Bayern wurden von der Fachpresse als Retter der deutschen Popmusik gefeiert, eine Aufgabe, die ich doch eigentlich für mich vorgesehen hatte.

»Hey, bist du unser Neuer?«, schrie eine Männerstimme gegen das Geschrammel der *Sportfreunde* an. In einer winzigen Kochnische seitlich des Wohnzimmers stand ein etwa dreißigjähriger Mann mit einem spärlich behaarten, nahezu kugelförmigen Kopf. Sein dicklicher Körperbau hielt ihn nicht davon ab, sich in ein Muskelshirt und eine Lederhose mit Nietengürtel zu kleiden. »Hi, ich bin Leo.«

»Nico, hi.«

Er wollte mir die Hand entgegenstrecken, zog sie aber wieder zurück, da er nasse Gummihandschuhe trug. Anscheinend hatte ich meinen neuen Mitbewohner beim Abwasch gestört. »Willkommen bei uns! Ja, sorry wegen der Lautstärke, aber wenn ich am Wochenende Putzdienst hab, hör ich gern ein bisschen Musik nebenbei ... Kennst du die *Sportfreunde Stiller?*«

»Ja«, antwortete ich. Das »leider« konnte ich mir gerade noch verkneifen.

»Echt super, die Platte. Hab die jetzt schon zweimal hintereinander gehört«, sagte Leo. »Ich mag eigentlich Gothic und Wave, aber die Texte sind einfach hammergeil. Richtig tiefgründig!«

»Ich studier Germanistik«, entgegnete ich, als würde ich klarstellen wollen, wer hier die Deutungshoheit bezüglich der poetischen Qualität deutschsprachiger Songtexte hatte. »Und Musik mach ich auch nebenbei, ich spiel Gitarre.«

»Cool! Dann kannst du ja mal ein Wohnzimmerkonzert geben. Abends sitzen wir hier öfters zusammen und trinken oder spielen was.«

Das mit dem Trinken gefiel mir, aber *spielen?* Das klang nach öden Brettspielabenden mit *Tabu* oder *Sagaland*, und ich war schließlich hier, um es krachen zu lassen. Ich sah mich in meiner neuen Heimstatt um: Sie war maisonetteartig angelegt und erstreckte sich über zwei Stockwerke, drei Zimmer unten, zwei oben. Die Wände waren weiß und vollkommen kahl, der Boden aus grünem Linoleum, ein Esstisch und eine braune PVC-Sitzgruppe bildeten die spartanische Einrichtung. Es roch nach Putzmitteln und Langeweile. Ein bisschen kam ich mir vor wie im Krankenhaus oder in der Psychiatrie.

»Tja, Nico, so wie es aussieht, sind wir Zimmernachbarn ... ich hab aber kein Problem damit, wenn es bei dir mal 'n bisschen lauter wird. Ich meine, wenn ich an meine ersten Jahre hier denke, alter Schwede, haha. Ich studier jetzt im zwanzigsten Semester«, verkündete Leo stolz, als wolle er mit einer besonderen Leistung prahlen. »Hab schon ein Diplom in Bio und dann gleich noch mal Jura rangehängt, da bin ich jetzt auch scheinfrei. Wenn's klappt, will ich Anwalt für Umweltrecht werden!«

»Ah, cool«, antwortete ich, obwohl ich das kein bisschen cool fand. Meine Güte, auf was für hirnverbrannte Ideen die Leute so kamen.

»Tja, und heute bin ich mit Putzen dran«, erklärte mein Zimmernachbar und hob wie zum Beweis seine gummibehandschuhten Hände. »Geht immer reihum, jedes Wochenende. Rieke, unsere Belgierin, ist da immer ein bisschen streng ...«

Putzplan, strenge Belgierinnen? Das klang so gar nicht nach Sex und Drugs und Rock 'n' Roll, die ich mir von meinem WG-Leben erhoffte. Leo schälte sich aus seinen Gummihandschuhen. »Würde ich dir auch raten, wenn du empfindliche Haut hast. Außerdem fühlen sich die Dinger irgendwie ... na ja, *geil* an!« Er setzte ein seltsames Grinsen auf, irgendwo zwischen notgeil und vollkommen irre. Um Himmels willen, war das hier ein Studentenwohnheim oder eine Heilanstalt? »Komm, ich zeig dir mal dein Zimmer.«

Schon folgte die nächste Enttäuschung: Ein schmaler, abstellkammerartiger Raum von höchstens zehn Quadratmetern gähnte mich an.

»Tja, du hat leider eins von den kleinen Zimmern erwischt«, erklärte mein Mitbewohner. »Wer zuletzt kommt und so ... Aber mit ein bisschen Geschick und Liebe fürs Detail lässt sich da einiges draus machen. Klar, der Linoleumboden ist hässlich, aber ich hab da zum Beispiel einfach 'nen dicken Perser drübergelegt ...«

Zu dumm, dachte ich, mein Perserteppich liegt leider noch in der Auslage einer Teppichhandlung. Ich durchquerte das Zimmer mit viereinhalb Schritten und öffnete eine Fenstertür, hinter der sich statt eines Balkons lediglich ein Metallgitter befand. Immerhin minimierte es die Gefahr, dass ich im Suff eine unverhoffte Abkürzung ins Erdgeschoss nehmen würde.

»Das ist ein französischer Balkon«, belehrte mich Leo. »Besser als gar nichts, oder?«

Ich blickte von meinem Besser-als-gar-nichts-Balkon auf die Straße hinunter, wo Klaas immer noch mit meiner Mutter um die Wette quarzte und ihr wahrscheinlich gerade versicherte, ein wachsames Auge auf ihren renitenten Sprössling zu haben. Leider wohnte der Musterstudent gleich um die Ecke, ich würde also aufpassen müssen, wenn ich besoffen durch die Gassen des Univiertels eierte. Egal, ich hatte ohnehin nicht vor, in dieser Gegend Wurzeln zu schlagen. Spätestens im nächsten Semester würde ich eine obercoole Party-WG mit meinen Bandkollegen gründen, vielleicht sogar schon in Hamburg oder Berlin. Und ein paar Jahre später hätte ich dann ein stattliches Strandhaus in Portugal, wo ich lächelnd an den Klippen der Algarveküste entlangspazieren und daran denken würde, unter was für erbärmlichen Bedingungen ich damals gestartet war. Spätestens dann würde auch eine Gedenkplakette am Eingang des Wohnheims an den berühmten Ex-Bewohner erinnern. Dieser bescheuerte Hausmeister würde die Plakette jeden Morgen polieren müssen, und er würde bitter bereuen, dass er mich vorschnell als *noch so einen* mit *dänischem Allerweltsnamen* abgetan hatte. Er würde polieren und bereuen und in seiner Gruft dahinschimmeln bis an sein Lebensende, und ich würde auf meiner Sonnenterrasse meine goldenen Schallplatten polieren und über ihn lachen.

BDSM IN BRUNSWIK

Der Rest des Umzugs verlief weitgehend katastrophenfrei, und ungefähr fünftausend Zigaretten und ebenso viele Lebensratschläge später gelang es mir sogar, Klaas und meine Mutter loszuwerden. Jetzt konnte es endlich losgehen mit dem wilden Studentenleben! Ich deckte mich an der Tanke mit preiswertem Dosenbier der Marke *Neptun* ein und machte mich an die Einrichtung meines zwergenhaften Zimmers. Das Wichtigste war natürlich, den Gitarrenständer prominent und gut sichtbar für den Frauenbesuch zu platzieren: »Du spielst E-Gitarre? Wow, sogar in einer Band? Komm, du Rock-'n'-Roll-Gott, wir überspringen das Vorspiel!«

Überhaupt schien es in diesem Studenten-Gulag unerlässlich, seinem sozialistischen Einheitszimmer eine höchstpersönliche Note zu verleihen. Meinem *Möbel-Kraft*-Kleiderschrank rückte ich entschlossen mit dem *Edding* zu Leibe und verzierte das Sperrholzungetüm mit einer Collage meiner Lieblingssongtexte, vorwiegend meiner eigenen. Jeder Besucher sollte sich darüber im Klaren sein, dass zwischen diesen Wänden ein großer Poet wohnte!

Vom *Neptun* beschwingt, kam mir noch ein genialer Einfall. Im letzten Halbjahr des Kunstunterrichts hatten wir eine Technik namens *Ready-Made* durchgenommen, bei der stumpfsinnige Alltagsgegenstände zu Kunstobjekten erhoben wurden. Wäre es nicht absolute Avantgarde, wenn ich die kahle Wand über meiner Matratze mit ein paar Erzeugnissen unserer sinnentleerten Konsumgesellschaft dekorieren würde? Glücklicherweise hatten Klaas und ich uns nach der Schlepperei ausgiebig gestärkt und einen Haufen Müll hinterlassen. In welcher Studentenbude auf der großen, weiten Welt klebten schon leere Orangensaftpackungen, Chipstüten und Pizzakartons an der Wand? Es schien mir die perfekte Methode, meine einzigartige Persönlichkeit zur Schau zu stellen. Die leeren Bierdosen hingegen spülte ich aus und positionierte sie in der Zimmerecke. Hier würde nach und nach eine imposante Bierdosenpyramide entstehen und dem Zimmer eine maskuline Working-Class-Aura verleihen. Ein kleiner Bücherstapel neben der Matratze schließlich würde darauf hindeuten, dass hier gelesen und gegrübelt wurde, außerdem gaben die halbgelesenen Schinken von Kafka und Hesse hervorragende Untersetzer für Bierdosen ab.

Schließlich war ich angenehm angetrunken und fühlte mich zum ersten Mal ein bisschen wohl in meiner neuen Behausung. Es fehlte nur noch ein wichtiges, wenn nicht das wichtigste Einzugsritual. Da eine passende Partnerin kurzfristig nicht zur Verfügung stand, musste wohl oder übel meine rechte Hand aushelfen.

Hach: Selbstbefriedigung! Was um alles in der Welt wäre ich gewesen ohne mein liebstes Hobby? Ich machte es, je nach Bedarf, ein- bis fünfmal täglich. Die Einsatzgebiete für angewandte Masturbation waren so vielfältig wie das Leben: Ich wichste zum Triebausgleich, zum Wachwerden, zum Einschlafen, zur nervlichen Beruhigung, zur Stimmungsaufhellung, als Drucklöser vor sexuellen Aktivitäten und sehr, sehr oft einfach aus Langeweile. Diese nun folgende Masturbation würde der feierlichen Einweihung meiner neuen Schlafstätte dienen, auf dass viele erfolgreiche Beischlafhandlungen auf ihr stattfinden würden. Ich spulte also in meinem Kopfkino die altbewährte Szene herunter, in der mein Abiball sozusagen einen alternativen Verlauf nahm und ich Klaas' Schwester in einem leeren Klassenzimmer vernaschte.

Gerade als ich herzhaft loshobeln wollte, bemerkte ich jedoch ein seltsames Geräusch. Es kam aus dem angrenzenden Raum und hörte sich an wie eine Kreissäge. Dann schien auch noch ein Schweißgerät oder Schneidbrenner hinzuzukommen. Schließlich verletzte sich offenbar jemand schwer, ich hörte einen spitzen Schrei, von wimmernden Klagelauten gefolgt. Im schlimmsten Fall wurde nebenan eine Teufelsaustreibung vorgenommen, mit höherer Wahrscheinlichkeit hatte mein Zimmernachbar jedoch eine Schwäche für harte Horrorfilme oder so etwas. Schlagartig verging mir jegliche Lust auf mein Einweihungsritual, Klaas' Schwester würde sich in dem imaginären Klassenzimmer allein vergnügen müssen. Auf dem Weg zum Kühlschrank kam mir ein brillanter Gedanke: Warum nicht meinen neuen Mitbewohner auf ein Einstandsbier einladen?

Mit einer Dose *Neptun* als Gastgeschenk klopfte ich an seine Tür. Die Geräuschkulisse verstummte schlagartig. Ich hörte hektisches Rascheln, Schubladen wurden aufgerissen und wieder zugeknallt. Eine halbe Ewigkeit später öffnete Leo die Tür, er hatte lediglich seine Lederhose an. Ich hatte noch nie einen derart behaarten Menschen gesehen, er sah aus wie ein pummeliger Braunbär. Sein Kopf war brandrot, wie ein Streichholzkopf, um seinen Hals war ein ringförmiger Abdruck zu sehen. Ich wollte gar nicht genau wissen, was er bis eben noch dort getragen hatte. Leo war klatschnass geschwitzt und völlig außer Atem.

»Äh ... hi«, stammelte ich.

»Hi .... ich war, äh, ich meine, mein Video war hoffentlich nicht zu laut?«, keuchte Leo.

»Äh, nicht direkt – also laut schon, aber ich bin da nicht so empfindlich. Eigentlich wollte ich dich nur fragen, ob wir nicht ein Bier zusammen trinken wollen ...«

»Ach, gerne!«

Während er sich hastig ein T-Shirt überstreifte, konnte ich einen kurzen Blick in Leos Zimmer werfen. Unter Einrichtungsgeschick und Liebe fürs Detail verstand mein Zimmernachbar anscheinend Drachenfiguren, totenschädelförmige Kerzenständer und Poster von nackten Frauen in allerlei misslichen Situationen.

»Sorry noch mal wegen der Lautstärke«, entschuldigte Leo sich, während wir auf dem ungemütlichen PVC-Sofa unser *Neptun* schlürften. »Ich muss mich wahrscheinlich erst mal wieder dran gewöhnen, dass jemand neben mir wohnt.«

»Hey, wie gesagt, kein Ding. Ich bin bestimmt auch mal ein bisschen lauter, ich meine, mit meiner Gitarre und so, da nehmen wir uns nichts.«

»Cool! Ja, also, wie du vielleicht schon gemerkt hast, steh ich total auf BDSM.«

»Äh, auf was?« Ich hatte den Ausdruck noch nie vorher gehört.

»Bondage und Sadomaso. Haha, ja … ich bin einer von diesen gestörten Freaks, die auf Schmerzen abfahren. Autostrangulation, Klemmen, Luft abdrücken … ja, und wie du gehört hast, guck ich halt auch mal gerne Snuff-Videos.«

»Ah, ja, okay … ich bin da eher ganz klassisch unterwegs, haha …«

Hilfe, dieser Leo mit seinen abseitigen Praktiken war ja ein lupenreiner Psychopath. Auf einmal kam ich mir mit meinem bekritzelten Kleiderschrank und den dämlichen Orangensaftpackungen an der Wand sehr, sehr gewöhnlich vor.

»Wenn du mal in unsere Welt eintauchen willst – ich gehe gerne ins *Böll*, das ist so eine Szenekneipe für Gothics und Waver«, verriet Leo. »Da trifft man viele Gleichgesinnte ...«

»Böll? Wie der Nobelpreisträger?«

»Oh, keine Ahnung. Das ist doch irgendein Schriftsteller, oder?«

»Äh ja, ist er. Aber schon tot, glaube ich.« Hierin erschöpften sich meine Kenntnisse über Heinrich Böll im Prinzip auch schon. Für einen angehenden Germanisten hatte ich erhebliche Wissenslücken, was zeitgenössische deutsche Literatur betraf. Mir gefielen die amerikanischen Beatpoeten viel besser, bei denen wenigstens anständig gebumst und gesoffen wurde.

»Was hast du denn noch so vor heute, am ersten Abend in der neuen Stadt?«

Ich wollte mich natürlich betrinken, wenn ich mich schon nicht befummeln konnte. »Ja, das überlege ich gerade. Wo geht man denn hier als Student so hin? Mein Kumpel erzählte irgendwas von einer Burgstraße ...«

»Ach, die Bergstraße meinst du. Ja, das ist sozusagen das Epizentrum des Kieler Nachtlebens, unsere Version der Reeperbahn. Viele Kneipen und Discos. Und natürlich das *Tucholsky*, das ist der größte Studentenschuppen.«

»Klingt gut! Denke, das werde ich mir mal ansehen.«

»Mach das! Und falls du gleich 'n Mädel abschleppst – mach dir keine Sorgen wegen der Lautstärke, tob dich ruhig aus! Ich bin da nämlich auch nicht so empfindlich, hehe!« Mit geilem Grinsen streichelte Leo das kalte PVC-Sofa. Das war also Mitbewohner Nummer eins, und es gab noch drei weitere. Ich würde viel *Neptun* brauchen, damit ich hier halbwegs über die Runden kam.

SCHWARZES LOCH

Das Epizentrum des Kieler Nachtlebens war glücklicherweise fußläufig erreichbar, genauer gesagt: Anderthalb
große Bierdosen entfernt. Vom Dreiecksplatz bog ich in
eine leicht abschüssige Straße voller hässlicher Platten-
bauten ein. War ich hier richtig? Es gab ein paar Imbissbu-
den, ein oder zwei Kneipen und einen kleinen Electroclub,
vor dem ein paar Hirnamputierte in bunten Trainingsjacken zu erbärmlicher Plastikmusik um die Wette kifften.
Die größte Menschenansammlung stand vor einem Gebäude, das in Frakturschrift mit *Tucholsky* überschrieben
war. Scheinbar hatten Kieler Gastronomen die unangenehme Angewohnheit, Amüsierbetriebe nach toten
Schriftstellern zu benennen. Hinter dem *Tucholsky* war
das viel gepriesene Vergnügungsviertel dann auch schon
zu Ende. Jetzt erinnerte ich mich auch wieder an einen
etwas entmutigenden Satz aus der AStA-Broschüre für
Erstsemester, der bezüglich des Kieler Nachtlebens an-
drohte: »Die Discodichte ist niedrig, die Wahrscheinlichkeit, einen Abend voller Langweile zu erleben, hoch!«

Ich versuchte, das Positive zu sehen: Die Chancen, in
Kiel eine wichtige Veranstaltung zu verpassen, waren
überschaubar. Außerdem: Waren die Studenten in Berlin
und Hamburg nicht jedes Wochenende von der Vielzahl an
Ausgehmöglichkeiten total überfordert und kratzten sich
nach stundenlanger Durchsicht von Stadtmagazinen am
Ende in ihren Szene-WGs gegenseitig die Augen aus, weil
man sich mal wieder nicht auf eine Party einigen konnte?

Das Innere des *Tucholsky* war ein schummriges,
stickiges Labyrinth aus Pizzabuden, Billardkneipen und
schwach beleuchteten Gängen, die immer tiefer in die Düs-
ternis zu führen schienen. Es stank nach Bier, verendeten

Deos und allen möglichen Körperausscheidungen. Hier fühlte ich mich sofort wie zu Hause. Kernstück des Komplexes war ein großer, fast vollständig in Schwarz gehaltener Raum mit einer Tanzfläche, die zwei weitläufige Theken flankierten. Ich kam mir vor wie im pulsierenden Zentrum eines gewaltigen schwarzen Lochs. Der DJ wechselte gerade von *Héroes del Silencio* zu *Foo Fighters*, belanglose, aber ertragbare Chartsrockmucke also. Der Laden war bereits gut gefüllt, obwohl es gerade einmal Mitternacht war, ich konnte sogar einen leichten Frauenüberschuss ausmachen. Zwei Missionen hatte ich mir auferlegt: Die erste sah die Rekrutierung potenzieller Bandkollegen vor, die zweite (und zunächst einmal dringlichere) die potenzieller Bettgenossinnen. Ich bestellte an der hinteren Bierbar ein *Flensburger Pils* und bemühte mich, nicht wie ein Erstsemester auszusehen.

»Erstsemester, hab ich recht?«, erklang sofort neben mir eine Stimme.

Eine Frauenstimme! Sie kam aus einem durchaus niedlichen Mädchen mit Lockenkopf und schlabberigem Ringelpulli, das mich erwartungsvoll anlächelte. Noch nicht einmal zwei Minuten in diesem *Tucholsky* und ich war bereits angesprochen worden! Anscheinend war ich hier im absoluten Baggerparadies gelandet.

»Ähm, *drittes* Semester«, log ich und bemühte mich um einen verwegenen, lebenserfahrenen Gesichtsausdruck. »Aber bin gerade erst nach Kiel gezogen.«

»Dachte ich mir! Sonst hätte ich dich hier bestimmt schon mal gesehen.«

»Ja, ist heute mein erster Abend hier.«

»Tja, unser *Tuch* ist halt *der* Studentenladen. Außer bei den Juristen, die gehen ins *Tamen-T*. In der *Traumfabrik* sind eher die Älteren, also Ü25. Ich bin übrigens Merle.«

»Oh, Merle! Hey, das reimt sich auf Perle!«

Perle? Um Himmels willen, ich war doch erst beim siebten Bier des Abends und bereits in einem Stadium, da der Bildung von Sätzen kein nennenswerter Denkprozess mehr vorgeschaltet war. Ich musste mich dringend am Riemen reißen.

»Haha, Merleperle nennen mich manche wirklich«, kiekste das Lockengeschöpf. Puh, das war noch einmal gut gegangen.

»Ich bin Nico. Was trinkst du denn, Merleperle?«

»Oh danke, aber ich kann mir schon selber was zu trinken kaufen.«

Hoppla! Meine Ich-spendiere-dir-Drinks-bis-du-willig-bist-Strategie war schon einmal gescheitert. Eventuell war diese Merle doch nicht ganz so leicht zu einer nächtlichen Besichtigung meines Wohnheimzimmers zu bewegen. Zu meinem großen Schrecken bestellte sie sich auch noch eine Cola. Etwas Alkoholfreies, in einer Disco, in der Stadt mit der höchsten Kneipendichte des Universums, der Heimat der *Werner*-Comics? Verdammt, es hatte doch so gut angefangen.

Zwei *Flensburger* lang führten wir eine irgendwie öde Unterhaltung. Merle studierte Bio und Chemie auf Lehramt, was in der Schule meine absoluten Albtraumfächer gewesen waren. Also abgesehen von Mathe, Physik, Informatik, Sport, Erdkunde, Latein, Französisch und Religion natürlich. Außerdem erfuhr ich, dass sie im Klamottenladen ihrer Mutter jobbte und wahnsinnig gerne nach Dänemark fuhr. Ich saß da, in meiner betont lässig-souveränen Sitzhaltung, in der ich zunehmend Rückenschmerzen bekam, süffelte möglichst gemächlich mein Bier und tat unheimlich interessiert: »Ach, wirklich?« – »Echt?« – »Cool!« – »Das klingt spannend!«

Inzwischen war mir aufgegangen, dass diese Merleperle mit wachsender Begeisterung von sich selbst erzählte. Mein Dasein interessierte sie offenbar herzlich wenig, ebenso gut hätte sie sich mit einem der Barhocker unterhalten können. Schließlich, sie fing gerade allen Ernstes von ihren bescheuerten Meerschweinchen an, ging ich in die Offensive.

»Hatte ich schon erzählt, dass ich eine Band gründen will?«

»Äh ... nein, hattest du noch nicht ...«

»Ja! Das ist mir echt wichtig. Also neben dem Studium Musik machen. Ich schreib Songs, ich will richtig auftreten, 'ne Platte machen ...«

»Oha, da hast du ja einiges vor.«

»Ja, schon, aber ich glaube echt, dass ich damit weit kommen kann.«

»Tja, das glauben leider viele ...«

»Wie meinst du das?«

»Na, ich kenn genug von diesen Musikertypen, die ständig von ihren großen Projekten erzählen und die immer ganz kurz vor dem Plattenvertrag sind ...«

»Na hör mal, ich rede ja nicht von 'nem Plattenvertrag ... Klar, der kann später gerne mal kommen, aber es geht mir vor allem um die Musik. Also sein eigenes Ding zu machen, was auf die Beine zu stellen ...«

»Jaja ... kommt mir alles irgendwie bekannt vor. Mein Ex war da genauso drauf. Und jetzt ist er in Berlin und versucht verzweifelt, Profi-DJ zu werden.«

Ihr Ex, soso. Hier war ein Themawechsel angebracht. »Und, bist du schon lange Single?«

»Na ja, was heißt lange. Halbes Jahr inzwischen.«

Ich meinte, einen Zug von Einsamkeit in ihrem Blick zu erkennen. Dranbleiben, Nico, alter Herzensbrecher!

»Aber wie kommt das denn nur?«, säuselte ich und setzte meinen unwiderstehlichen Schlafzimmerblick auf. Jetzt galt es, den entscheidenden Treffer zu landen. »Ich meine ... so ein süßes und schlaues Mädchen wie du?«

Perfekt! Ich gratulierte mir innerlich selbst zu diesem Wahnsinns-Spruch. Die frigideste Frau der Welt würde solch lieblicher Lobpreisung nicht widerstehen können. Ich feuchtete mir schon mal unauffällig die Lippen an, hier lag eindeutig Knutschalarm in der Luft.

Merle sagte nichts, saß nur mit leicht offenem Mund da und starrte mich aus ihren Knopfaugen an. Die Sache war eindeutig: Das Mädchen wollte geküsst werden! Dezent schob ich meinen Kopf vor, mein Mund war nur noch wenige Zentimeter von ihrem entfernt, vom Paradies Liebe, vom Garten Eden. Merle wusste, was jetzt passieren würde, anscheinend hatte sie es kommen sehen, denn sie spannte ihren zierlichen Körper an und ...

... drehte sich zur Seite.

Autsch.

»Äh, hihi«, kicherte sie hilflos. »Sorry, aber bei mir geht das nicht so schnell ...«

Tja, das hatte ich ja jetzt auch gemerkt. Vor Scham hätte ich mich am liebsten unter den Zapfhahn gelegt und kräftig druckbetanken lassen.

»'tschuldige«, murmelte ich verlegen, »ich dachte ... na ja, du hast keinen Freund, und weil du ja allein hier bist und so ...«

»HALLO!?«, fauchte sie plötzlich. »Deswegen bin ich ja wohl kein Freiwild!«

»Ja, sorry, ich hab da wohl 'n falsches Signal gekriegt ...«

»Mensch, was für ein Signal denn? Ich wollte mich nur ein bisschen nett unterhalten, bis meine Freunde da sind!«

»Ja, schon gut«, brummelte ich und stolperte mit meinem halbschalen Bier Richtung Tanzfläche, um mich bei *System of a Down* abzureagieren. Was für eine peinliche Pleite, und das beim ersten Abend in meiner neuen Stammdiskothek!

Der Dancefloor war bereits derart versifft, dass die Sohlen meiner Billigturnschuhe bei jedem Auftreten festklebten. Ein bisschen kam es mir vor, als ob ich durch einen Sumpf waten würde. *System of a Down* hatten einen Pulk aggressiv pogender Metalfreaks auf den Plan gerufen, umgehend wurde ich von einem Wirrwarr aus langen Haaren, Bierflaschen und Bandshirts verschluckt. Für eine Studentendisco ging es enorm rabiat zu. Möglicherweise hatten diese Jungwikinger ebenfalls bescheidene Baggererfolge vorzuweisen und machten ihrem Ärger jetzt mit ungelenken Protesttänzen Luft.

Natürlich ereignete sich sofort ein Zwischenfall. Meine Mutter, die Kiel für ein Mekka des internationalen Verbrechens hielt, hatte mir einen Schlüsselanhänger mit Metallkettchen gekauft, damit mir im Großstadtdschungel auch niemand meine kostbare Geldbörse entwenden würde. Tja, und die Mutter meines Nebenmannes hatte wohl dieselbe Idee gehabt. Auf vollkommen unerklärliche Weise hatten wir es fertiggebracht, unsere dämlichen Geldbörsenkettchen ineinander zu verhaken. Da standen wir nun wie zwei mit Handschellen aneinandergekettete Gefängnisausbrecher in einem schlechten Western und kamen buchstäblich nicht voneinander los. Hektisch fummelten wir einander in Schrittnähe herum, motorisch bereits deutlich beschränkt. Natürlich bildete sich sofort eine Menschentraube um das absurde Schauspiel. Herrje, gerade in Kiel angekommen und schon das Gespött der Stadt! Glücklicherweise schafften wir Torfköpfe es dann doch noch, uns voneinander zu befreien, bevor die Security uns mit der Metallschere zu Leibe rücken musste.

»VOLL KRASSER SCHEISS, ALTER!«, brüllte der Typ, ein dürrer Nerd mit absurd langen Haaren, dessen bedröhnter Blick wild umherflackerte. Erst jetzt sah ich, dass er ein *Soundgarden*-Shirt trug. Immerhin, sein erlesener Musikgeschmack entschuldigte seine motorischen Defizite. Plötzlich erinnerte ich mich wieder an die andere meiner zwei Missionen. Vielleicht hatte das alles ja einen Sinn, vielleicht hatte das Schicksal uns hier auf der Tanzfläche in eindeutiger Absicht zusammengeführt!

»HEY, BIST DU ZUFÄLLIG MUSIKER?«, schrie ich dem Typen ins Trommelfell.

»WAS??«

»OB DU MUSIKER BIST!«

»NEE, ICH STUDIER INFORMATIK!«

Die zweite Pleite innerhalb von zwei Minuten. Ich war fürs Erste bedient und schwang mich auf die Holzbrüstung, welche galerieartig die Tanzfläche einrahmte.

Ein seltsames Mädchen grinste mich von der Seite an. Sie hatte ein kleines vogelartiges Gesicht, eine brandrote Lockenmähne und steckte in einem Outfit, das sie möglicherweise der Requisitenabteilung von Winnetou-Filmen entliehen hatte. Zudem war sie üppig mit Armreifen, Ketten, Ohrringen und Amuletten im asiatischen Stil behängt, wenn sie aufstünde, würde sie vermutlich klappern und scheppern wie ein wandelnder Weihnachtsbaum. Die komische Rothaarige war alles andere als mein Beuteschema, weswegen ich mich sofort entspannte.

»Läuft grade nicht so bei dir, was?«, rief sie mir zu.

Ich merkte sofort, wie ich rot wurde. »Hast du … mich etwa beobachtet?«

»Da eben auf der Tanzfläche? Klar, das hat *jeder* hier beobachtet!«

»Oh Mann, so eine Scheiße ...«

»War doch total witzig! Ich dachte ja zuerst: Wie cool, dass die da jetzt schon mitten auf der Tanzfläche rumfummeln! Wie in Woodstock! Endlich passiert in diesem öden Laden mal was!«

»Okay! Na tut mir leid, dass wir nicht wirklich gefummelt haben ...«

»Schon gut! Ich weiß, eigentlich wolltest du ja lieber mit dem Mädel da hinten fummeln!«

Vor Scham hätte ich mich am liebsten in einen der klebrigen Flecken auf der Tanzfläche verwandelt. »Wie jetzt, hast du *das* etwa auch ...?«

»Klar! Ich weiß schon, wieso ich keinen Fernseher habe! Hier im *Tuch* laufen die besten Serien!«

»Du hängst also immer hier ab und beobachtest die Leute?«

»Nicht nur! Zwischendurch knutsch ich auch mal! Aber bemüh dich nicht, du bist nicht mein Typ!«

»Du meiner auch nicht!«, schnauzte ich zurück.

»Dann sind wir uns doch einig! Ich bin übrigens Inka!«

»Tinka?«

»INKA!«

»Wie dieser Indianerstamm?«

»Indianer!? Hallo, wenn schon, dann Indios! Und korrekt heißt das *mesoamerikanisches Urvolk!*«

»Entschuldigung! Waren deine Eltern Hippies oder so was?«

»So was in der Art! Ich bin auf 'nem Bauernhof groß geworden! Hast du auch 'nen Namen, Casanova?«

»Klar, Nico!«

»Namaste, Nico! Und wofür ist das die Abkürzung?«

»Hä?«

»Na, Nico ist doch 'ne Abkürzung! Für Nicolas, Nicolai oder so was.«

»Das ist die Abkürzung für gar nichts! Ich heiß einfach nur Nico!«

Die Abkürzung für gar nichts. Besser hätte ich mich selbst in diesem Augenblick kaum beschreiben können.

»Okay, Einfach-nur-Nico, wie sieht's aus? Kiffen wir jetzt endlich einen zusammen?«

Ernsthaft gekifft hatte ich schon ewig nicht mehr, aber ich sagte trotzdem Ja, vor allem, um aus diesem verfluchten Schuppen rauszukommen. Meine traurige Teenagerzeit hatte ich in der Hauptsache zwischen Bong und Tittenmagazinen verlebt, bis ich Maren kennenlernte. Maren hasste Drogen wie die Pest, weswegen ich mir das Kiffen nach und nach abgewöhnte, aber nur, um mich umso stärker aufs Trinken zu verlagern. Irgendwann vertrug ich das psychedelische Grünzeug plötzlich nicht mehr und wurde jedes Mal wahlweise depressiv oder paranoid, wenn ich irgendwo einen Zug abstaubte. Ich folgte Inka zu einer Art Hinterhof, wo mehrere Kleingrüppchen selig ihre Spezialzigaretten dampften.

»Kiel ist totlangweilig, aber an Gras kommt man hier ohne Probleme«, verriet Inka. »Vielleicht ja gerade, weil es so langweilig ist.«

»Gehst du immer allein feiern?«

»Nicht immer. Meistens mit meiner Mitbewohnerin und ihrem Freund, aber die haben heute Pärchenabend. So viele andere Leute kenn ich hier noch nicht. Ich studier Indologie, die meisten von uns zünden sich am Samstag Räucherstäbchen an und meditieren. Und du?«

»Also ich studier Germanistik, und samstags brauch ich mein Bier.«

»Wundert mich nicht. Alle Germanisten brauchen andauernd Bier. Aber dich mochte ich sofort. Du hast so was ...«

Ja, Inka, was? Etwas Einzigartiges? Geheimnisvolles? Verwegenes? Undurchschaubares? Tiefgründiges?

»Verzweifeltes.«

»WIE BITTE!?«

»Brauchst ja nicht gleich zu schreien, Hase. Ich glaub, du hast mein Helfersyndrom geweckt, wie du da im *Tuch* von einem Fettnäpfchen ins nächste gestolpert bist. Aber ich glaube, du bist ein ziemlich netter Kerl. Verzweifelt und nett. Du schreibst bestimmt Gedichte und so was.«

»Songtexte!«, stellte ich klar. »Ich schreib Songs.«

»Wusste ich's doch.«

»Wieso das denn jetzt schon wieder?«

»Na, der sensible Poet schreit einem ja unter deiner Cooler-Rocker-Fassade nahezu entgegen.«

»Moment, ich spiel Gitarre. Ich *bin* ein cooler Rocker!«

»Ich weiß, Nico-Hase, ich weiß. Und um dein Ego zu streicheln: Wenn ich dich nicht interessant gefunden hätte, würden wir jetzt nicht hier sitzen. Bist du sicher, dass du nicht willst? Winzigen Zug vielleicht ...?«

Ungefähr zwanzig winzige Züge später rannte ich barfuß über die taunassen Rasenflächen eines Parks, ein Irrer im Morgengrauen, auf der Flucht vor einer Handvoll harmloser Graugänse.

»INKA! Halt mir diese Höllenkreaturen vom Leib! Diese Viecher hassen mich! Hast du gesehen, wie die mich angucken? GLEICH GREIFEN SIE AN!«

»Mensch, Nico, krieg dich ein«, rief mir Inka zu, die seelenruhig kiffend unter einem Baum saß. »Das sind *Gänse!* Liebenswerte, seelenvolle Geschöpfe. Die tun niemandem auch nur irgendetwas.«

»BIESTER! Schau doch, wie hässlich sie sind! Handlanger des Teufels! Ausgeburten der Hölle!«

»Sie sind wunderschön, Nico! Mann, ey, die letzte Tüte hättest du vielleicht doch nicht mehr mitrauchen sollen ...«

»Ich hasse sie! Also, ich kann sie wirklich nicht leiden ...«, jammerte ich, inzwischen einen Baumstamm umklammernd.

»Hüpf jetzt mal hier rüber, Hase, du hast hier noch ein halb volles Bier stehen. Vielleicht kommst du dann langsam mal wieder runter.«

»Geht ja gleich schon wieder ...«

Ich setzte mich neben Inka auf den nassen Rasen und griff mir das Bier. »Wo sind wir hier eigentlich noch gleich?«

»Schreventeich. Sozusagen der Kieler Stadtpark.«

»Sorry, dass ich mich so aufgeführt hab. Weißt du, ich vertrage das Zeug ...«

»Ich weiß, du verträgst das Zeug nicht mehr. Hast du mir bestimmt erst hundertmal erklärt.«

»Manchmal bin ich ein bisschen neben der Spur.«

»Wie bitte, neben der Spur? Nico, du bist alleine nicht lebensfähig. Was du brauchst, ist eine Art ... na ja, eine Art betreutes Studium.«

»Und du würdest das für mich übernehmen?«

»Habe ich eine Wahl? Wir haben alle unsere Bestimmung in dieser Welt, Hase.«

Über dem Schreventeich ging eine blasse Sonne auf, träge und widerwillig, als hätte sie einen Kater. Inka wusste anscheinend Bescheid: Ob Sonne, Gans oder

Mensch, wir alle hatten unsere Bestimmung, und so wie die Dinge lagen, würde Inka die Betreuung einer Rocklegende in Ausbildung übernehmen müssen. Das Schicksal ließ niemandem die geringste Wahl.

URLAUB MACHEN, WO ANDERE STUDIEREN

Im Gegensatz zu Leo, der außer Putzpartys mit mieser Musik und Autostrangulation zu Gewaltpornos keinerlei Auftrag im Leben zu haben schien, waren die anderen WG-Insassen nur selten zu Hause. Sowohl der jungdynamische BWLer Felix als auch die Maschinenbaustudentin Rieke, eine burschikose Belgierin mit Bürstenschnitt, verbrachten fast den ganzen Tag in der Uni oder ihren Nebenjobs. Ich beschloss, mich vor beiden in Acht zu nehmen.

Der Vierte im Bunde blieb zunächst ein Phantom.

»Halvar ist auf 'nem Segeltörn in der Ostsee, der kommt wohl erst zum Semesterstart wieder«, lautete Leos Erklärung. Halvar, was war denn das für ein bescheuerter Name? Und wozu um alles in der Welt schipperte man freiwillig in der Ostsee herum? Ich stellte mir diesen Halvar als grimmigen Wikingerkapitän vor, der Ratten mit der bloßen Hand zerquetschen konnte und in seinem Rauschebart Seevögel nisten ließ. Meine Güte, da war ich gerade mal ein paar Tage in Kiel und bereits großflächig von Geistesgestörten umgeben.

Mein Studium hingegen versprach eine recht gemütliche Angelegenheit zu werden. Um meinen sensiblen Denkapparat nicht unnötig zu überfrachten und sozusagen behutsam ins Akademikerleben reinzukommen, hatte ich mich bei der Gestaltung meines Stundenplans aufs Notwendigste beschränkt. Mein Wochenpensum sah die Einführungsseminare in Literatur- und in Sprachwissenschaft sowie je einen Grundkurs in den beiden Nebenfächern vor. Dazu hatte ich mir noch zwei Vorlesungen ohne Anwesenheitspflicht herausgesucht, die ich nach Lust und Laune besuchen würde. Als ich mich für alles eingeschrieben und angemeldet hatte, lachte mir eine lässige Vier-Tage-Woche mit sagenhaften zwölf Wochenstunden entgegen, was mir jede Menge Freizeit zum Saufen, Auskatern und Musikmachen lassen würde. Dieses blöde Studium schien ein Klacks zu sein, wenn man es nur clever genug anging!

Nun waren bis zum Vorlesungsbeginn noch knappe zwei Wochen totzuschlagen. Ich hätte meine Nase in die Lehrbücher stecken können, die Klaas mir mitgebracht hatte, »damit du ein bisschen vorarbeiten kannst«. Die Schwarten trugen entmutigende Titel wie »Einführung in die Erzähltheorie«, »Strukturale Textanalyse« und »Grundlagen der germanistischen Linguistik«. Moment mal, Linguistik? Das hatte doch irgendwas mit italienischen Pastasorten zu tun, oder? Irgendwie schien es mir vernünftiger, in Sachen Uni nichts zu überstürzen. Was, wenn ich die Sachen falsch verstand oder in der verkehrten Reihenfolge abarbeitete? Und wäre es nicht unfair den anderen Studenten gegenüber, wenn ich bereits mit Vorkenntnissen im Seminarraum erschien? Meine Dozenten sahen es bestimmt auch nicht gern, wenn in den Kursen ein unterschiedlicher Leistungsstand vorhanden war. Nein, es war viel besser, ganz bei null anzufangen!

So studierte ich statt germanistischer Fachliteratur erst einmal den Busfahrplan und unternahm ausgedehnte Bier-Exkursionen in die Strandvororte der Landeshauptstadt. Zu den Vorzügen meiner neuen Heimat zählte zweifellos ihre Lage am Meer, im Sommer würden hier mit Sicherheit eine Menge heißer Strandpartys stattfinden, wo ich am Lagerfeuer mit meiner Gitarre die Herzen stolzer Skandinavistik-Studentinnen zum Schmelzen bringen würde. »Studieren, wo andere Urlaub machen« lautete der Wahlspruch der Universität Kiel. Mir persönlich erschien die Sachlage eher umgekehrt, während ich am Falckensteiner Strand mit den Füßen im Sand und ein paar *Neptun* im

Schädel ausgiebig ausspannte. Wenn ich abends angenehm angetrunken die Tür zum Wohnheim aufschloss, hatte ich oft das Gefühl, in ein Hotelzimmer einzukehren.

Tja, und dann lernte ich Halvar kennen, der im Zimmer über mir residierte. Bereits am Tag seiner Rückkehr hatten wir uns einander kurz in der WG-Küche vorgestellt. Halvar war angehender Geografiestudent und hatte offenkundig noch weniger Ahnung als ich, was man denn mit einem Abschluss in seinem obskuren Studienfach anfangen könnte. »Es erschließt sich gerade«, erklärte er mit zaghafter Stimme und ratlosem Blick. »Das Spektrum ist ziemlich breit. Man kann eigentlich viel damit machen … also wenn man sich auf ein Gebiet spezialisiert. Der Markt verschiebt sich ständig. Da läuft viel in Projekten und Feldstudien. Ich hab ein paar Schwerpunkte, die ich anpeile, bin aber noch nicht festgelegt.«

Das war ja fast noch besser als der Schwachsinn, den ich auf die Frage nach meinen Berufswünschen regelmäßig von mir gab. Passend zu seinem seltsamen Vornamen war Halvar ein durch und durch nordischer Typ: Weißblonde, struppige Haare, eine frisch-gesunde, schweinchenrosafarbene Haut und riesige, strahlend weiße Zähne. Was ausgerechnet ein kerniger Naturbursche wie er an der Uni verloren hatte, war mir schleierhaft. Er schien definitiv an die frische Luft zu gehören, unter einen stürmischen skandinavischen Himmel, an Bord eines Segelschiffs, das er eigenhändig aus selbst geschlagenen Ulmen gezimmert hatte.

Eines Nachmittags feilte ich auf meiner Matratze an einem potenziellen Hit, als ich mal wieder seltsame Geräusche vernahm. Es klang metallisch und industriell, als hätte jemand eine Maschine angeworfen, die nun in rhythmischer Abfolge vor sich hin stanzte und ratterte. Der Takt der Maschine brachte mich komplett raus, so konnte ich nicht arbeiten! Diesmal aber kam der Sound nicht aus Leos Folterkammer nebenan, sondern von oben. Was zum Teufel war das? Zimmerte sich dieser Halvar in seiner Bude etwa ein neues Segelboot zusammen? Ich ging hoch und klopfte an seine Zimmertür. Einmal, zweimal, fünfmal: Nichts passierte, das Rattern und Stanzen ging weiter. Schließlich siegte die Neugier und ich öffnete die Tür einen Spaltbreit.

Das Zimmer sah genauso aus wie meins, nur dass es durch die Dachschrägen noch beengter wirkte. Eine Einrichtung war abgesehen von Umzugskartons und einer Isomatte nicht vorhanden, der Raum wirkte kahl und ungemütlich, wie eine Abstellkammer. Halvar saß unter mächtigen Kopfhörern mitten im Zimmer vor einem Metallgestänge, auf das mehrere in Plastikringe eingefasste Gummischeiben aufgesteckt waren, er schlug mit zwei hölzernen Sticks beherzt darauf ein. Ein elektronisches Schlagzeug! Mein Mitbewohner war Drummer!

Halvar bemerkte mich schnell und riss sich hastig die Kopfhörer von den Ohren. »Oh! Sorry, hört man das etwa bei dir?«, entschuldigte er sich, nervös lächelnd.

»Ja, aber absolut kein Problem. Ich spiel selber E-Gitarre. Bin gerade auch am Daddeln.«

»Geil, so ein Zufall!« Halvar strahlte übers ganze rosige Gesicht. »Welche Richtung denn?«

»Tja, schon so Rock. Indie, Alternative, Grunge ... Ich schreib auch eigene Songs«, prahlte ich.

»Geile Sache. Ich kann auch bisschen Gitarre, aber hab null Talent zum Songschreiben. Spielst du schon lange?«

»Ich? Äh ... ja, also, schon ein paar Jahre«, log ich. »Und du? Also Schlagzeug, mein ich?«

»Hab mit fünfzehn angefangen. Ich versuch, mit dem Drumkit hier ein bisschen im Training zu bleiben ... Mein richtiges Set steht noch bei meinen Eltern in Wentorf. Wentorf *bei Hamburg!*«, verkündete Halvar stolz, als ob er damit eine besonders beneidenswerte Herkunft offengelegt hätte. »Hab da in 'ner Punkband gespielt. Na ja, wegen Umzug und so ist es damit aber erst mal vorbei.«

»Wie hieß die Band denn?«

»*Bierkiller*. Superkreativer Name, ich weiß. Wir waren eher so regional bekannt, in der Gegend um Wentorf und Bergedorf. Sind auf Partys und Schulfesten aufgetreten. Bei unserem Abiball auch, aber davon weiß ich nix mehr, hehe!«

Der Junge wurde mir immer sympathischer. »Ich hab früher auch Punk gemacht«, sagte ich, wobei ich mir Mühe gab, cool und welterfahren zu klingen. »Wir hießen *Syntax Error*.«

»Oh. Nie von gehört ...«

»Na ja, wir waren auch eher so ... regional bekannt. War halt was Semiprofessionelles, aber ich konnte mich da musikalisch nicht so ausleben.«

»Und, hast du schon 'ne neue Band am Start?«

»Hm, nee, bisher nicht. Also, paar so kleine Projekte«, log ich. »Nichts Konkretes aber. Wie sieht's bei dir aus?«

»Auch noch nichts bisher. Bin ja auch erst seit 'n paar Tagen in der Stadt.«

»Ah, okay.«

Ein paar Momente lang starrten wir verlegen aneinander vorbei. Peinliche Stille, keiner traute sich, den ersten Schritt zu machen.

»Ja, also, wenn du Lust hast ...«, brachte Halvar schließlich heraus. »Ich meine, man könnte ja mal 'n bisschen zusammen jammen. Komm doch einfach mit deiner Klampfe rauf.«

»Klar, gerne!«, stieß ich hervor, eventuell einen Tick zu enthusiastisch, um cool und welterfahren zu wirken. Himmel, es lief mir eiskalt den Rücken runter. Ein Drummer auf der Suche nach einer Band – und ein Stockwerk darunter ein Gitarrist, der eine gründen will: Das konnte unmöglich einfach nur Zufall sein. Nichts Geringeres als das Schicksal hatte uns in dieser Dachkammer zusammengeführt! So wie die Zukunft die ideale Frau für mich bereithielt und mir hoffentlich bald zuführen würde, so hielt sie auch die ideale Band für mich bereit, und Halvar war offensichtlich dazu auserwählt, in dieser Band Schlagzeug zu spielen.

Obwohl, Moment: Eine essenziell wichtige Sache galt es natürlich vorher zu klären.

»Trinkst du eigentlich gerne Bier, Halvar?«

»Äh, ja. Klar. Gerne. Sehr gerne sogar.«

»Sehr gut! Bock, dich zu besaufen?«

»Hey ... na klar, Mann!«

Wir waren jung und auf dem Weg zur Tanke, zwei Musiker voller Energie und voller Träume, im Begriff, eine Band zu gründen, eine Band, die den Planeten in Stücke reißen würde. Aus der Enge des Wohnheims traten wir hinaus auf die Straße wie coole Götter. Die Welt stand uns sperrangelweit offen. Wir waren Anfang zwanzig und machten Musik. Was um Himmels willen sollte uns aufhalten?

HÜSKER DÜ, KRISSI?

In den folgenden Tagen wurde Halvars Dachkammer zu einer Art behelfsmäßigem Proberaum umfunktioniert. Während mein Mitbewohner sein Plastikschlagzeug penetrierte, spielte ich E-Gitarre über meinen etwa taschenbuchgroßen Übungsverstärker, den manche Musikgeschäfte als Scherzartikel verkauften und der bisweilen Geräusche von sich gab wie ein verstelltes UKW-Radio. Anfänglich gingen wir mehr oder weniger noch einmal Peter Burschs Gitarrenbuch durch, mit den wohlbekannten Evergreens kamen wir ganz gut rein. Zwischendurch mogelte ich auch ein paar Akkordfolgen aus meiner Feder unter.

»Das kenn ich, glaube ich. *Nirvana?* Aus dem Unplugged-Konzert?«

»Nix *Nirvana*. Nico Jensen«, verkündete ich stolz.

»Ach was, das ist von dir? Spiel das noch mal, ich glaub, mir fällt da was zu ein ...«

Wie sich herausstellte, hatte Halvar ein großartiges Gespür dafür, wie ich mir meine Lieder vorstellte. Es war herrlich, die Songs endlich mit einem Schlagzeugbeat zu hören, den ich mir bis dahin immer nur dazu eingebildet hatte! Irgendwann spielten wir nur noch mein eigenes Material, eine gesunde Mischung aus punkigen und melancholischen Stücken. So entwickelten wir nach und nach unseren eigenen Stil, unsere eigene Musik, wir erlebten das rauschhafte Gefühl, aus dem Nichts etwas Neues zu schaffen, während die Nachmittagssonne das Studentenzimmer in honiggoldenes Licht tauchte.

»Gute Melodie, aber ich kapier den Text irgendwie nicht«, kommentierte Halvar, als ich mich nach ein paar *Neptun* erstmalig traute, zu einem meiner Meisterwerke zu singen. »Wie war das: ›Der interstellare Orgasmus erwartet uns‹, ›Gott und sein Anwalt werfen Kometen nach mir‹? Was soll das denn bedeuten?«

»Das sind ungegenständliche Texte. Abstrakter Symbolismus, schon mal gehört?« Den Ausdruck hatte ich im Kunstunterricht aufgeschnappt, ich mochte ihn, weil er alles und nichts erklärte. Davon abgesehen achtete ich beim Schreiben meiner Texte darauf, dass sie möglichst nebulös und irgendwie schräg klangen. Ich hatte mir angewöhnt, den Sinn unter einem Haufen wirrer Metaphern zu begraben, sodass ich am Ende oft selbst nur noch vage Ahnungen hatte, wovon sie eigentlich handelten.

»Abstrakter *Wasfürndingsbums?* Ich versteh kein Wort, aber du bist der Literaturstudent. Ich hab nur einen einzigen Song in meinem Leben geschrieben, der handelte von meiner Ex und hieß: *Fick dich.* Das war eigentlich auch schon der ganze Text …«

»Also, vom tieferen Sinn her geht's in meinen Liedern auch um Weiber«, erläuterte ich, was auch nicht ganz von der Hand zu weisen war. In jedem zweiten Songtext beschimpfte ich ein lyrisches Gegenüber, hinter dem sich bei genauerer Betrachtung die kleingeistige Verräterin Maren verbarg. »Lass das mit den Texten mal meine Sorge sein, kümmer dich einfach ums Schlagzeug.«

»Perfekte Aufteilung, Mann!«

Wie ich *Neptun* um *Neptun* erfahren sollte, stand das Liebesleben meines Mitbewohners in Sachen Trostlosigkeit dem meinen in nichts nach. Halvars Sandkastenfreundin Svantje hatte es im letzten Schuljahr gewagt, seine Geschlechtsorgane durch die ihres Tennislehrers zu ersetzen, ein Umstand, der ihm mächtigen Kummer zu bereiten schien. Zum Glück waren wir an der Uni, und zum Zweck sexualwissenschaftlicher Studien stand am Freitag die offizielle Semester-Eröffnungsparty auf dem Plan. Den ganzen Tag schon hatte es mich in den Fingern gejuckt, sah ich doch im Feiern von Partys einen zentralen Bestandteil meiner akademischen Ausbildung. Halvar hingegen blickte der Veranstaltung eher skeptisch entgegen. Der Segelfreak war zwar groß und kräftig gebaut, sein grob geschnittenes Gesicht jedoch glich dem eines Bauern-burschen – ich hegte die beruhigende Vermutung, dass er mir die Mädchen nicht unbedingt im Sekundentakt weg-schnappen würde. Noch dazu trübte ein weiteres Dilemma Halvars Erwartungshaltung. »Auf Partys steh ich entweder schüchtern in der Ecke und krieg das Maul nicht auf, oder ich bin zu besoffen und mach mich zum Löffel. Entweder zu wenig oder zu viel ...«

»Kommt mir bekannt vor. Die Kunst besteht darin, die goldene Mitte zu finden.«

»Und wie finden wir die?«

Bei Saufstrategien meinte ich, mich auszukennen. »Wir trinken so zwei, drei Bierchen, bis wir leicht angestrahlt sind. Dann trinken wir bis zur Party nichts mehr. Und dann immer ein Bier so jede halbe Stunde. So müssten wir den Pegel eigentlich gleichmäßig halten können. Wichtig ist auch, dass wir nicht zu früh hingehen. Am besten erst so um zwölf, dann sind die Mädels schon willig, die meisten Typen aber schon zu besoffen. Und dann treten wir auf den Plan, so gut wie nüchtern. Eindeutiger Wettbewerbs-vorteil!«

»Genial, Alter!«

»Na klar ist das genial! Und dann bumsen wir alles, was nicht bei drei auf den Bäumen ist!«

»Yeah, auf jeden, Alter!«

»Okay: Jetzt haben wir es halb sieben.«

»Oh Mann, das sind ja noch über fünf Stunden bis zur Party ...«

»Dann trinken wir bis dahin zwei Halbe, also eins alle zweieinhalb Stunden. Kriegen wir das hin?«

»Kriegen wir hin. Also, Prost!«

»Prost!«

Fünf Stunden später hingen mein Mitbewohner und ich über einem Blumenkasten auf dem Parkplatz der pädagogischen Fakultät und überantworteten unseren Mageninhalt stoßweise den Geranien. Während wenige Meter weiter die ersehnte Erstiparty abging, waren wir Vollpfosten bereits völlig im Eimer. Mein großartiger Saufplan war auf ganzer Linie gescheitert.

»Scheiße, Mann«, röchelte Halvar, »das letzte Wegbier war glaub ich irgendwie schlecht ...«

»Ich glaub eher dein *Oldesloer*.«

»Oder der beschissene Weißwein von Leo.«

»Schieb mal 'n Kaugummi rüber ...«

Nachdem unsere Mägen sich der vergifteten Getränke entledigt hatten, nahmen wir endlich die Party in Angriff. Nun, viel anzugreifen gab es dort nicht: Zu bemüht ausgeflippter Discomusik standen verkrampfte Erstsemester in der Eingangshalle herum und klammerten sich schüchtern an ihren Getränken fest. Wir waren ein wenig ratlos, ob die Veranstaltung bereits dem Ende entgegenging oder noch nicht in Schwung gekommen war. Im schlimmsten Fall war das öde Rumgestehe bei Kieler Studentenpartys der Normalzustand. Missmutig scannte ich die Szenerie: Niemand war am Knutschen, in keiner Ecke wurde gefummelt, kein Pärchen wälzte sich frivol auf dem Boden herum, niemand hatte sich auch nur ansatzweise seiner Bekleidung entledigt. Mit den anarchischen Gelagen amerikanischer Collegefilme, in denen sich enthemmte Elitestudenten im Crystal-Meth-Rausch gegenseitig schier die Geschlechtsteile abrissen, hatte diese trübe Veranstaltung nur wenig gemein.

Selbstredend galt es erst einmal, unsere lädierten Verdauungsorgane durch gezielte Alkoholzufuhr wieder in Ordnung zu bringen. Wir entdeckten eine behelfsmäßige Bar aus zusammengeschobenen Tischen, hinter der ein griesgrämig dreinblickendes Emo-Mädchen den Ausschank betreute, eine Aufgabe, die ihrem Wesen völlig zu widerstreben schien. Hoffentlich würden wir hier noch ein Bier bekommen, bevor sie zwischen Pappbechern und Colaflaschen Selbstmord verüben konnte.

»Hi, zwei Bier bitte.«

»Vier Euro«, fauchte die bleich geschminkte Punklady, die wir vermutlich gerade aus einer lieblichen Suizidfantasie gerissen hatten. Wieso eigentlich vier Euro? Ich war davon ausgegangen, dass man sich als eingeschriebener Student der Universität Kiel hier kostenlos betrinken konnte. Wozu bezahlten wir denn bitte schön den Semesterbeitrag?

»Wir sind Studenten hier an der Uni«, stellte ich klar.

»Und wenn ihr Nobelpreisträger wärt, das Bier kostet zwei Euro«, keifte Madame Missgelaunt, den Blick voller Hass auf alles Lebendige. Widerwillig kratzten wir unsere bescheidene Barschaft zusammen.

»Hey, gibt's kein kaltes?«, wagte Halvar zu fragen. Ganz großer Fehler.

»Siehst du hier irgendwo 'nen Kühlschrank, du Intelligenzbestie?«

»Nee ...«

»Dann nehmt euch jetzt das scheiß Bier aus dem Kasten und verzieht euch, ihr seid nicht die einzigen Penner, die hier was saufen wollen!«

Wir griffen uns zwei handwarme *Flensburger* und machten uns vom Acker, bevor die Vampirfrau uns an die Schlagadern springen konnte.

»Meine Fresse, was 'ne beschissene Party.«

»Du sagst es, Alter.«

»Dabei war die ja eigentlich ganz niedlich ...«, murmelte Halvar.

»Die Emo-Tussi? Dein Ernst, Mann?« Der Junge war offenbar bis in die Haarspitzen untervögelt.

»Keine Ahnung, irgendwie stehe ich auf so geschminkte, gepiercte Frauen. Na ja, eigentlich steh ich auf alle Frauen, wenn ich besoffen bin ...«

»Dann kannst du uns bei deiner Traumfrau gleich das nächste Bier holen, ich geh so lange mal schiffen.«

Was Halvar seine gepiercten Girls, waren mir öffentliche Toiletten. So seltsam es klingt, wenn es eines gab, was ich beinah so sehr liebte wie Musik und Mädels und Bier, dann waren es Spülsteine. Die grünen mit frischem Apfelduft hatte ich besonders gern. Keine Ahnung, wo ich diesen seltsamen Fetisch aufgeschnappt hatte. Möglicherweise sehnte ich mich unbewusst nach einem Leben in Reinheit und Unschuld, vielleicht war ich als Kind auch in ein Klosett voller Spülsteine gefallen. Selig stand ich am Pissoir und erquickte mich an dem herrlichen chemischen Hauch, den mein Bierstrahl aus den kleinen Wunderwürfeln herauslöste. Ich machte mir gerade ernsthaft Gedanken, ob man Spülsteine wohl rauchen könnte, als hinter mir jemand eine der Klotüren aufriss.

»SORRYYYYYY!!«, schrillte eine sturzbetrunkene Stimme. »Ich bin glei-heich wieder we-heg!«

Um ein Haar wäre ich reflexartig herumgefahren und hätte meine Verrichtung auf dem Toilettenboden fortgesetzt. Per Schulterblick erkannte ich die Umrisse einer weiblichen Person. Entgegen ihrer Ankündigung machte sie jedoch keine Anstalten, das Herrenklo zu verlassen, sondern ließ sich ganz entspannt auf den Fliesen nieder.

»Lass dich von mir nicht stören, ich dreh mir nur schnell eine«, lallte sie. »Die Mädchentoilette war voll, und da dachte ich, ich geh mal kurz nach nebenan ... Haha, stört dich doch nicht, oder?«

»Nee, schon okay«, log ich.

Heiliger Spülstein, wie peinlich. Ich war zwar weiß Gott nicht verklemmt, aber es gab ein oder zwei Tätigkeiten, bei denen ich eher ungerne weibliche Zuschauer hatte. Ich beeilte mich mit meinem Gepiesel und verstaute mein Gehänge hastig in den dafür vorgesehenen *C&A*-Boxershorts. Anscheinend gab es in Kiel nur extrem langweilige oder extrem bescheuerte Frauen.

Aber dann sah ich sie, wie sie im Schneidersitz auf dem versifften Fliesenboden hockend ihre Zigarette rollte. Mit ihrer verstrubbelten hellblonden Kurzhaarfrisur und dem von Bierflecken übersäten Spaghettitop sah sie aus wie eine betrunken aus dem Bett gefallene Fee. Ich musste an die Bilder von Hollywoodstars denken, die Klatschmagazine unter der Rubrik »Peinliche Partybilder« abdruckten – nur dass dieses Mädchen tausendmal hübscher war als jeder Hollywoodstar und überhaupt jedes Mädchen, das ich jemals gesehen hatte. Wie immer, wenn ich das schönste Mädchen der Welt erblickte, was ungefähr alle zwei bis drei Tage der Fall war, schrumpfte mein Flirtvokabular auf ein Mindestmaß zusammen.

»Oh, hi, ich .... also, ich wollte gerade ...« versuchte ich mich an einem Satzkonstrukt mit ungewissem Ausgang.

»JA, TU ICH!«, schrie die Zauberfrau plötzlich. »ICH ERINNERE MICH!!«

»Äh ... was?«

»Na, dein T-Shirt! Das fragt mich doch, ob ich mich erinnere! Und ja, ICH ERINNERE MICH! Ich erinnere mich nur nicht mehr, woran ich mich erinnere, hahaha!«

Kein Wort verstehend guckte ich an mir herunter. Ich trug ein T-Shirt der legendären Punkband *Hüsker Dü*. Wie viele musikbegeisterte Altersgenossen war ich der Ansicht, dass Bandshirts auf Frauen eine maskuline Anziehungskraft ausüben würden. »Oh, ach so ... ich wusste gar nicht genau, was das heißt.«

»Das heißt auf Schwedisch ›Erinnerst du dich‹. Was ist das, 'ne Band?«

»Ja, eine ziemlich gute.«

»Nie gehört. Sind die aus Schweden?«

»Nein, aus Amerika.«

»Auch okay. Ich lerne gerade Schwedisch fürs Studium. Skandinavistik!«

Das überraschte mich nicht im Geringsten.

»Ah, cool ...«, antwortete ich, weil mir ums Verrecken nichts Dümmeres einfiel.

»Und, was studierst du?«, wollte die Fee nun wissen.

Irgendwie hatte ich das Gefühl, dass mein sorgsam eingeübter *Neueredeutscheliteraturundmedien*-Quatsch hier nicht für Begeisterungsstürme sorgen würde. Ich durfte jetzt keinen Fehler machen.

»Ich, äh ... ja, also ... ich studiere ... Architektur.«

Das schien mir die perfekte Antwort zu sein: Architekten waren bekanntlich stinkreich, außerdem hatte ihr ehrbarer und anspruchsvoller Beruf zugleich eine künstlerische und eine handfeste Komponente.

»Oh cooooool! Hätte ich gar nicht gedacht … ich meine, du siehst eher aus … wie ein Musiker oder so!«

»Aber ich *bin* Musiker!«, brüllte ich sie mehr oder weniger an. »Hab grade 'ne Band gegründet. Mit meinem Mitbewohner. Ich spiel Gitarre und sing.«

»Coooooool! Ich steh total auf Musiker!«

Sie schenkte mir ein entsetzlich süßes, besoffenes Lächeln, wobei mich strahlend weiße, irritierend perfekte Zähne wie aus der Zahnpastawerbung anblitzten. Himmel, sie stand auf Musiker! Ich konnte vorläufig nicht anders, als einfach nur selig zurückzugrinsen.

»Habt ihr schon einen Namen?«, fragte sie.

Die Spülsteine schoss es mir durch den Kopf, glücklicherweise konnte ich diesen hirnrissigen Einfall aber für mich behalten. »Äh nee, also, noch keinen festen. Wir …«

»Also, ich hab einen. Also, nicht für euch. Für mich, mein ich, hihi. Ich heiß Kristiane, aber mich nennen alle Krissi.«

»Nico. Mich nennen alle Nico.«

Mich nennen alle Nico. Das war derart schwachsinnig, dass es schon fast wieder gut war.

»Haha. Hi, Nico. Voll die lahme Party, was?«

»Oh, ja!«, stimmte ich zu, obwohl ich gerade anfing, die Party alles andere als lahm zu finden. Das schönste Mädchen des Universums unterhielt sich schließlich mit mir! Möglicherweise würden Krissi und ich uns gleich hier auf dem Herrenklo küssen, umgeben von frischem Apfel- und Zitrusduft, und es würden sozusagen Millionen von Spülsteinen auf mich herniederregnen. Das Einzige, was unserer gemeinsamen Zukunft jetzt noch im Weg stehen konnte, war irgendein Trottel, der die Tür zum Herrenklo aufreißen und mir meine Traumfrau entreißen würde.

Dieser Trottel war ungefähr zwei Meter groß, trug eine alberne Fünfzigerjahre-Aufmachung und röhrte »Ach hier bist du, Krissi!« in unser geheimes Liebesversteck.

»SORRYYYYYY!!«, kreischte Krissi und sprang auf. Sie war zierlich und kurvig zugleich, eine seltene, aber perfekte Kombination. »Ich hab mich hier irgendwie verquatscht ... mit Nicky, dem Musiker!«

»Nico«, murmelte ich.

»Ach ja, Nico.«

»Jaja, Krissi, du und dein Verquatschen. Die anderen warten schon, wir wollen endlich ins *Tuch*, verdammt!«, blökte der Eindringling.

»Ja-haaa, André, ich komm ja schon. Hey, Nicky, mach's gut, ja? Sag Bescheid, wenn ihr das erste Konzert habt!«

»Ja, mach ich ...«

»Mach hinne, Krissi!«

Der Riesenpavian schleifte sie förmlich nach draußen. Wahrscheinlich hätte ich eingreifen und um meine Herzensfrau kämpfen sollen, allerdings schätzte ich die Nahkampffähigkeiten von diesem André-Arschloch geringfügig höher ein.

»Bis bald«, zirpte sie. Und dann passierte es: Im Vorbeigeschleiftwerden reckte Krissi ihren filigranen Hals und drückte mir einen Kuss auf die Wange. Er roch wahrscheinlich nach Drehtabak und Bier, in meiner Fantasie aber nach Mandelmilch, Engelshaar und Sternenstaub. Ich würde mich nie wieder waschen können.

Während ich noch ein wenig im Krissi- und Spülsteinrausch vor mich hin glimmerte, wurde wieder die Tür aufgerissen. Diesmal war es Halvar.

»Alter, was stehst du denn hier rum? Bist du high oder was?«

»Und wie, Alter.«

»Hast du gekifft?«

»Nee, 'ne Frau getroffen. Komm, wir müssen ins *Tucholsky!*«

»Wieso das denn?«

»Na weil *sie* da hin ist.«

»Aber jetzt fährt doch kein Bus mehr, und zu Fuß ist das über 'ne Stunde.«

»Laber nicht, wir müssen da hin!«

»Hör mal, ich bin bei der Thekenfrau echt auf 'nem guten Weg ...«

»LOS JETZT!«

Als wir knappe zwei Stunden später vor dem *Tucholsky* aufschlugen, wurde der Laden gerade dichtgemacht. Von Krissi und ihren Redneckfreunden keine Spur. Ich hatte kaum noch Promille im Kopf, keinen Cent mehr in der Tasche und zudem den Zorn Halvars heraufbeschworen, dessen vage Beischlafaussichten mit einer Emo-Zicke ich zunichtegemacht hatte.

Und dennoch war ich besoffen vor Glück. In dieser magischen Nacht hatte ich die Frau der Frauen getroffen, meine Muse, an deren Seite ich zum Rockstar reifen würde. Gemeinsam würden wir über ein Imperium herrschen. Nico und Krissi, König und Königin von Kiel. Von hier aus würden wir die Welt erobern. Das Schicksal kannte bekanntlich keine Irrtümer, unser gemeinsamer Lebensweg, unser grandioses, ewiges Glück lag vor mir wie ein fertiges Buch.

Jetzt galt es nur noch, Krissi zeitnah davon in Kenntnis zu setzen.

BUNTE STEINE

Spät zu Bett gehen, spät aufstehen, Gitarre spielen, in Halvars Dachkammer an Songs herumbasteln, *Neptun* saufen, wichsen, andauernd zum Strand fahren, im *Tucholsky* besoffen herumbaggern, ab und zu irgendwo hinkotzen und auf Unipartys Traumfrauen auf dem Herrenklo kennenlernen – das Leben war wirklich wundervoll in diesen ersten Frühlingstagen in Kiel. Von mir aus hätte es immer so weitergehen können. Dann aber war plötzlich Semesterbeginn, und ich wurde schmerzhaft daran erinnert, was das einzig Unangenehme am Studentenleben war: Das Studieren.

Wer sich (wie ich) eine Universität als klassizistischen Prachtbau mit Säulenhallen und schneeweißen Statuen vorgestellt hatte, musste von der Kieler Version einigermaßen enttäuscht sein. Die Einrichtung war nach dem Zweiten Weltkrieg eher behelfsmäßig aus dem Boden gestampft worden, die meisten Gebäude versprühten den Charme des Kreiswehrersatzamtes Bad Oldesloe. Die Uni war nach einem gewissen Christian Albrecht benannt worden, und wer der Knilch war, wusste eigentlich niemand so genau.

Das germanistische Seminar lag zwei Bushaltestellen vom Hauptgebäude entfernt an einer Straße, die ins Nichts zu führen schien. Wald- und Sumpflandschaften umringten den Gebäudekomplex, anscheinend war die Stadt Kiel hier zu Ende. Immerhin bestätigte sich die Verheißung vom Frauenüberschuss: Weibliche Wesen in nahezu jeder Ausprägung wuselten zwischen den einzelnen Bildungsbaracken herum. Wie schon Klaas scharf beobachtet hatte, strömten die Hübschesten dem skandinavistischen Seminar entgegen, das günstigerweise direkt über der

Germanistik beheimatet war. Mit hoher Wahrscheinlichkeit würde mir hier früher oder später sogar Krissi über den Weg laufen. Eine Kneipe oder zumindest eine Tankstelle auf dem Seminargelände hätte den ersten Eindruck perfekt gemacht, aber man konnte nicht alles haben.

Mein Grundkurs »Einführung in die Literaturwissenschaft: Strukturale Textanalyse des prosaischen Spätwerks von Adalbert Stifter« wurde von einem frisch promovierten Endzwanziger geleitet, der Dr. Jens Carstens hieß und wie jemand aussah, der in seinem gesamten Leben noch keine Minute Spaß gehabt hatte. Er schien mächtig stolz zu sein auf seine Lehrtätigkeit, verwies aber ungefähr alle zwei Minuten darauf, dass er nur für zwei Jahre befristet angestellt sei, weil die Uni sich ja kaputtsparen würde. Von Anfang an ließ Dr. Carstens keinen Zweifel daran aufkommen, dass wir alle wie auch er selbst einen großen Fehler begangen hatten: »Die meisten aus meinem Jahrgang sind immer noch am Suchen. Außerhalb der Uni sind die Stellen für Literaturwissenschaftler natürlich rar gesät. Sie müssen sich immer vor Augen halten, dass die gesamten geisteswissenschaftlichen Studiengänge für die freie Wirtschaft im Grunde überflüssig sind. Sie werden nach Ihrem Abschluss so gut wie alle als Quereinsteiger anfangen und mit den ganzen anderen Quereinsteigern um eine Handvoll Quereinsteigerjobs konkurrieren müssen.«

Ich sah mir meine künftigen Konkurrenten um lukrative Jobs in der Callcenter- und Taxibranche mal an. Die wenigen männlichen Vertreter bildeten einen jämmerlichen Haufen aus steifen Buchhaltertypen, ziegenbärtigen Möchtegernliteraten mit Baskenmütze und einem bleichen Asthmatiker, der sich ausschließlich von Knoblauchzehen zu ernähren schien und offensichtlich kurz vor einem amtlichen Nervenzusammenbruch stand.

Die Mädchen waren besser durchmischt: Von der herausgeputzten Tochter aus reichem Hause mit Krokodilledermäppchen über die batikbetuchte Öko-Gretel bis hin zur feministischen Menstruationslyrikerin war alles dabei, wenn mich auch keine so wirklich aus meinem unbequemen Schalensitz riss. Dass wir alle nutzlos für den Arbeitsmarkt und vollkommen verloren waren, störte mich eigentlich wenig: Es würde mich noch mehr anspornen, meine Musikkarriere in erfolgreiche Bahnen zu lenken. Studiert doch, bis ihr schwarz werdet, ihr Loser! In zwei oder drei Semestern würde ich einen lukrativen Knebelvertrag bei einem großen Ausbeuter-Label unterschreiben und dieses nutzlose Studium in die Tonne kloppen können.

Entsprechend trübselig fiel dann auch die Vorstellungsrunde aus. Die meisten Seminaristen stammelten bezüglich ihrer Zukunftshoffnungen erwartungsgemäß was von »Journalismus«, »Lektorat«, »Öffentlichkeitsarbeit« oder griffen gleich zum Klassiker: »Irgendwas in den Medien«. Es war zum Haareraufen: Ein Seminarraum voller potenzieller Sozialfälle. Am liebsten hätte ich offengelegt, dass ich nach dem Studium »was mit Mädchen« machen wollen würde. Aber das stimmte ja nicht so ganz, denn ich wollte es schon während des Studiums.

Kurz bevor ich an der Reihe war, flog die Tür zu unserem Klassenzimmer auf und eine Nachzüglerin rauschte herein.

»Sorry ... ich hab den Raum nicht gleich gefunden. Ich bin doch so ein kleines Mädchen, an so einer großen Universität, hihi ...«

Da war es wieder, dieses schrille Gekicher, das sich in meinem Kopf anhörte wie Engelsgesang. Die dreiste Zuspätkommerin war keine Geringere als Krissi, meine Klobekanntschaft von der Erstiparty! Die Ärmste musste wohl Germanistik als Nebenfach belegt haben, wie so viele, denen einfach nichts Blöderes einfiel. Mit sahnig-süßem Lächeln und einem Oberteil, das jeden Atomwaffensperrvertrag brechen würde, trippelte sie an den augenrollenden Studentinnen vorbei zu einem freien Stuhl schräg gegenüber von mir. Alle männlichen Anwesenden inklusive Dr. Carstens hatten sichtlich Mühe, das Sabbern zu unterdrücken.

»Schön, dass Sie uns doch noch mit Ihrer Anwesenheit beehren, Frau ...?«

»Kristiane von Rothenbach.«

Um Gottes willen, auch noch eine Blaublütige! Eine echte Prinzessin!

»Schön, ich hake Sie dann hier mal ab. Wir sind gerade noch bei unserer Vorstellungsrunde. Wer war an der Reihe? Der junge Mann hier vorn?«

Auch das noch. Ich stand kurz vor einem hormonell bedingten Herzinfarkt und sollte jetzt auch noch vor Krissi sowie allen anderen offenlegen, wer ich war und was ich in diesem beknackten Seminarraum verloren hatte. Moment, hatte ich auf der Party nicht noch behauptet, ich würde Architektur studieren? Herr im Himmel, betete ich, lass sie einen Filmriss gehabt haben.

»Ja, also ... ich heiße Nico Jensen. Germanistik, Geschichte, Ethnologische Europäologie ... äh, Europäische Ethnologie, meine ich.«

Niemand lachte, obwohl mein charmanter Versprecher doch unfassbar lustig gewesen war. Mich beschlich eine leise Ahnung, dass Germanisten generell einem komplett humorlosen Menschenschlag angehörten. Und Krissi? Die hatte eines dieser neumodischen Mobiltelefone aus der Tasche gezogen und tippte geistesabwesend darauf herum. Eigentlich verabscheute ich diese ständig erreichbaren Wichtigtuer mit ihren lächerlichen Handys, im Fall von Krissi aber war ich geneigt, Gnade walten zu lassen. »Ja, und beruflich würde ich nach dem Studium gerne ...« Das war meine große Chance, mich von der Masse abzuheben! »Also, ich möchte ins Musikbusiness.«

Dr. Carstens guckte, als hätte ich soeben meine Mitgliedschaft in der RAF zugegeben. »Na so was, Herr Jensen. Das ist ja mal ganz was anderes. Was genau stellen Sie sich denn da vor?«

»Also, ich habe schon immer Musik gemacht, in Bands gespielt ... Ich könnte mir vorstellen, bei einem Plattenlabel zu arbeiten. Vielleicht sogar selber mal eins zu gründen.«

»Interessant. Meinen Sie nicht, dass BWL da besser gepasst hätte?«

»Nicht unbedingt ... Ich sehe mich eher auf der konzeptionellen Schiene. Bandbetreuung, Imagepflege, Promotion, Marketing, so was.«

Dr. Carstens zuckte entsetzt mit den Augenbrauen. Das musste so ziemlich der größte Unsinn gewesen sein, den je ein angehender Germanistikstudent von sich gegeben hatte. »Ah, ja ... Sie sehen, meine Damen und Herren, das Berufsfeld für uns Literaturwissenschaftler ist doch sehr breit gefächert. Manchmal sind es gerade die ungewöhnlichen Karriereziele, die den meisten Erfolg versprechen.« Er machte sich irgendeine Notiz in seinen Unterlagen, wahrscheinlich so etwas wie »Absoluter Vollidiot, nimmt weder das Fach noch mein Seminar ernst, einfach durchfallen lassen«.

Krissi derweil tippte immer noch völlig entrückt auf ihrem *Nokia* herum. Von meinen Ausführungen schien sie kein Wort mitbekommen zu haben. Ich bemühte mich vergeblich um Blickkontakt mit ihr, aber die Außenwelt schien für sie vollkommen irrelevant. Schließlich war sie selbst an der Reihe, sich vorzustellen. Wir erfuhren, dass ihre Familie ein Sommerhaus in Südschweden besaß und dass sie als Kind Pippi Langstrumpf geliebt hatte, was sie als völlig hinreichend ansah, ein Studium der Skandinavistik zu absolvieren. Der Knaller war aber ihre Begründung, warum sie Germanistik und Kunstgeschichte als Nebenfächer gewählt hatte: »In Deutsch war ich immer ganz gut und in Kunst und in Geschichte auch, hihi!«

Das fand natürlich wieder niemand witzig, besonders die weiblichen Kursteilnehmerinnen nicht, die unsere Seminarqueen mit neidisch-feindseligen Blicken durchbohrten. Ich hingegen schmolz auf meinem Plastiksessel schier zu einer klebrig-süßen Masse aus Verliebtheit zusammen. Okay, Krissi schien nicht unbedingt eine Intellektuelle zu sein, aber wollte ich das denn? Die Frau meiner Träume sollte mich vor allem anhimmeln und sexuell bei Laune halten, wozu da eine akademische Karriere? Wenn ich den Plattenvertrag erst einmal in der Tasche haben würde, bräuchte Krissi ohnehin nicht zu arbeiten. Mit der Instandhaltung unserer Poolvilla und der Aufzucht unserer siebenundzwanzig wunderschönen, kerngesunden Kinder wäre sie dann mehr als genug ausgelastet.

Während ich mich meinen süßen Träumereien hingab, hörte ich mit einem halben Ohr Dr. Carstens den Ablauf seines Seminars umreißen. Wie sich herausstellte, würde es um einen österreichischen Schriftsteller mit dem kreuzdämlichen Namen Adalbert Stifter gehen, von dem ich noch nie etwas gehört hatte. Der verschrobene Ösi hatte anscheinend im vor- oder vorvorletzten Jahrhundert den mäßig erfolgreichen Erzählband *Bunte Steine* verfasst, anhand dessen wir Schwachköpfe nun das kostbare Handwerk der Literaturwissenschaft erlernen sollten. *Bunte Steine!* Als Albumtitel wäre das von jeder ernst zu nehmenden Plattenfirma achtkantig abgelehnt worden. Immerhin hatte der tote Poet es geschafft, post mortem die Aufmerksamkeit der schönsten Frau aller Zeiten auf sich zu ziehen, denn Krissi schrieb mit ihrem Glitzerkuli nun eifrig die Seminardaten in ihren Collegeblock. In den Semesterferien hatte jeder der Anwesenden eine Hausarbeit von zwanzig Seiten Länge anzufertigen. Moment mal, in den Semesterferien? Die wollte ich mir doch eigentlich frei halten, um mit meiner Band auf Promotiontour durch die Republik zu tingeln und Demo-CDs aufzunehmen. Entgegen meiner Erwartungen artete dieses Germanistikstudium nun wohl doch noch in Arbeit aus, so ein Ärger!

Gleich nach der Veranstaltung versuchte ich natürlich, Krissi auf dem Flur abzupassen. Leider griff sie sofort zu ihrem blöden Handy und führte erst mal ein Endlostelefonat. War nicht allgemein bekannt, dass diese Mobilfunkgespräche sündhaft teure Rechnungen nach sich ziehen würden? Wahrscheinlich gehörte Krissis Familie zum großindustriellen Geldadel, und ihr Vater saß gerade im schwedischen Sommerhaus und beglich mit ein paar Bankanrufen die ausufernden Handyrechnungen seiner Tochter. Ich sah bereits vor mir, wie ich mich in der marmornen Eingangshalle des Anwesens als Germanistikstudent und Musiker vorstellte und Konsul von Rothenbach mich umgehend von den Schäferhunden zu Tode hetzen ließ. Wahrscheinlich würde ich mich mit dem Reich-und-berühmt-Werden etwas beeilen müssen.

Schließlich steckte Krissi den verfluchten Apparat weg und fing an, sich eine Zigarette zu drehen.

»Äh ... Krissi?«

»Hey ... äh, warte, woher ... Warst du auch in dem Seminar?«

»Ja ... und auf der Party neulich.«

»Puh, ich war auf vielen Partys in letzter Zeit, hihi. Hilf mir mal eben ...«

»Nico! Wir waren auf der Erstiparty zusammen auf dem Klo.« Das war vielleicht etwas unglücklich ausgedrückt, jedenfalls sah Krissi kurz aus, als ob sie den Wahrheitsgehalt dieser Behauptung mit ihrem Gedächtnis abgleichen würde. »Also, ich meine, wir haben uns da unterhalten ... *Hüsker Dü?*«

»Ach jaaa, natürlich. Jag kommer ihåg! Das T-Shirt, hihi. Sorry, Rico, ich muss ganz dringend los, ein paar meiner Leute wollen noch zum Falckensteiner Strand nachher ... Wir sehen uns ja dann nächste Woche, okay?«

»Ja ...«

»Bis dann!«

»Wir können ja mal einen Kaffee ...«, wollte ich noch vorschlagen, aber da war sie bereits ins Gewirr umherwuselnder Studenten eingetaucht. Die Poolvilla und die kerngesunden Kinder schienen plötzlich wieder sehr, sehr fern.

MITTLERES TEQUILUM

Schnell zeichnete sich ab, dass mein Endgegner auf dem Weg zur Zwischenprüfung der Lateinkurs sein würde. Die letzten Monate über hatte ich mir angewöhnt, weit nach Mitternacht mehr oder weniger besoffen ins Bett zu fallen und bis in den späten Vormittag meinen Rausch auszuschlafen. Jetzt sollte ich mich jeden Mittwochmorgen um sieben Uhr mit Cäsar, Cicero & Co auseinandersetzen, weil meine Fächerkombination dummerweise den Nachweis eines mittleren Latinums vorschrieb. Immerhin konnte ich auf die Gesellschaft von Inka bauen, die Kunstgeschichte im Nebenfach hatte und nun schon den zweiten Anlauf in Sachen Latein nahm.

Der Kurs war in der Tat gut besucht: Ungefähr fünfzig bemitleidenswerte Trottel, die Latein in der Schule wahrscheinlich mit klugen Sprüchen wie »Das ist doch 'ne tote Sprache« und »Das brauch ich eh nie wieder« nach zwei Jahren abgewählt hatten, quetschten sich in den viel zu engen Seminarraum. Von meinem Logenplatz auf einer der Fensterbänke aus scannte ich das Teilnehmerfeld ergebnislos auf blonde Traumfrauen namens Krissi ab. Vielleicht war sie ja unerwarteterweise in der Schule ein Latein-Ass gewesen und brauchte den doofen Schein gar nicht mehr, oder der Termin kollidierte mit ihren Schönheitsschlafzeiten. Möglicherweise ahnte Krissi auch ganz einfach, dass eine Frau wie sie auch ohne abgeschlossenes Studium lässig durchs Leben kommen würde.

Eine drahtige Lehrerin namens Frau Fritsch leitete den Kurs. Sie trat im Trainingsanzug an, da sie direkt im Anschluss noch Sportunterricht an einem Vorstadtgymnasium erteilte. Obwohl schon jenseits der vierzig, hatte Frau Fritsch bereits am frühen Morgen die Gesamtenergie einer zugekoksten Volleyballmannschaft. Ihre größte Freude war es aber, sich über das Latein-Lehrbuch lustig zu machen. »Ich frage mich ja wirklich, wer diese Texte geschrieben hat! Zum Beispiel gleich in der ersten Lektion, da geht Severus mit Domitilla über eine Brücke und Severus sagt: ›Wir gehen über eine Brücke.‹ Und dann lesen Sie mal, was Domitilla antwortet: ›Hic locum vere amoenus est!‹ – ›Das ist ein sehr angenehmer Ort!‹ Ich meine, WAREN DIE BEIDEN BETRUNKEN ODER WAS!?«

Wer allerdings wirklich betrunken war, war Inka. »Wo warst du denn gestern, Nico? Ich hab dich im *Tucholsky* vermisst.« Meine Lateinkollegin roch, als hätte sie die halbe Bergstraße leer getrunken.

»Im *Tucholsky?* Am Dienstag?«

»Hase, du muss noch viel lernen. Dienstags ist im *Tuch* die Tequila Night! Da gibt's zu jedem Getränk immer einen Tequila gratis.«

Die wirklich wichtigen Sachen verschwiegen sie einem natürlich wieder in der nutzlosen AStA-Broschüre.

»Klingt nach 'ner vernünftigen Party.«

»Die einzig brauchbare in ganz Kiel! Ich frage mich ernsthaft, wie man einen Lateinkurs ausgerechnet am Morgen nach der Tequila Night ansetzen kann. Die Hälfte der Leute hier hab ich vor ein paar Stunden noch völlig breit auf der Tanzfläche rumhüpfen sehen.«

»Hast du den Kurs deswegen letztes Semester nicht geschafft?«

»Tja, wenn man öfter als zweimal verpennt, wird man gestrichen ...«

Hier musste ganz offensichtlich ein Notfallplan her.

»Ich hab da 'ne Idee«, sagte ich. »Wir treffen uns jeden Dienstagnachmittag zum Lateinlernen und gehen danach zusammen zu dieser Tequilanacht. Da betreuen wir uns dann gegenseitig, damit wir nicht zu viel trinken und zeitig ins Bett kommen.«

»Geniale Idee, Hase! Ich schreib dir mal meine Adresse auf ...«

Inka wohnte in einer WG im Stadtteil Gaarden, einem etwas heruntergekommenen Szeneviertel am Ostufer der Förde. Da man bei der Planung der Landeshauptstadt blöderweise das U-Bahn-Netz vergessen hatte, fuhr ich mit dem Bus und kam sozusagen zu meiner ersten Stadtrundfahrt. Vor allem die im Bombenkrieg plattgemachte Innenstadt wusste durch ihre geradezu obszöne Hässlichkeit zu beeindrucken. Überhaupt schien das ganze Kaff nach fünfundvierzig als eine Art provisorische Übergangssiedlung hochgezogen worden zu sein, bevor man es irgendwann mit einer richtigen Stadt versuchen würde.

Gaarden hingegen gefiel mir auf Anhieb. Der Stadtteil galt als der Schandfleck von Kiel, als das »schlechte Ufer«. Mürrische Taugenichtse und Dealer lungerten in den Hauseingängen herum, auf den Bürgersteigen wucherten Müllsäcke, hin und wieder fand sich schon mal ein aufgeschlitztes Sofa am Straßenrand. Wenn ich noch einmal in Kiel umziehen sollte, würde ich mich bevorzugt für Gaarden entscheiden.

Inkas WG lag in einem dieser Altbauten, die von außen nach Jugendstilromantik und von innen nach einer Menge Probleme aussahen.

»Geh am besten an den Wänden lang, da knarren die Dielen nicht so. Und die Türen – immer schön vorsichtig aufmachen, sonst hast du die Klinke in der Hand. Übrigens, wir haben eine Etagentoilette. Die teilen sich drei Wohnungen ...«

»Was riecht hier so komisch?«

»Ach so, Caro hat mal wieder das krasse Chemiezeugs benutzt. So alle paar Tage müssen wir hier auf Schimmeljagd gehen …«

In Inkas Zimmer sah es aus wie in einem indischen Aschram – beziehungsweise so, wie ich es mir in einem indischen Aschram vorstellte: Traumfänger und Tücher mit seltsamen Schriftzeichen hingen an den Wänden, überall standen Kerzen, Schälchen und Holzfiguren von Ungeheuern mit Elefantenköpfen oder ein paar Armen zu viel. Inka besaß weder einen PC noch einen Fernseher, einziges elektronisches Gerät schien ein Kassettenrekorder zu sein, aus dem die bei Kiffern beliebte Sitarmusik leierte. Es roch nach Räucherstäbchen, Gras und Schimmelentferner.

Wir tranken Tee aus bemalten Holzschälchen, den Inka Chai nannte und zu dem sie mir Sojamilch und Amarantkekse anbot. »Ich bin Vegetarierin, versuche aber gerade, vegan zu werden«, erläuterte sie. Ich hatte keine Ahnung, was das sein sollte. Veganismus war im Jahr 2002 in Deutschland etwa so verbreitet wie Breitbandinternet oder Denguefieber.

»Und das heißt?«

»Kein Fleisch, keine Eier, keine Milchprodukte. Ich will künftig auch auf Leder verzichten. Ab und zu werd ich leider noch schwach und hau mir so viele Kinderriegel rein, bis ich mich übergeben muss.«

»Aber was ist mit Bier?«

»Bier ist vegan.«

Puh, dachte ich, noch einmal Glück gehabt. Ich musste mir keine neue Betreuerin suchen.

»Und du?«, fragte Inka. »Isst du Fleisch?«

»Ach, ganz selten mal!«, log ich, die korrekte Antwort hätte »andauernd« lauten müssen. Meine Ernährung basierte in der Hauptsache auf Cheeseburgern und Salamipizza. Gemüse mied ich, wo es ging, ich lebte sozusagen in der ständigen Angst, an einer Überdosis Vitamine grausam krepieren zu müssen. Überhaupt gingen mir Themen wie Umweltschutz, Ethik oder soziale Fragen völlig am Arsch vorbei. Als angehende Rocklegende war ich mit der Rettung der deutschen Musikbranche vollkommen ausgelastet.

»Caro und ihr Freund sind auch Vegetarier. Hier in der WG werden keine Tiere gegessen«, stellte Inka klar.

»Ich werde mich zusammenreißen ...«, murmelte ich und beschloss, das Thema zu wechseln. »Wieso hast du eigentlich keinen Freund?«

»Ich hab's nicht so mit Treue. Liegt nicht in meinem Chakra! Ich versteh mich als Dienerin der Liebe, aber meine Liebe soll nicht auf eine einzige Seele beschränkt sein.«

»Oh. Dasselbe Chakra hab ich wahrscheinlich auch.«

Das war natürlich schon wieder Unsinn: Ich hatte gar keine Möglichkeit, untreu zu werden, weil ich in Sachen Frauen chronisches Pech hatte. Seit dem Fiasko mit Maren hatte ich außer ein paar Suffknutschereien und einer haarsträubenden Kurzaffäre mit der geistesgestörten Schwester eines Bandkollegen sexuell nichts zustande gebracht. Meinen Schwanz benutzte ich im Prinzip nur noch, um Bier auszuleiten. Die heiß ersehnte Tequila Night schaffte da hoffentlich Abhilfe.

Nachdem wir ungefähr zweieinhalb Minuten intensiv lateinische Grammatik gepaukt hatten, gingen wir mit wesentlich größerer Entschlossenheit zum Vorglühen über. Inka führte mich ins Wohnzimmer, das jeweils zur Hälfte mit indischem Mumpitz und mit Konzertplakaten dekoriert war. Irgendjemand hier schien Bands wie *Tocotronic*, *Blumfeld* und *Tomte* anzubeten, also meine künftige

Konkurrenz auf dem Plattenmarkt. Andererseits: Diese dreißigjährigen Rock-Opas waren doch schon lange auf dem absteigenden Ast, reif, von wesentlich hungrigeren und innovativeren Gruppen wie meiner vom Thron gestoßen zu werden. Früher waren sie wild und wütend gewesen, jetzt saßen sie in ihren Berliner Szenewohnungen und nervten mit ihrem pseudointellektuellen Gejammer. Was mich ehrlicherweise am meisten an ihnen störte, war jedoch, dass sie bereits Erfolge vorzuweisen hatten und ich nicht.

Nahezu zeitgleich mit uns traf ein ungleiches Pärchen im Wohnzimmer ein.

»Hey, Leute, Spitzen-Timing! Das sind Carolin beziehungsweise Caro, meine Mitbewohnerin, und Helge, ihr Freund.«

Ich hatte kurzzeitig das Gefühl, den Musiksender *VIVA ZWEI* eingeschaltet zu haben: Caro mit ihrer Trainingsjacke und den zahllosen Piercings glich fast bis aufs Haar der in Indiekreisen beliebten Moderatorin Charlotte Roche. Helge hingegen war ein kauziger Schlaks um die dreißig, der sich für einen Buchhalter-Look mit Kastenbrille, Pullunder und Stehkragen entschieden hatte. Er verabreichte mir einen strengen Blick und einen noch strengeren Händedruck zur Begrüßung. Anscheinend meinte er, sofort klarstellen zu müssen, wer die Schürfrechte in der Unterwäsche seiner Partnerin hatte.

»Das ist Nico – wir machen Latein zusammen«, erklärte Inka und merkte wahrscheinlich umgehend selbst, wie bescheuert sich das anhörte. Ebenso gut hätte sie verkünden können, dass wir miteinander angewandte Sexualkunde pauken würden.

»Nico spielt in 'ner Band«, schob sie hastig hinterher.

»So? Welche Richtung denn?«, fragte Helge.

»Äh ... so Deutschrock«, murmelte ich kleinlaut unter den strengen Blicken von *Tocotronic* & Co. »Wir sind aber erst zwei Leute. Ist noch ganz frisch, das Projekt.«

»Frische Projekte kommen doch immer gut«, sagte Caro. »Hauptsache, ihr macht nicht so 'nen Schnullikram wie die *Sportfreunde*. Wir im Norden müssen echt aufpassen, dass sich das Gefälle in Sachen Deutschrock nicht nach Süddeutschland verschiebt. Und gerade Kiel hat da krass viel Potenzial!« Caros überraschend tiefe Stimme klang, als ob sie eine Radiosendung moderieren würde. Wie ich wenig später erfahren sollte, hatte die Studentin der Musikwissenschaft während eines Praktikums bei *Radio Schleswig-Holstein* ein umfassendes Sprechtraining absolviert. Ich stellte mir vor, wie sie wohl beim Sex klingen würde: »Orgasmusradio Welle eins, das waren heiße Rhythmen in der Missionarsstellung, wir nähern uns jetzt mit Riesenschritten dem Höhepunkt, bleiben Sie dran ...«

Die Expertin kam jetzt voll in Fahrt. »Zurzeit wollen ja alle irgendwie auf der Deutschrockwelle mitschwimmen. Wichtig ist ein gewisser Wiedererkennungswert – und dass ihr auch handwerklich was draufhabt. Diese Grunge-Masche der Neunziger hat sich überlebt, der Trend geht jetzt wieder zu anspruchsvolleren Sachen ...«

»Ja, das sehe ich genauso«, sagte ich, obwohl ich das keineswegs genauso sah. Was wusste diese Caro denn schon? Meinen Weg zum Ruhm würden nicht virtuose Gitarrenkünste, sondern geniale Songs für mich bereiten, den Rest erledigte dann schon meine 1-a-Persönlichkeit. Die zu ihrer vollen Entfaltung jetzt unbedingt ein paar Bier und sexuelle Erfolgserlebnisse brauchte.

Mit ein paar *Flensburgern* und einem verblüffend geschmacksneutralen veganen Reisgericht im Bauch nahmen wir gegen Mitternacht endlich die Tequilaparty in

Angriff. Inka hatte nicht zu viel versprochen, das *Tucholsky* war voll wie eine Sardinenbüchse. Viele Gesichter kannte ich von der Uni, aber es schienen auch haufenweise Nicht-studenten anwesend zu sein. Und Mädchen in allen Variationen: Kühle Kajal-Blondinen, lebensfrohe Land-mädels, Linksfeministinnen in Rollkragenpullovern, schroffe Metalbräute, überschminkte Emo-Teens in Netz-strümpfen, biedere Lehramtsstudentinnen, Indie-Girls mit Rastalocken und Nasenpiercings, schlaksige Sportlerin-nen, dralle Fleischerei-Azubinen mit Silberblick. Der Clou an der Veranstaltung war, dass zu jedem Bier ein Gratis-Tequila ausgeschenkt wurde. Die ganze Diskothek war besoffen. Verdammt, dachte ich mir, wenn ich es hier nicht schaffe, werde ich es nirgendwo schaffen.

Wir quetschten uns an die Bar und erstanden unser Tequila-Gedeck. Der mit Salz und Zitrone servierte Schnaps schoss mir wie Benzin in den Schädel. Ich be-schloss, meine erste Runde zu machen. Meine damalige Flirtstrategie basierte darauf, die Tanzfläche zu umrunden und nach potenziellen Knutschpartnerinnen Ausschau zu halten, mit denen ich dann Blickkontakt aufzubauen ver-suchte. Die Problematik dabei: Sobald ich mir genug Mumm angesoffen hatte, um ein Mädchen anzusprechen, waren meine kommunikativen Fähigkeiten auch schon auf ein unerträgliches Minimum geschrumpft, und ich ver-patzte das Erstgespräch mit einer kläglichen Kombination aus schlechten Witzen und Prahlerei über meine bevorste-hende Musikkarriere. Es war zum Verzweifeln. Wahr-scheinlich würde ich eher meinen Doktor in Literaturwis-senschaft machen, als dass ich im *Tucholsky* jemanden zum Ringelpiez finden würde.

Heute aber war alles anders. Ich war kaum zu meiner ersten Glotzrunde aufgebrochen, als ich auch schon mehr oder weniger in eine üppige Vertreterin der Landfrauen-Fraktion hineinlief. Oder sie in mich, so genau war das nicht voneinander zu unterscheiden.

»Ohhhh ... en-entschulligen Sie, der fa-feine Herr«, lallte die pralle Provinzmaus, in der Hand einen Drink, den ich als den bei Dorfscheunenfeten beliebten *Fanta*-Korn identifizierte. Lüstern lächelte die Planierte mich an. Meine Güte, das war jetzt fast schon zu einfach! Ich schwafelte irgendetwas von wegen »Mein Fehler, holdeste Teure« oder ähnlichen Unfug, aber hier war eindeutig keinerlei Konversation mehr vonnöten. Ich beugte mich zu meiner Zufallsbekanntschaft hinunter, den Kopf leicht angewinkelt, täuschte einmal links an, um dann zielstrebig ...

... den Kopf zurückzuziehen, denn während des Landeanflugs hatte ich Krissi entdeckt, die inmitten eines Pulks aus breitschultrigen Rockabilly-Affen ins *Tucholsky* einschwebte. Krissi, meine Liebesgöttin, die Mutter meiner achtundsiebzig Kinder! Natürlich durfte sie keinesfalls mitkriegen, mit wem ich mich in ihrer Abwesenheit hier vergnügt hatte.

»Wasnlos, der Herr, hassun Gespensgesehen oder was?«, brabbelte die Bauerstochter.

»Ich, äh ...« Mein halbbesoffenes Hirn rotierte auf der Suche nach einer raffinierten Ausrede für meinen Rückzieher. »Ich ... ich hab gerade gemerkt, dass ich noch nicht bereit für eine feste Beziehung bin!«

Das Mädel glotzte mich einfach nur wie erstarrt an ob dieser unfassbar beknackten Begründung. Bevor berechtigte Nachfragen kommen konnten, drehte ich mich um und flüchtete zurück an den Tresen, wo ich hinter Inka in Deckung ging. Meine größte Sorge war, dass Krissi mich beobachtet haben könnte.

»Okay«, sagte Inka. »Okay, Nico, ich hab das eben beobachtet und eins und eins zusammengezählt. Sag mir bitte, dass das nicht wahr ist, Nico!«

»Dass was nicht wahr ist?«

»Kristiane von Sowieso!? Du stehst auf dieses kleine strunzdumme Flittchen?«

»Hey, nun rede mal nicht so ...«

»Aha. Alles klar ... na ja, was wunder ich mich eigentlich, auf diese hohle Fritte stehen ja alle. Das halbe *Tuch* kriegt Stielaugen, wenn sie mit ihrem Gefolge hier einläuft.«

»Kennst du sie etwa?«

»Kennen? Na ja, vom Sehen von der Uni und hier im *Tuch* ist sie ja auch öfter mal. Vergiss die bitte bloß schnell. Erstens hat die, glaub ich, nicht allzu viel in ihrem hübschen Köpfchen und zweitens schäkert die mit jedem rum, lässt aber keinen wirklich ran. Ich glaub, die steht irgendwie drauf, Männer um den Finger zu wickeln ...«

»Du bist doch bloß eifersüchtig!«, kläffte ich, wohl wissend, dass das blanker Unsinn war.

»Quatsch, Hase. Ich will dich bloß davor bewahren, dass du dich da in was verrennst.«

»Ich entscheide immer noch selbst, in was ich mich verrenne.«

»Glaub mir, Hase, du bist nicht ihr Typ.«

»Was ist denn ihr Typ?«

»Na, guck dir die Gockel da hinten doch an. Muskelbepackte Elvis-Verschnitte mit ebenso wenig Hirn wie sie selbst.«

»Aber wir haben uns schon mal unterhalten, und ich hab da echt was gespürt ...«

»Ja, bei dir vielleicht. In deiner Hose. Kommst du jetzt mit raus, einen kiffen?«

Etwas missmutig folgte ich Inka nach draußen, in einem großzügigen Sicherheitsabstand um die Krissi-Gang. Na wartet's ab, dachte ich, ihr werdet alle schon noch sehen, wer Kristiane von Rothenbachs Typ ist. Inka wird es sehen, die Redneck-Rowdys werden es sehen, vor allem Krissi selbst wird es sehen.

DORFROCK

Ich hatte mich grade wieder halbwegs mit Halvar zusammengerauft, als er bei einer Biersession in meinem Zimmer mit einer unangenehmen Nachricht rausrückte.

»Pass auf, ich mach ja gerne mit dir Musik, aber ... na ja, ich meine, solange wir noch keinen Proberaum und keine richtige Band haben ... Also, es ist doch okay, wenn ich noch mit anderen jamme, oder?«

Es klang fast wie in einem amerikanischen Collegefilm: »Hör zu, Chad, es ist doch okay, dass ich noch mit anderen ausgehe, solange wir noch kein festes Paar sind, oder?«

Natürlich war das alles andere als okay, aber ich konnte wohl schwerlich etwas dagegen machen. Seit Wochen schon suchten wir erfolglos nach einem bezahlbaren Proberaum, und ich besaß noch nicht einmal einen richtigen Gitarrenverstärker. Halvar hatte vollkommen recht: Abgesehen von ein paar vage ausgearbeiteten Stücken hatten wir noch nicht ansatzweise etwas, das eine richtige Band ausmachte.

»Okay, und mit wem machst du Musik?«

(»Wie heißt das Schwein, mit dem du dich triffst, Tracy?«)

»Mit einem aus meinem Geografiekurs und seinem Bruder. Sie haben auch 'ne Sängerin.«

»Habt ihr auch 'nen Namen?«

»Was heißt hier *wir*, ich bin ja noch kein festes Mitglied. Hab erst einmal ein bisschen mit denen gejammt, drüben in Kronshagen in 'ner Garage. Die haben da auch ein komplettes Drumset stehen. Die Band heißt *Mousetrap*.«

»Ah, ja ... ziemlicher Scheißname«, knurrte ich, innerlich rasend vor Eifersucht. »Und was für Musik macht ihr Mäusefänger?«

»Noch mal, Mann: Ich bin noch kein festes Mitglied, okay? Die machen so Alternative, bisschen zu poppig für meinen Geschmack. Aber die Sängerin kann singen und sieht geil aus. Die haben sogar schon 'ne Webseite ...«

Ich versuchte, mir nichts anmerken zu lassen, aber es fühlte sich wirklich ein bisschen so an, als ob Halvar fremdgegangen wäre. Am Abend warf ich das Modem an, um den Internetauftritt meiner Konkurrenten unter die Lupe zu nehmen, was aufgrund des zähflüssigen Seitenaufbaus mit 56 k eine abendfüllende Beschäftigung darstellte. Immerhin, dem brandaktuellen Medium Internet sei Dank, konnte sich inzwischen jede Dorfkapelle der weiten Welt präsentieren, als hätte diese auf sie gewartet. Im Selbstdarstellungswahn präsentierten *Mousetrap* unter dem Menüpunkt *Members* die öden Biografien der Bandmitglieder mitsamt Fotogalerie. Basser und Gitarrist sahen aus wie zwei Dorftrottel, die sich für die Faschingsparty im Gemeindezentrum Kronshagen als coole Rocker verkleidet hatten. Ein Klick auf *Jule* hingegen förderte eine erstaunlich attraktive Frontfrau zutage, die im Zivilleben Krankenschwester war und angeblich seit ihrem zwölften Lebensjahr Gesangsunterricht hatte. Jule hatte sich in Minirock, Netzstrümpfen und knappem Oberteil ablichten lassen, während sie mit ihrem Blasemund beinah das Mikro abbiss. Der arme Halvar musste beim lockeren Rumjammen hinter seinem Schlagzeug die ganze Zeit einen Ständer gehabt haben. Möglicherweise traf er sich mit den Flaschen auch nur, weil er sich Chancen bei Jule erhoffte, was ich ihm nicht hätte verübeln können.

Falls dem so war, hatte er die Rechnung jedoch ohne die Sektion *Bandregeln* gemacht. *Mousetrap* hatten allen Ernstes einen Verhaltenskodex mit fünfzehn Punkten online gestellt, der ihnen unter anderem Drogenverzicht, maßvollen Alkoholkonsum und Pünktlichkeit bei Probeterminen auferlegte. Das Highlight jedoch war Punkt 15, welcher ausdrücklich »sexuelle Beziehungen zwischen den Bandmitgliedern« verbot. Unfassbar, als ob die zwei Vollspacken auch nur im Entferntesten als Beischlafpartner für Jule infrage kämen. Wahrscheinlich hatte die Sängerin selbst den Punkt durchgedrückt, um eventuelle Avancen ihrer Bandkollegen bereits im Keim zu ersticken.

Dann machte ich mich gespannt an die MP3-Sektion, in der *Mousetrap* ein paar Kostproben ihrer Kunst zum Download anboten. Die Songs waren bemüht in ein düster angehauchtes Rockkorsett gepresste Popnummern, stilistisch erinnerten sie an die schwer angesagten wie grässlichen *Evanescence*. Dass diese Sexgöttin Jule singen konnte, musste selbst ich, der für weiblichen Gesang nicht sonderlich viel übrighatte, neidlos anerkennen. Über den Nullachtfünfzehnriffs von *Mousetrap* war ihr Talent eindeutig verschenkt, ebenso wie das von Halvar. Ich durfte meinen Wunschdrummer nicht ins Verderben rennen lassen. Was also würde Chad aus dem amerikanischen Collegefilm tun? Natürlich würde er Tracy eifersüchtig machen, indem er sich mit Sandy, Lindsey oder Fiona traf!

Am Schwarzen Brett vor der Mensa hatte ich eine Anzeige entdeckt:

```
BAND SUCHT GITARRISTEN
(GERNE MIT BACKING VOCALS)
NIRVANA/ALICE IN CHAINS/LIFE OF AGONY ETC.
PROBERAUM VORHANDEN
TEL.: …
```

Ich rief an und verabredete mich mit einer heiseren Männerstimme und ihrer Dreimannband, die den etwas trübsinnigen Namen *Seasons of Sorrow* führte, zum »gegenseitigen Beschnuppern« in Kiel-Projensdorf. Nach einer schier endlosen Odyssee mit dem öffentlichen Nahverkehr durch die Kieler Vororte stand ich schließlich in einem dörflich wirkenden Stadtviertel, in dem es nach Viehzucht und Verzweiflung roch. Zu allem Übel entpuppte sich die vereinbarte Adresse als ein Bauernhof, vor dem ein übergewichtiger, langhaariger Unhold im ausgeblichenen *Metallica*-Shirt herumlungerte.

»Moinsen, bist du Nico?«

Die Frage hätte er sich sparen können: Die Chance, dass noch ein junger Mann mit Gitarrentasche zu dieser Uhrzeit durch Projensdorf irrte, war eher gering.

»Ja, moinsen.«

»Niels, aber alle nennen mich Nille. Ich bin der Sänger. Komm mit, wir proben in dem Schuppen hier hinten.«

Ich folgte dem beleibten Bandleader über ein trostlos und verlassen wirkendes Gelände. Überall standen ausrangierte Maschinen und Gerümpel herum, Relikte des offensichtlich aufgegebenen Bauernhofs, es stank allerdings immer noch genauso.

»Der Hof gehört dem Vater von unserem Drummer. Oder eher *gehörte*, das meiste hat er versoffen, haha. An den Gestank wirst du dich gewöhnen, nach zwei Wochen riechst du das gar nicht mehr. Tja, wir sind wahrscheinlich die einzige Band Deutschlands, die in einem Schweinestall probt. Geil, oder?«

Nille selbst roch nach Bier und Schweiß und hatte seine Haare schätzungsweise zum letzten Mal gewaschen, als Kurt Cobain noch unter den Lebenden weilte. Mehr Grunge ging nicht! Das Schlimmste jedoch war, dass er das mit dem Schweinestall vollkommen ernst meinte. Der Proberaum von *Seasons of Sorrow* war eine schmale, mit

Holzbohlen ausgelegte Halle, an deren Flanken mir je ein Dutzend verwaiste Käfiggestelle entgegengähnte. Sogar die Futtertröge hingen noch traurig über den ehemaligen Schweinebehausungen. Im hinteren Teil hatte die Band ihre Ausrüstung aufgebaut. Auch wenn hier schon lange kein Borstenvieh mehr der Schlachtung entgegengrunzte, sein Geruch hing immer noch zum Schneiden dick in der Luft. Ich überlegte, mir meine Ohrenstöpsel lieber in die Nase zu stecken. Wer hier ernsthaft Musik machte, musste entweder wahrnehmungsgestört oder völlig verrückt sein.

Die beiden anderen Bandmitglieder hingen auf einer ranzigen Couchgarnitur herum, jeder ein *Flensburger* in der Hand. Sie machten einen ähnlich verwahrlosten Eindruck wie ihr Sänger.

»Willkommen im Stall!«, begrüßte mich ein schmales Hemd mit verfilzter Rastafrisur. »Ich bin Locke, das da ist Toschi. Wir kippen uns vor der Probe immer ordentlich einen. Bist du dabei?«

»Klar, gerne.«

»Geile Scheiße, Mann!«, brüllte Toschi, ein aknegeplagter Rothaariger im *Pearl-Jam*-Shirt, und griff blitzartig in einen von mehreren Bierkästen. Immerhin schien an diesem gottverlassenen Ort die Alkoholversorgung sichergestellt. Wir tranken eine gute Stunde und ich wurde ausführlich über die Bandgeschichte informiert, die in der Hauptsache aus Saufgelagen zu bestehen schien. Immerhin hatten *Seasons of Sorrow* schon zwei Auftritte vorzuweisen: Im Jugendzentrum Eckernförde und beim Abiball des Gymnasiums Projensdorf.

»Unser Gitarrist studiert jetzt Jura und hat angeblich keine Zeit mehr für die Band«, klärte Nille mich auf. »Aber du kannst seinen Amp erst mal mitbenutzen. Und wär geil, wenn du mich 'n bisschen beim Gesang unterstützen könntest, meine Stimme kackt in letzter Zeit immer 'n bisschen ab.«

»Wovon handeln eure Texte?«, erkundigte ich mich.

Nilles Augen leuchteten auf. »Alkohol, Drogen, Sex, Okkultismus, Gewalt. Auch gegen Frauen!«

»Genau, unser Nille hat einen ganz schönen Frauenverschleiß!«, johlte Locke.

»Yeah, und wenn sie nicht so wollen wie ich, gibt's 'n paar mit'm Ledergürtel!« Nille stieß ein hechelndes Lachen aus, wobei ungepflegte, kariöse Zähne zum Vorschein kamen. Angesichts seiner völlig verspackten Erscheinung musste sein sexueller Erfolg wohl von einer faszinierenden Persönlichkeit herrühren. Vielleicht steckte in dem verschwitzten Rüpel ja auch ein sensibler Frauenversteher, der heimlich zartfühlende Gedichte schrieb.

»Dann lasst uns endlich mal loslegen«, sagte Toschi und setzte sich hinters Schlagzeug.

»Du kannst über den *Laney* da hinten spielen«, informierte mich Nille. »Und hier, mein Ersatzmikro, das ist vom Sound her ziemlich okay.«

Ich musste würgen, als ich das abgewetzte *Shure*-Mikrofon anschraubte, so sehr stank es. Im Laufe der Jahre hatte sich der bestialische Mundgeruch des Sängers im Resonanzkörper festgesetzt. Höchstwahrscheinlich lag Nilles Aufreißgeheimnis darin begründet, dass seine Sexpartnerinnen nach dem ersten Kuss ohnmächtig wurden. Der Bandleader reichte mir einen handgeschriebenen bierfleckigen Zettel. »Das sind die Noten für den Song, an dem wir gerade arbeiten, und mein Text dazu. Locke spielt den Bassriff, du kannst ja einfach einsteigen.«

Ich überflog den Text des Stücks mit dem letztlich nachvollziehbaren Titel *Kill Me I'm a Freak*. Der Verfasser haderte anscheinend arg mit seinem Schicksal als gesellschaftlicher Außenseiter, was ihn zu allerlei Gewaltfantasien inspirierte. Der gute Nille schien ein Fall für den Psychiater zu sein.

Immerhin waren die Riffs leicht zu spielen: *Seasons of Sorrow* gehörten offenkundig zu den musikalisch limitierten Bands, die vier Akkorde pro Song für vollkommen ausreichend hielten. Dennoch hatten Bassist und Schlagzeuger ihre Mühen mit dem simplen Stück. Keiner schien wirklich auf das Tempo der anderen zu achten, es klang ein bisschen, als ob jeder für sich spielen würde. Auch Nille hing mit seinem Gesang oft einen Halbtakt zurück, zudem traf er kaum einen Ton und verlegte sich frühzeitig darauf, heiser und angestrengt in sein Mikro zu kreischen. Locke hatte seinen Bassverstärker mit einem massiven Verzerrersound versehen, das Ergebnis klang beinah wie eine E-Gitarre. Ich legte halbverzerrte Grundakkorde darüber und probierte ein paar Pickings. Zudem stand mir eine ganze Palette von Effektpedalen zur Verfügung, ich spielte ein wenig herum, bis der Gitarrensound wie geschmolzenes Metall aus dem Verstärker zu fließen schien. Nach fünf Minuten Geschraddel waren Toschi und Locke begeistert.

»Endlich mal ein kreativer Gitarrist.«

»Das mit den Effekten klingt geil, bisschen wie *Hüsker Dü*.«

»Ich fand das Picking ziemlich cool. Hast du eigentlich auch eigene Riffs?«

»Klar, jede Menge«, prahlte ich.

Einzig Nille schien unzufrieden. »Das Gezupfe bringt mich teilweise voll raus, Alter. Spiel mal lieber Powerchords, das hat mehr Wumms. Und du könntest mal bisschen Background singen, dafür ist der nächste Song, glaub ich, ganz geil.«

Gemeint war eine unfassbar schwerfällige Ballade namens *Down the Drain*. Textauszug des epischen Meisterwerks:

Put me down the drain
All my life in vain
Stuck on Mary Jane
Rotting like a stain ...

Unerklärlicherweise zogen *Seasons of Sorrow* das Tempo immer weiter an, je länger sich der stupide Song hinzog. Beim vierten Refrain waren wir fast schon im Uptempo angekommen. Die drei Musikgenies hielten den stetigen Geschwindigkeitsaufbau anscheinend für einen genialen Schachzug. Dass sich das sentimentale Rührstück im Hardcore-Gewand völlig beknackt anhörte, schien keinen zu interessieren.

Besonders der Bandleader ging immens auf das schwachsinnige Geholze ab. Nille wiegte sich in theatralischen Rockerposen, ging auf die Knie, wickelte sich das Mikrokabel wie eine Schlinge um den Hals. Dazu schrie er wie eine gesengte Sau durch den Schweinestall, als ob es um sein jämmerliches Leben ginge. Möglicherweise berührte ihn der Songtext wirklich in seinem Innersten, vielleicht hatte er inzwischen auch einfach ziemlich einen in der Glocke. Die elende Ballade wollte schier kein Ende nehmen. Kein Wunder: In mittelschwerer Überschätzung der Qualität des Refrains hatte Nille »Repeat 8x« ans Ende des Notenblatts gekritzelt.

Und es sollte noch schlimmer kommen: Während des vorletzten Loops riss Nille plötzlich seine speckige Lederhose auf und holte seinen Schwanz hervor. Das Ding war von beeindruckender Größe und sah aus wie ein toter

Nacktmull. Nille schwang seinen Riesendödel wie ein Lasso, während er nach wie vor hysterisch ins Mikro schrie, er wedelte und wirbelte und klatschte mit seiner Nudel aufs Schlagzeugbecken. Die anderen schien seine Performance relativ kalt zu lassen, vermutlich gehörte Nilles Schwanzshow zur gewöhnlichen Proberoutine. Wie mussten erst die Liveauftritte von *Seasons of Sorrow* aussehen? Gegen das hier wirkten selbst *Syntax Error* wie ein Knabenchor. Wir hatten es damals immerhin geschafft, unsere Geschlechtsorgane unter Verschluss zu halten.

Schließlich war es vorbei. Als wäre nichts gewesen, räumte Nille sein Gemächt wieder in seine Behausung zurück und sank entkräftet aufs Sofa, wo er sich ein neues Bier aufmachte. »Wolltest du nicht Background singen, Alter?«

»Äh ja, sorry ... hab ich jetzt irgendwie nicht dran gedacht.«

»Ich bin schon wieder total heiser. Du müsstest mich da schon ein bisschen unterstützen. Ey, Toschi, was hast du da in der Bridge wieder für eine Scheiße gespielt? Immer verschleppst du dämlicher Wichser das Tempo!«

Geprobt wurde an diesem Abend nicht mehr, stattdessen wurde das *Flensburger* niedergemacht und mit jedem Bier absurdere Visionen von der glorreichen Bandzukunft entworfen. Interessanterweise schienen *Seasons of Sorrow* mich bereits fest als viertes Mitglied einzuplanen, eine Vorstellung, gegen die ich mit hastigem Biertrinken ankämpfte. Eher ließe ich mich als Schweinezüchter in Süderbrarup nieder, als mit Nille und Konsorten Hausverbote in den Jugendzentren der schleswig-holsteinischen Provinz zu sammeln. Als ich schließlich zusammenpackte, um den letzten Bus Richtung Hauptbahnhof zu erwischen, schwankte der Schweinestall bereits erheblich. Ich musste

mir locker zwei bis drei Liter Bier reingezwängt haben.
Zum Glück war der Bus menschenleer, sodass ich in der
hintersten Reihe unbemerkt auf den Boden kotzen konnte.

Ich beschloss, Halvar nichts von meinem missglückten
Seitensprung zu berichten. Um meinen Drummer von
Mousetrap loszueisen, musste eine andere Strategie her.
Nachdem ich noch einmal die Bandregeln der Spinner stu-
diert hatte, besorgte ich mir eine kostenlose E-Mail-
Adresse und schritt zur Tat.

Von: <u>sailorboy81@web.de</u>
An: <u>jule@mousetrap-band.de.vu</u>

Liebe Jule,
Du kennst mich, aber ich glaube noch nicht
gut genug, denn dann würdest Du mir mehr
Beachtung schenken als Du es bisher tust …
Du bist meine absolute Traumfrau, ich
wünsche mir so sehr dass aus uns mehr
wird … bin leider zu schüchtern um Dich
direkt anzusprechen … Glaube Du bist auch
interessiert, hoffe auf ein Zeichen von
Dir …
Gib Dir einen Ruck!!!
LG ein geheimer Verehrer …

Ich klickte auf »Senden« und knackte zufrieden ein
Neptun. Jetzt hieß es einfach nur noch abwarten, abwarten
und Bier trinken.

Ein paar Tage später dröhnte laute Punkmusik aus Halvars
Zimmer.
   »Hey, Mann, was ist hier denn los?«

Ich fand Halvar wie ein Häufchen blondes Elend auf seine Matratze gekauert, während *Green Day* die Ödnis masturbationslastiger Nachmittage besangen.

»Sorry, ich mach sofort leiser.«

»Schlechte Laune, Mann?«

»Extrem schlechte Laune. *Mousetrap* haben mich rausgeworfen.«

»Die haben WAS!?«, schrie ich, wobei ich mich zurückhalten musste, um nicht zu euphorisch zu klingen. »Aber wieso das denn?«, gab ich mich ahnungslos.

»Weiß nicht. Jule hat wohl gesagt, dass sie nicht mit mir in einer Band spielen will. Irgendwie meinte sie wohl, dass ich ihr beim Proben eindeutige Blicke zugeworfen hätte.«

»Hast du denn?«

»Pfff, na ja, sie ist halt 'ne ziemlich heiße Frau, aber ich dachte, das hätte sich im Rahmen gehalten. Der springende Punkt war dann aber 'ne E-Mail, die sie gekriegt hat.«

»E-Mail? Was für 'ne E-Mail?«, fragte ich scheinheilig.

»Kein Plan, irgendein Typ hat ihr wohl anonym 'ne Mail geschrieben, dass er auf sie steht, dass er auf ein Zeichen von ihr wartet und so einen Scheiß. Und sie ist der felsenfesten Überzeugung, dass *ich* das war.«

»Warst du aber nicht?«

»Nee. Hab ich ihr auch gesagt, aber sie glaubt mir nicht. Und in den Bandregeln steht halt, dass Bandmitglieder nix miteinander haben dürfen ...«

»Aber du hattest doch nix mit ihr?«

»Nee, aber sie ist da halt irgendwie empfindlich. Der letzte Drummer hat sie wohl krass angebaggert, daher diese idiotischen Bandregeln. Jedenfalls bin ich raus, und ich bin echt angepisst, weil es musikalisch eigentlich ganz gut gepasst hat.«

»Oh Mann. Das tut mir echt leid«, log ich, mühsam meine Freude unterdrückend. »Soll ich uns 'n paar Bier holen?«

»Klar. Kann ich jetzt brauchen.«

»Hey, Mann, wir suchen uns jetzt 'nen Proberaum und gründen 'ne Band, die zehnmal so gut ist wie diese Affen.«

»Ja, klar ...«

Beschwingt brach ich zur Tanke auf.

»Nico?«, rief Halvar hinter mir her.

»Ja?«

»Du hast doch nichts damit zu tun, oder?«

»Äh ... womit zu tun?«

»Ach nichts. War nur so 'n Gedanke.«

»Also, dann bis gleich ...«

Tja, manchmal musste man die Menschen eben zu ihrem Glück zwingen. In zwei, drei Jahren würde ich Halvar auf der Party anlässlich unserer Goldenen Schallplatte die ganze Story erzählen und mich mit ihm kaputtlachen.

»Mann, was bin ich froh, dass du damals diese Mail geschrieben hast!«, würde er noch in zwanzig Jahren zu mir sagen, und Jule würde mit ihrer drittklassigen Feierabendband vor dem Fernseher sitzen und denken: Verdammt, diesen Hammer-Drummer habe ich damals ziehen lassen, ich dämliches Huhn. Wenn ich bloß nicht diese bekloppten Bandregeln aufgestellt hätte ...

EMPIRE OF SOUND

Nachdem wir uns wochenlang durch die Kleinanzeigen sämtlicher Kieler Stadtmagazine und Gitarrenläden gewühlt hatten, fanden Halvar und ich einen Proberaum in einem kleinen Weltkriegsbunker unweit der Innenstadt. Der Vermieter war ein zahnloser, buckliger Kobold, der nach beachtlichen Alkoholproblemen roch und an einem Tresen im Eingangsbereich praktischerweise Bier verkaufte. Er führte uns in einen weitläufigen, von gewaltigen Heizungsrohren durchzogenen Kellerraum, in dem eine Menge Equipment herumstand. Wie jeder Proberaum auf der Welt roch auch dieser nach Männerschweiß, Schimmel und großen Träumen. Hier waren wir richtig.

»Gesangsanlage und Schlagzeug könnt ihr mitbenutzen, und falls ihr 'nen Auftritt habt, sprecht das mit mir ab, dann könnt ihr gegen 'ne kleine Gebühr eventuell Equipment ausleihen. Von den Gitarrenverstärkern lasst ihr lieber die Finger, die gehören *26 Degrees*, und die töten euch, wenn ihr da dran rumfummelt.«

»Twentywas?«

»*26 Degrees*. Ein Haufen kleiner Diven sind das, aber das merkt ihr schon selbst noch. Hier auf dem Plan könnt ihr euch wochenweise eintragen. Sonntagnachmittags kommt so eine koreanische Chorgruppe. Fünf Koreanerinnen. Die dünsten was aus, sag ich euch. Wenn die nach 'n paar Stunden rausgehen, riecht der ganze Raum nach *Möse*, hehe!« Halvar und ich wussten nicht recht, was wir darauf antworten sollten. »Ich sag euch, der Geruch hängt *im ganzen Raum!* Ich weiß ja nicht, was die Asiatinnen da unten für 'ne Chemie haben, aber ich sag euch: Die schwitzen ihren Mösensaft durch die Poren raus oder weiß der Teufel!« Seine gelben Augäpfel waren weit hervorgetreten, er atmete schwer durch seine kartoffelartige, von geplatzten Äderchen durchzogene Nase. Irgendwie hätte es mich auch schwer gewundert, wenn der Vermieter unseres Proberaums keinen Vollschaden gehabt hätte.

Zwei Tage später statteten wir dem größten Musikgeschäft der Stadt einen Besuch ab. In dem Schuppen namens *Empire of Sound* hatte Halvar einen *Fender*-Gitarrenverstärker für mich ausgeguckt, der »bezahlbar, aber klangmäßig geil« sein sollte. Da ich von der technischen Seite meines Traumberufs so gut wie keinen Schimmer hatte, blieb mir nichts anderes übrig, als auf den Expertenrat meines Schlagzeugers zu vertrauen. Die Finanzierung übernahmen indirekt meine Eltern, denen ich was von einem neuen Computer vorgesponnen hatte, dessen Anschaffung für meinen Studienerfolg unerlässlich sei. Auf dem Weg zum Rockolymp musste ich einstweilen erfinderisch sein, was meine dafür notwendigen Auslagen betraf. Wenn ich erst mal als Berufsmusiker auf eigenen Füßen stünde, würde ich meinen Eltern ja alles zurückzahlen, und nicht nur das: In meiner grenzenlosen Großzügigkeit wären bestimmt auch ein neuer Fernseher, die Rosamunde-Pilcher-Videoedition oder ein kleiner Urlaub am Gardasee drin.

»Gute Wahl. Der ist klein, aber fein, richtiger Kraftwürfel«, urteilte der Verkäufer, ein ganzkörpertätowierter Schrank jenseits der fünfzig, der sein ergrautes Resthaar immer noch lang trug und trotzig zu einem erbärmlichen Pferdeschwänzchen zusammengefriemelt hatte. Ohne Scheißfrisur machte man sich als Musikalienhändler offenbar unglaubwürdig. »Was für Mucke macht ihr denn?«

»So Deutschrock«, gestand ich.

»Ach herrje, noch welche von der Sorte. Haben wir ja in Kiel erst 250 von. Ich kann ja diesen Trend zu deutschen Texten nicht verstehen. Was ist denn an Englisch auszusetzen? Klingt viel runder und flüssiger. Zu meiner Zeit stand ja die Musik noch im Vordergrund und nicht irgendwelche lyrischen Ergüsse ...«

Ich hätte das Geschäftliche am liebsten sofort hinter mich gebracht und den Phrasendrescher einen seiner Azubis vollschwafeln lassen, aber ich hatte bereits eine Testklampfe in der Hand, die mir der Rock-Opa ungefragt umgehängt hatte. Unter den prüfenden Ohren von Halvar und dem Gitarrendealer pflügte ich widerwillig ein paar unserer Riffs durch den *Fender*.

»Mensch, Junge, hast du was auf dem Herzen? Mit diesem A-Moll-Kram treibst du ja meine Kundschaft kollektiv in den Selbstmord«, kommentierte der Klugscheißer. »Als ich in eurem Alter war, hab ich alle Songs nur in Dur geschrieben. Ist 'ne Einstellungssache! In den Siebzigern gab's noch Sex, Drugs und Rock 'n' Roll, heute hab ich manchmal den Eindruck, als ob alle nur noch permanent am Jammern sind. Man kann sich das Leben auch selber schwer machen ...«

Ich hätte mich nicht gewundert, wenn er ein »Sitz gerade, Junge!« hinterhergeschickt hätte. Wahrscheinlich trauerte der Rock-'n'-Roll-Experte seiner verlorenen Sex- und Drogenjugend hinterher und musste nun seinen Frust an Nachwuchsmusikern auslassen, die ihr wildes Leben noch vor sich hatten. Glücklicherweise befand Halvar die Kiste immer noch für »klangmäßig geil«, sodass wir den Kauf zügig abschließen konnten.

»Die Firma dankt«, sülzte der Späthippie, als ich mein hart erbetteltes Elterngeld in seine geldgeilen Griffel überantwortete. »Unser Azubi trägt euch die Röhre zum Wagen. Maik, trab an ...«

»Äh, wir haben gar kein Auto ...«, stammelte ich.

»Wie, kein Auto?«

»Also, nicht direkt ... Ein Kumpel holt uns gleich ab ... mit 'nem VW-Bus«, erläuterte Halvar die mir bislang völlig unbekannte Sachlage.

»Ach so. Und ich dachte schon, ihr wollt das Ding mit den Öffentlichen zum Proberaum schleppen ...«

»Haha, nee, zum Glück nicht ...«

Das Lachen verging uns recht zügig, denn die Bushaltestelle war etwa 200 Meter entfernt.

»Verdammt, der ist ja noch schwerer, als ich dachte!«, keuchte ich, als wir das Ding gemeinsam hochwuchteten. »Wollen wir nicht doch lieber 'n Taxi rufen?«

»Laber nicht, das kriegen wir locker hin!«, urteilte Halvar, der körperlich um einiges besser in Schuss war als ich. »Komm, das sind nur zwei Straßen! Dann einmal umsteigen am Exerzierplatz und von der Haltestelle dann nur noch fünf Minuten oder so ...«

Anderthalb Stunden Schwerstarbeit später entspannten wir uns an der Proberaumbar von den Strapazen. »Alter, ich weiß jetzt, was unser Bassist haben muss«, sagte ich.

»Einen Bass? Talent?«

»Scheiß auf beides. Eine verdammte Karre muss der Typ haben!«

»Zukunftsmusik. Lass uns erst mal 'n bisschen rocken.«

Jetzt ging es endlich richtig los! Unsere Sessions im Wohnheim waren nichts gewesen im Vergleich zu dem magischen Moment, als sich der Verzerrersound meiner Gitarre erstmals in Halvars Schlagzeugbeat schmiegte. Was sich in der Dachkammer angedeutet hatte, bestätigte sich im Proberaum: Musikalisch ritten wir auf derselben Welle. Es groovte derart, dass ich mir umgehend vorstellen musste, wie wir unter Flutlicht im ausverkauften Olympiastadion performen würden, uns zu Füßen eine Armee ekstatisch kreischender, paarungswilliger Fangirls, denen ich inbrünstig meine geheimnisumwitterten Verse entgegenschrie:

Ich schau zum Tauchkurs in der Hölle vorbei
Geh am Strand deiner Lügen vor Anker
Mein Herz im Schaufenster vom Albtraumverleih
Im Hotel der Angst wohnt ein trojanischer Hamster

Unsere grandiose erste Probe hatte lediglich den winzigen Schönheitsfehler, dass sie nach zwanzig Minuten vorbei war, weil ich in künstlerischer Ekstase die H-Saite zügig durchgehauen und die Ersatzsaiten zu Hause vergessen hatte. Egal, so hatten wir umso mehr Zeit, unseren mehr als gelungenen Einstand im Barbereich mit ein paar *Flensburgern* zu begießen.

»Das klingt ja schon mal ganz amtlich«, urteilte der Kobold, der Vermieter und Barkeeper in Personalunion war und sich zu jedem Bier, das über den Tresen ging, selbst eins genehmigte. »Und nehmt bloß die *26 Degrees* nicht so ernst. Seit die den Bandwettbewerb der *Rockförde* gewonnen haben, sind die Jungs ein klein wenig abgehoben.«

»Was ist denn die *Rockförde*?«

»So ein Förderverein für Kieler Musiker. Schlimmer als 'ne kommunistische Partei, sag ich euch. Kostet pro Nase fünf Euro Mitgliedsbeitrag im Monat. Aber wenn ihr da drin seid, könnt ihr beim Bandwettbewerb auf der *Kieler Woche* mitmachen.«

»Und was kann man da gewinnen?«

»Ein Wochenende in Kiels bestem Studio. Ein paar von den bisherigen Gewinnern haben inzwischen Plattenverträge. Bestimmt sogar die *Degrees*, wenn sie nicht andauernd breit wären ...«

Auf dem Nachhauseweg diskutierten wir das weitere Vorgehen.

»Fünf Eier pro Nase, das ist doch gar nix«, sagte ich. »Lass uns da mal eintreten. Schon wegen dem Wettbewerb! Du hast doch gehört, die bisherigen Gewinner haben jetzt alle Plattenverträge!«

»Fünf Euro, Mann, ich bin jetzt schon klamm mit'm Geld, bei dem, was wir saufen«, jammerte Halvar. »Außerdem: Bis zur *Kieler Woche* ist es nur noch ein Monat, und wir haben noch nicht mal 'nen Basser.«

»Ich mein die *Kieler Woche* im nächsten Jahr, Mann. Wir sind doch jetzt schon ganz gut dabei, überleg mal, wo wir in einem Jahr stehen!«

»Auch wieder wahr. Außerdem ... Ich meine, wenn wir erst kurz vor dem Wettbewerb in diese *Rockförde* eintreten? Dann sparen wir ein Jahr Mitgliedsbeitrag.«

»Geniale Idee, Mann!«

Dreizehn Monate hatten wir also. Dreizehn Monate, um die beste Band Kiels zu werden, den Wettbewerb zu gewinnen und abzuheben. Es klang absolut machbar.

KARTOFFELQUATSCH

Die vollständige Bezeichnung meines ersten Nebenfachs lautete »Neuere und Mittlere Geschichte«. Unter den meist männlichen Studenten dieser obskuren Wissenschaft tummelte sich ein Haufen ausgewiesener Nerds und Vollspacken jeder Couleur, von verklemmten Milchsemmeln in Pullunder und Bundfaltenhose bis zu entrückten Mittelalter-Freaks und Metal-Rabauken im *Slayer*-Shirt, die sich seit Wacken 1997 nicht mehr gewaschen hatten. Hier fühlte ich mich sofort wohl.

Der Dozent des Einführungskurses hieß Veith von Salm und sah auch genauso aus, wie man sich einen Veith von Salm vorstellte. Der blasierte Adelige mit den wirren Locken trug stets Fliege und einen dunkelgrünen Cordanzug, der noch aus der Adenauerzeit zu stammen schien. Von Salm praktizierte einen rigorosen Frontalunterricht und hatte die seltsame Angewohnheit, jeden Satz im exakt selben Wortlaut noch einmal zu wiederholen, wobei er jedes Wort einzeln betonte. Er liebte markante Formulierungen wie: »Mitten im Kreuzzug setzte bei Barbarossa die Pumpe aus, worauf der Monarch in die Grube fuhr«, und wiederholte: »Mitten! Im! Kreuzzug! Setzte! Bei! Barbarossa! Die! Pumpe! Aus! Worauf! Der! Monarch! In! Die! Grube! Fuhr!« Vermutlich war ihm daran gelegen, dass wir jedes seiner skurrilen Satzkonstrukte eins zu eins in unsere Collegeblöcke übernahmen. Die Lehramtsanwärter und Mittelalter-Nerds kritzelten wie die Wahnsinnigen, bis der voll besetzte Vorlesungssaal nach Studentenschweiß stank. Ich hingegen entschied mich frühzeitig für die bewährte Lernstrategie meiner Schulzeit, welche vorsah, sich den Lernstoff des Halbjahres in der Nacht vor der Prüfung in Gänze reinzukloppen und ansonsten keinen Finger zu rühren. Veith von Salm schwadronierte hochtrabend von seinen einstürzenden Altbauten, ich glotzte hoch konzentriert aus dem Fenster und notierte mir gewissenhaft die mir dabei einfallenden Ideen für Songtexte, bis ich mich nach anderthalb Stunden entspannt in die Anwesenheitsliste eintrug. So tat letztlich jeder das, was er am besten konnte.

Nebenfach Nummer zwei schien mit deutlich mehr Ärger verbunden. Ich hatte mir die Europäische Ethnologie als eine Art lockeren Debattierclub mit Multikulti-Flair und exotischen Gebäckspezialitäten vorgestellt, für den Seminarschein im Grundkurs musste jedoch ein Referat gehalten und eine fünfzehnseitige Hausarbeit angefertigt werden.

Das Seminar nannte sich allen Ernstes »Lebensmittel als Kulturträger im Wandel europäischer Gesellschaften im 19. und 20. Jahrhundert« – wer sich diesen Quatsch hauptberuflich ausdachte, war wahrscheinlich dauerbekifft oder vollkommen geistesgestört. Während andernorts Kindergärten und Krankenhäuser kaputtgespart wurden, diskutierte die geistige Elite des Landes im Seminarraum EE04 darüber, wie den Kaufmannsfamilien im Deutschen Kaiserreich wohl die Spargelcremesuppe geschmeckt haben mochte.

Jeder der angehenden Ethnologen zog bei einer heiteren Tombola-Verlosung einen Zettel mit seinem Seminarthema aus einem Schuhkarton. Auf meinem stand:

DIE KARTOFFEL ALS AUFSTEIGENDES KULTURGUT: ANBAU, VERARBEITUNG UND VERZEHR DER KARTOFFEL IM GESELLSCHAFTLICHEN WANDEL MITTELEUROPAS

Da hatte ich den Kartoffelsalat. Immerhin: Als bekennender Pommes-Fan war mir die Materie nicht vollkommen fremd. Ich würde mir im Laufe des Semesters umfassende Kenntnisse über die weltbewegende Knolle aneignen. Haben Sie Fragen zur Kartoffel? Fragen Sie Nico Jensen, die Kartoffel-Koryphäe aus Kiel!

Ein paar Wochen nach Semesterbeginn war ich samstagnachmittags bei Klaas und seiner Freundin zum Kaffee eingeladen. Kaffee ohne Schuss, versteht sich. Als rigoroser Abstinenzler soff Klaas seine Ersatzdroge literweise. In der Schule hatte er einmal ernsthaft angeregt, eine Espressomaschine im Klassenraum aufzustellen. Jetzt saß ich mit Klaas und Anja im Wohnzimmer ihrer Dreizimmerbehausung, die der stolze Papa seinem Einser-Abiturienten sponserte.

Die Unterhaltung kam schleppend in Gang, einerseits weil ich Konversation ohne Bierunterstützung nicht gewohnt war, andererseits weil Anja meine Anwesenheit etwas unangenehm zu sein schien. Auf einer der zahllosen Abiturpartys hatte sich zu fortgeschrittener Stunde ein pikanter Zwischenfall ereignet, von dem Klaas niemals erfahren durfte. Eigentlich hatten Anja und ich nach dem gemeinsamen Genuss einer Flasche Lambrusco lediglich im Garten des Gastgebers ein wenig frische Luft schnappen und ablästern wollen – warum sich beim Zwischenstopp in der Hollywoodschaukel plötzlich ihre Zunge in meinen Mund und meine Hand unter ihren Pullover verirrt hatte, ließ sich nicht mehr in allen Einzelheiten rekonstruieren.

»So, Nico, wie läuft denn nun das Studium? Guten Start gehabt?«, erkundigte sich der Gastgeber, eine *Gauloise* in der einen und einen Kaffeebecher mit Miró-Motiv in der anderen Hand, während der Plattenspieler experimentellen Free Jazz dudelte. Ich fragte mich, warum Klaas mit seinem Hang zum Boheme-Lifestyle ausgerechnet ein Lehramtsstudium in Kiel absolvierte, einen exaltierten Klugscheißer wie ihn hätte man sich viel besser als Philosophiestudenten an der Sorbonne vorstellen können. »Was macht die gute alte Germanistik? Du gehst doch immer schön brav zu deinen Kursen?«

»Na klar, Mann.«

»Der Einführungskurs bei Carstens ist easy, oder?«

»Ach, ich kann nicht klagen ...« Dass ich während des elend langweiligen Seminars hauptsächlich von Stadionkonzerten zu träumen pflegte, behielt ich mal lieber für mich. Auch Krissi schien wenig Erfüllung im Erlernen der strukturalen Textanalyse gefunden zu haben: Schon beim dritten Seminartermin fehlte sie und kam danach nicht mehr wieder, was meine vagen Pläne, im Austausch für ihre Liebe ihre Hausarbeit für sie zu schreiben, im Keim erstickt hatte.

Klaas prüfte meinen akademischen Eifer jetzt auf Herz und Nieren. »Anwesenheit allein ist im Studium ja leider nicht alles. Wie steht's denn bei dir mit Vor- und Nachbereitung?«

»Äh, mit was?«

»Na komm, ich meine, die meiste Zeit geht an der Uni ja nicht für die Präsenzen drauf. Die paar Wochenstunden, dann wären wir ja alle fein raus, haha. Du musst schon immer eine Stunde vor und danach einrechnen, bei Seminaren eher zwei.«

»Oh ... äh ja, natürlich. Ich wusste nur gerade nicht genau, was du meinst.«

»Möchte jemand Schnittchen?«, fragte Anja plötzlich und hüpfte, ohne auf Antwort zu warten, in Richtung

Küche, von wo sie mit einem Berg voller Wurstbrote und Käsespießchen zurückkam. Klaas' langjährige Freundin und So-gut-wie-Verlobte verkörperte die hingebungsvolle Hausfrau in Perfektion – wozu Anja ihr BWL-Studium absolvieren wollte, war mir vollkommen schleierhaft. Seit dem Zwischenfall hatte ihre Klaas-Verehrung nahezu religiöse Züge angenommen, in der Abizeitung hatte sie sogar die Frage nach ihrem Berufswunsch mit »Klaas heiraten« beantwortet. Anja war der Typ Frau, der bei Männern umgehend Beschützerinstinkte auf den Plan rief, die winzige Person mit den Engelslöckchen, den Kulleraugen und der Porzellanhaut hatte etwas Puppenhaftes. Damals in der Hollywoodschaukel hatte ich die andere Anja kennengelernt, die rauswollte aus ihrem Puppenleben, dem vorgezeichneten Dasein als Hausfrau und Gebärmaschine, eine Art Anti-Anja, die langfristig von einer Weltreise im *VW-Bus* und kurzfristig von wildem Gefummel mit besoffenen Hobby-Punkrockern in aus der Mode gekommenen Achtziger-Gartenmöbeln träumte. Aber diese Anja musste geheim bleiben, deswegen pendelte sie immer wieder nervös zwischen Küche und Wohnzimmer, schmierte Schnittchen wie eine Irre und goss ihrem koffeingeilen Klaas immerfort Kaffee nach.

»Und was macht dein großartiges Bandprojekt?«, fragte dieser jetzt und leerte seinen Latte Dingsbums.

»Ach, läuft gut, sehr gut sogar. Wir sind schon zu zweit, Gitarre und Schlagzeug, und haben jetzt auch einen Proberaum mit kleinem Studio. Wenn's klappt, können wir zur *Kieler Woche* beim Newcomer-Wettbewerb auftreten.«

Während ich großspurig auftrug, meinte ich, ein kurzes Auflodern in Anjas braven braunen Augen zu erkennen. Vielleicht hatte sie für einen Sekundenbruchteil von ausschweifendem Sex im Backstagebereich des Bandwettbewerbs fantasiert. Zu unser aller Glück hatte ich ihr den schwülstigen Liebesbrief, den ich nach der Nacht in der Hollywoodschaukel im hochverkaterten Zustand verfasst hatte, nie zukommen lassen. Mit hoher Wahrscheinlichkeit war ich seinerzeit ein wenig in sie verknallt gewesen, andererseits war ich mit achtzehn in so ziemlich alles verknallt, was zwei Beine und Brüste hatte – von meiner festen Freundin Maren mal abgesehen.

»Klingt ja alles ganz vielversprechend«, kommentierte Klaas. »Da scheinst du ja echt mal richtig Energie in eine Sache zu stecken. Hauptsache, du kriegst dein Studium trotzdem auf die Reihe ... und meine Meinung zu deinen Alkoholexzessen kennst du ja.« Jetzt klang mein Kommilitone schon wieder wie meine Mutter. Wahrscheinlich telefonierten die beiden jede Woche, und meine Mutter zahlte Klaas ein saftiges Taschengeld, damit er sie über den Erfolg meines Studiums auf dem Laufenden und mich davon abhielt, meinen Unterhalt im *Tucholsky* zu versaufen.

»Keine Sorge, Mann. Die Sauferei hab ich ziemlich runtergefahren«, log ich. »Auf so gut wie null, eigentlich. Dann und wann mal ein Bierchen, klar, man ist ja noch jung, haha. Aber du hast recht, ich hab's früher alkmäßig dann und wann ein bisschen übertrieben ...«

Klaas musterte mich skeptisch, während Anja beschämt auf den Teppichboden blickte. »Na, Nico, dann mach mal lieber einen Bogen um die Tequila Night, da hatte Anja auch schon paar böse Abstürze. Nicht wahr, Schatz?«

»Ach Schatz, das war *ein* Mal, mit den Mädels, nach dieser blöden Matheklausur. Und es kommt ganz bestimmt nicht mehr vor ...«

Sie fassten sich an den Händen und gaben sich einen dieser peinlichen Pärchenküsse, die schmatzende

Geräusche machten. Das war ja nicht zum Aushalten, schon gar nicht ohne Bier! Ich beeilte mich, dass ich aus dieser heilen, sauberen Welt rauskam, natürlich unter dem Vorwand, noch etwas für mein Literaturseminar lesen zu müssen. In Wirklichkeit holte ich mir zu Hause auf Anja und die Hollywoodschaukel einen runter und kippte mir zu aggressiver Protestmusik ein paar *Neptun* in die Kehle. Die Kombination aus Suff und Selbstmitleid erwies sich mal wieder als überaus heilsam.

DACH DER WELT

Unsere Proberaumgenossen mit dem nichtssagenden Namen *26 Degrees* fingen schnell an, Halvar und mir immens auf die Säcke zu gehen. Wie sich herausstellte, waren die vier Vollidioten nicht bloß zu ihren Probezeiten im Bunker anwesend, sondern so gut wie immer. Erstaunlicherweise machten die *Degrees* eigentlich nie ernsthaft Musik, in der Regel lungerten sie kiffend und Scheiße redend im Barbereich herum. Wenn sie in einem spontanen Anfall von Schaffenskraft doch mal zu ihren Instrumenten griffen, kam meistens haarsträubender Murks dabei raus, der wohl experimenteller Post-Rock sein sollte, aber klang, als hätte man ein paar Psychopathen Musikinstrumente in die Hände gedrückt. Wie *26 Degrees* den Bandcontest der *Rockförde* hatten gewinnen können, erschien uns vollkommen rätselhaft. Höchstwahrscheinlich war den Würdenträgern der unerwartete Erfolg derart zu Kopf gestiegen, dass ein normaler Probebetrieb nun vollkommen unter ihrem Niveau war. Lieblingsbeschäftigung der Arroganzlinge war es, sich über andere Bands lustig zu machen, insbesondere über Halvar und mich. Als blutige Frischlinge waren wir regelmäßig der absoluten Geringschätzung ausgesetzt, wenn wir nach einer Session aus dem Proberaum kamen.

»Da ist ja wieder unsere *Tocotronic*-Coverband!«

»Gratuliere, ihr entwickelt euch weiter! In dem einen Lied habt ihr vier statt drei Akkorde benutzt!«

»Der letzte Song hat mir am besten gefallen, besonders weil es der letzte war!«

Halvar und ich versuchten, cool zu bleiben, und tranken unser Feierabendbier lieber auswärts, um den Arschlöchern aus dem Weg zu gehen. Bei der Wahl unserer

Stammkneipe hatten wir uns für das *Garden Eden* entschieden, wo es billiges Bier und erträgliche Musik gab.
Außerdem war der Laden mehr oder weniger eine Schwu-
lenbar, weswegen uns nur höchst selten eine heiße Frau
davon ablenkte, über die Fortschritte unseres musikalischen Frühwerks zu fachsimpeln. Tom, der verrückte Wirt,
hatte eine Schwäche für *Placebo* und junge Rockmusiker,
an mir hatte er regelrecht einen Narren gefressen. Im Austausch für seine Versuche, mich zu einem Spontanblowjob
auf der Kneipentoilette zu überreden, durften wir schon
nach kurzer Zeit anschreiben lassen oder kriegten auch
schon mal ein Schnäpschen spendiert.

»Nicky, Süßer«, säuselte Tom, »sieh es doch endlich ein,
deine latente Homosexualität dringt dir aus allen Poren.
Dass unser Halvar hier nicht dein Typ ist, ist zwar bedau-
erlich, aber du stehst nun mal auf die reiferen Kerle. Komm
doch mal mit ins *Harlekin* oder in den *Roten Salon*, ich
mach dich zum Star in der Szene! Noch einen Kurzen,
Nicky? Trink ruhig, trink, so viel du magst, heute Abend
bist du fällig, ich spür das ganz tief unten in mir ...«

Derart experimentierfreudig war ich dann doch nicht,
außerdem waren Halvar und ich ja sozusagen geschäftlich
hier, denn die Ausrichtung unserer noch zu gründenden
Band wollte ausdiskutiert werden.

»Ich finde ja, wir sollten mehr so in die Richtung Indie-
Pop gehen«, schlug Halvar vor. »Bisschen massenkompa-
tibler und so. Du schreibst ja echt gute Songs, Nico, aber
manchmal denke ich, du bringst alles etwas zu schroff
rüber.«

»Ach komm, so ein bisschen Grunge-Attitüde schadet
schon nicht. Damit lässt sich die emotionale Komponente
viel besser transportieren.«

»Du schreist schon ganz schön viel.«

»Ich muss mich künstlerisch ausleben, Mann!«

»Außerdem finde ich ...«

»Findest du was?«

»Na ja, Mann, deine Melodien sind wie gesagt ziemlich geil, aber man merkt schon, dass du nie Gesangsunterricht hattest.«

Wie sollte ich meinem Drummer da widersprechen? Was das Singen anbelangte, war ich sozusagen Autodidakt, oder besser gesagt: Blutiger Amateur. Meine musikalische Früherziehung hatte eine private Musikschule übernommen, in der eine verschrobene Trinkerin ungefähr zweihundert Katzen und einen Haufen Wohlstandskinder betreute, deren Eltern eine musikalische Ader bei ihnen vermuteten. Singen, besonders solo, hatte ich immer leidenschaftlich verabscheut, viel lieber kloppte ich auf dem Glockenspiel herum oder blies beherzt in die Blockflöte. Erst im zarten Teenageralter hatte sich während einer apfelkornlastigen Kellerparty offenbart, dass ich zur Belustigung aller Anwesenden zu spontanen Gesangsdarbietungen unter Alkoholeinfluss neigte. Einen Schulchor oder gar Gesangsunterricht hatte ich nie besucht, meine zweijährige Mitgliedschaft in einer versoffenen Schülerband blieb in dieser Hinsicht mein einziges Bildungserlebnis. Ich musste Halvar auf andere Weise überzeugen. »Okay, Mann: Ich bin vielleicht kein Freddie Mercury, aber kommt es darauf denn an? Ich meine, es geht um die Songs, unsere Ausstrahlung, das Image. Ian Curtis zum Beispiel war technisch gesehen auch kein großer Sänger. Und meinst du etwa, Kurt Cobain hatte mal Gesangsstunden?«

»Ich glaube kaum.«

»Siehst du. Wir müssen halt authentisch und ungeschliffen rüberkommen. Stört doch nicht weiter, wenn ab und zu ein paar Töne nicht hundertprozentig sitzen, solange man nur mit Leidenschaft singt. Außerdem: Willst du so weichgespülten Gute-Laune-Plastikpop machen wie die scheiß *Sportfreunde?*«

»Nee. Natürlich nicht.«

»Siehst du … Was meinst du, Tom? Siehst du uns als Gute-Laune-Popband oder als harte Rocker?«

Unser Wirt warf erst uns und dann seinem Notizblock einen prüfenden Blick zu. »Ich seh euch vor allem als zwei warme Saufbrüder, die einen Haufen Blech reden und so langsam mal ihre Zeche bezahlen müssten. Ihr beiden Hübschen schuldet mir 29,30 …«

Zurück im Wohnheim plünderten wir die letzten Bierreserven und machten die interessante Entdeckung, dass man über ein kleines Seitenfenster im Wohnzimmer das Dach des Gebäudes besteigen konnte. Da es sich um ein Runddach handelte, bestand jedoch latente Abrutschgefahr, vor allem für besoffene Blindgänger wie uns.

»Alter, ich bin der König von Kiel!«, brüllte Halvar in den Nachthimmel, während wir die armselige Skyline unserer Wahlheimat überblickten. Sie erschien uns in diesem Moment wie ein gleißendes Lichtermeer, eine Verheißung endloser Möglichkeiten. Wir standen auf dem Dach des Wohnheims wie auf einer mächtigen Bühne, hoch über der Welt, und wir waren jung und frei und imstande, sie uns untertan zu machen.

Schweigend saßen wir auf dem Dach, tranken und glotzten glücklich in den Sternenhimmel. Keiner sagte es, aber wir beide wussten, dass diese Nacht etwas in uns auslösen würde.

»Alter«, sagte ich schließlich, »ich glaube, unsere Band wird echt was Besonderes.«

»Yeah, das Gefühl hab ich auch.«

»Wir werden die beste Band der Stadt. Ach was, die beste Band Deutschlands!«

»Wir werden so abgefahrene Konzerte haben!«

»Die Mädchen werden uns zu Füßen liegen!«

»Der Rubel wird rollen!«

»Die Korken werden knallen! Junger Wein wird fließen! Raketen werden fliegen!«

In diesem Moment leuchteten die Sterne irgendwie heller als sonst, als wären sie die Unterschrift unter unserem Vertrag mit dem Schicksal, und auch der Mond schien keinerlei Einwände zu haben. Leider unterbrach das Versiegen der Biervorräte unsere Visionen von einer glorreichen Zukunft. Auf dem Weg ins Zentrum des Rock-Universums mussten Halvar und ich einen Zwischenstopp auf dem Planeten *Neptun* einlegen. Die Gestirne wiesen uns auch hier den Weg. Auf der anderen Seite des Daches sahen wir die gelb-rote Muschel der *Shell*-Tanke am Nachthimmel leuchten.

WAHNGEMEINSCHAFTEN

Das Studium wurde schnell zum Selbstläufer. Für die Uni tat ich weiterhin nur das Nötigste, den allergrößten Teil meiner Energie investierte ich in meine Musik und das Kieler Nachtleben. Viel mehr war aber auch nicht notwendig, denn wie von Klaas versprochen war das Niveau der Einführungsseminare überschaubar. Allein der Lateinkurs brachte Inka und mich zunehmend zur Verzweiflung, die verfluchte Römersprache wurde mit jeder verkaterten Doppelstunde komplizierter, und unsere Lernsessions mündeten trotz aller guten Vorsätze nach wie vor in ausschweifende Besäufnisse an der Bar des *Tucholsky*.

Ärger gab es auch in meiner WG. An einem Samstagnachmittag hatte ich den lästigen Putzdienst ganz lässig bei einem *Neptun* und *Hüsker Dü* in Extremlautstärke innerhalb einer Viertelstunde hinter mich gebracht und fand am Abend einen Zettel in der Küche vor:

IST DIE FUSSBODEN GEWISCHEN?
SIND DIE ARBEITFLÄCHEN RICHTIG GEPUTZEN?
IST DIE MICROWELLEN GEREINIGEN?
MUSIK BITTE MEHR LEISE IN DIE WEEKEND!!
      -   RIEKE

Dass es mit unserer verkrampften Belgierin früher oder später Probleme geben würde, war eigentlich abzusehen gewesen. Da hinterfragte die flämische Flunder doch ernsthaft meine Putzstrategien, statt sich dafür zu bedanken, dass ich sie freundlicherweise in das wegweisende musikalische Werk von *Hüsker Dü* eingeführt hatte! Ich schrieb also ein inbrünstiges »JA!« hinter jeden strittigen

Punkt und schob mein Fertiggericht in die meiner Meinung nach makellos saubere Mikrowelle.

Ein paar Tage später klopfte Leo an meine Zimmertür. »Nico, kommst du bitte mal ins Wohnzimmer? Der WG-Rat tagt!«

Der WG-Rat? Was zur Hölle war das nun schon wieder für ein Schwachsinn? Ich konnte es kaum fassen: Meine Mitbewohner saßen mit ernsten Mienen in einem Stuhlkreis, inklusive Halvar, der mir einen Blick der Sorte »Ich kann doch auch nichts dafür« zuwarf. Das Wort führte seltsamerweise Felix, der rastlose BWL-Student, den ich allerhöchstens einmal die Woche zu Gesicht bekam. »So, Nico, wir wollten hier mal ein paar grundsätzliche Dinge ansprechen. Zunächst einmal: Der Putzdienst. Den hast du letztes Wochenende nur sehr flüchtig erledigt, und die Anmerkungen von Rieke waren dir anscheinend auch egal ... Da erwarten wir beim nächsten Mal einfach mehr Gründlichkeit.« Der Blödmann hielt mit vollem Ernst Riekes beknackten Zettel in die Runde, wie ein Beweisstück vor Gericht. Hatte der angehende Börsenhai denn nichts Wichtigeres zu tun, als hier so ein kleinliches Tribunal abzuhalten? »Zweites Thema ist der Kühlschrank, und das betrifft jetzt auch dich, Halvar. Wie viel Bier ihr trinkt, ist eure Sache, ich muss eure Klausuren ja nicht schreiben. Aber wir haben hier zunehmend Probleme, unsere Sachen im Kühlschrank unterzubringen, weil ihr da Unmengen von Dosenbier lagert.«

»Und wo wir beim Thema sind«, ergriff jetzt Leo das Wort. »Natürlich gibt es WGs, wo sich alle die Lebensmittel teilen, wo man zusammen einkaufen geht und so weiter. Wir haben uns hier darauf geeinigt, dass jeder seinen eigenen Kram hat. Was ich meine, ist: Wenn ich Weißwein im

Kühlschrank habe, fehlen da regelmäßig immer wieder kleinere Mengen, neulich sogar mal fast die halbe Flasche.«

»Seht das mal so«, sagte Felix. »Was würdet ihr sagen, wenn wir euch euer Bier wegsaufen würden?«

Astreine Argumentation. Halvar und ich bekannten uns in allen Anklagepunkten schuldig, hauptsächlich, um Ruhe vor den hirnverbrannten WG-Meetings zu haben. Wir gelobten feierlich Besserung und transferierten das Bier aus dem Kühlschrank zügig in unsere Bäuche.

»Leo, ey. Hinterfotziger Sack, macht immer so auf cool und locker, und dann misst der scheiß Grufti seinen dämlichen Weißwein mit dem Lineal ab.«

»Zumal der echt scheiße schmeckte. Der Penner kann froh sein, dass wir ihm mit seiner minderwertigen Plörre helfen ...«

Halvar und ich saßen im Bus nach Gaarden, wo Inka ihren Geburtstag mit einem »gechillten Zusammensitzen« feiern wollte.

»Diese kleinkarierten Spießer kotzen mich langsam an«, sagte ich. »Lass uns doch nächstes Semester 'ne eigene WG gründen, in Gaarden oder so. Und dann sind Sex und Drugs und Rock 'n' Roll angesagt!«

»Zum nächsten Semester ...«, murmelte Halvar nachdenklich. »Da ist noch was, was ich dir sagen wollte. Ich werd mein Studium hinschmeißen.«

»Wie bitte!?«, rief ich fassungslos.

»Ich geh nicht mehr hin. Hat keinen Zweck, ist einfach nicht mein Ding, die Geografie. Eigentlich weiß ich gar nicht, ob Studieren überhaupt so mein Ding ist.«

»Meins auch nicht, aber deswegen gleich abbrechen? Ich meine, irgendwas muss man ja machen ... also, neben der Band, mein ich.« Ich stand mittelschwer unter Schock, nicht unbedingt, weil Halvar sein Studium schmeißen wollte – ob der Junge zur Uni ging oder nicht, war mir letztlich scheißegal –, ich hatte lediglich Panik, dass er nun Kiel den Rücken kehren und ich ohne Drummer dastehen würde.

»Ich hab aber schon was Neues in Aussicht«, erklärte Halvar.

»Was denn?«

»Ein Praktikum. Am Opernhaus!«

»Als Opernsänger??«

»Schwachsinn, in der Bühnentechnik. Im Juli geht's los. Danach kann ich da vielleicht 'ne Ausbildung zum Veranstaltungstechniker machen.«

»Ach so. Klingt cool.«

Da hatte ich ja noch mal Glück gehabt. Zwar glaubte ich nicht, dass Halvar als hauptberuflicher Schlagzeuger meiner Band eine Ausbildung brauchte, aber immerhin würde der smarte Studienabbrecher so der Rockmetropole Kiel erhalten bleiben. Und ein wenig Fachwissen in Sachen Bühnentechnik konnten wir auch gut gebrauchen, davon verstand ich schließlich nicht die Bohne.

Wie zu erwarten war, uferte das »gechillte Zusammensitzen« bei Inka zügig in ein massives Saufgelage aus. »Wir sind schließlich Studenten!«, grölte Caro, auf dem Wohnzimmertisch ironisch zu *ABBA* abtanzend. »Nüchtern sein können wir noch, wenn wir arbeiten oder tot sind!«

»Wo ist da der Unterschied?«, rief ich vom Sofa aus, wo Halvar und ich einer Flasche *Bacardi* den Kampf angesagt hatten.

»Geile Frau, ey«, lallte mir mein hackedichter Schlagzeuger ins Ohr. »Bist du sicher, dass das da hinten ihr Freund ist?«

Helge lag mit einer halb leeren Flasche Korn im Arm zusammengesunken in einem Sessel, er war großflächig mit Luftschlangen dekoriert und trug auf dem Kopf einen ausrangierten Lampenschirm.

»Ich glaub, bei der haste keine Chance«, lallte ich zurück. »Im Suff dreht die immer schön auf und flirtet viel rum, aber eigentlich ist die 'ne ganz treue Seele. Die sind jetzt auch schon drei Jahre oder so zusammen ...«

Sehnsüchtig-besoffen schmachtete Halvar Caro an. War ja klar, dass die am ganzen Körper mit Piercings zugetackerte und mit Tattoos tapezierte Indie-Braut seinen Geschmack treffen würde. Ich für meinen Teil hatte mir beim unbeholfenen Versuch, eine dralle Kommilitonin von Inka zum Knutschen zu bewegen, einen kräftigen Korb eingehandelt. Die überzeugte Hinduistin ließ einen Haufen esoterischen Unfug vom Stapel und kam rasch zu dem Schluss, dass unsere Chakren nicht ineinanderpassen würden. Klar, ich war in etwa so religiös wie ein Toastbrot, fand aber, dass zumindest meine Zunge ganz gut in ihren Mund gepasst hätte, aber in diesen Dingen wusste sie anscheinend besser Bescheid. Inka derweil knallte sich in der WG-Küche ungefähr 25 Geburtstagsjoints in die Birne und ließ anschließend einen flüchtigen Bekannten aus dem *Tucholsky* die textilen Grenzen ihres Indio-Outfits ausloten. Ein benutzter Tampon lag im Waschbecken des Etagenklos. Rückblickend hatte der Abend einen für Feierlichkeiten bei Inka absolut typischen Verlauf genommen.

Auf dem Nachhauseweg waren Halvar und ich derart planiert, dass wir eine kurze Kotzpause auf einem Spielplatz einlegen mussten.

»Was für 'ne Scheißparty«, ächzte Halvar, der wie ein benutztes Handtuch über einer Schaukel hing.

»So was von scheiße, Alter.«

»Mann, ich werd noch viele Besäufnisse brauchen, bis ich über diese Caro hinweg bin.«

»Wem sagst du das. Die Motivation für meine Besäufnisse nennt sich Krissi ...«

»Wir müssen dringend Rockstars werden, damit's endlich mit den Weibern klappt ...«

»Du sagst es, Mann ...«

Als wir in unserer Spießer-WG eintrafen, waren wir fast schon wieder nüchtern, ein Zustand, der uns so gar nicht behagte. Glücklicherweise hatte Leo noch eine Flasche Weißwein im Kühlschrank.

KIELER WOCHE IST NUR EINMAL IM JAHR

In der gängigen Wahrnehmung ihrer Bewohner war die Stadt Kiel ein sterbenslangweiliges Kaff, das einmal im Jahr für die Dauer von zwei Wochen eine Metamorphose zum Partymittelpunkt der Republik durchmachte. Was anderen ihr Karneval, war den Kielern die *Kieler Woche*, ein als Segelregatta getarnter Alkoholexzess, der allein vielen Kielern einen Wohnsitz in ihrem als Stadt getarnten Großfriedhof rechtfertigte. Für einen Segelfreak wie Halvar fielen in diesem Frühsommer natürlich Ostern und Weihnachten zusammen, während ich Windjammerparaden, Kutterpullen und Traditionsseglern wenig abgewinnen konnte. Gab es auf der Welt eigentlich irgendetwas Langweiligeres als Schiffe? Statt öde Kähne zu begaffen, schwankte ich lieber mit Inka und einem Haufen *Neptun* im Schlepptau von Bühne zu Bühne und ergötzte mich an den schockierenden Darbietungen radikaler zeitgenössischer Künstlergruppen wie *Rednex* oder *Right Said Fred.* Andererseits diente die Veranstaltung nicht ausschließlich unserem Vergnügen: Beim großen *Rockförde*-Bandwettbewerb im Kulturzentrum *Pumpe* wollten Halvar und ich auf dem Weg an die Spitze der Kieler Musikszene die Konkurrenz in Augenschein nehmen.

Jede Band hatte maximal fünfzehn Minuten und drei Songs, um das Publikum und vor allem die aus Lokalredakteuren und abgehalfterten Provinzrockern bestehende Jury von ihrer Kleinkunst zu überzeugen. Wie mich Inka belehrt hatte, war die *Pumpe* ursprünglich als Pumpwerk zur Entsorgung der Kieler Abwässer in die Förde errichtet worden, und wenn ich mir die ersten Bands so ansah, hatte sich daran im Laufe der Zeit wenig geändert. Ob talentbefreite *Nirvana*-Kopien, hypernervöse Pseudopunks, ultrabrutale Trash-Metaler, weinerliche *Radiohead*-Verschnitte, überhebliche Nu-Metal-Spinner oder eine furchteinflößend schlechte feministische Ska-Band: Der Wettbewerb legte schonungslos die schwindelerregenden Abgründe der Musikszene im Großraum Kiel offen. Sofern eine Band mal ansatzweise fehlerfrei agierte, wurde sämtliches Starpotenzial durch die Abwesenheit jeglicher Authentizität wieder zunichtegemacht. Mit jedem vergurkten Kurzauftritt schätzte ich unsere Chancen bei diesem Kleinkunstpreis optimistischer ein. Interessanterweise waren auch *Mousetrap* mit von der Partie – sehr zu Halvars Freude mit einem neuen Drummer, der jegliches Rhythmusgefühl vermissen ließ. Allein Jule machte in ihrem knallengen Bühnenoutfit einiges her und lieferte neben solider Gesangsperformance eine heiße Show ab, den Preisrichtern tropfte sichtbar der Sabber auf ihre Notizblöcke.

Schließlich enterte eine Art Rockabilly-Band die Bühne, die mir sofort bekannt vorkam. Natürlich: Die Band setzte sich aus dem Gefolge zusammen, mit dem Prinzessin Krissi durchs *Tucholsky* zu flanieren pflegte! Meine Angebetete musste sich also auch irgendwo in der *Pumpe* befinden, höchstwahrscheinlich backstage, wo sie besoffen Zigaretten drehen und arglosen Musikern die Köpfe verdrehen konnte. Die Redneck-Dödel mit dem äußerst einfallsreichen Namen *The Cadillacs* spielten jedenfalls einen entsetzlichen Fünfzigerjahre-Mist, bei dem mir fast schlecht vom Zuhören wurde. War Krissi eigentlich bewusst, mit was für Schwachpfeifen sie da allabendlich durch die Gegend zog? Ich konnte es kaum abwarten, endlich selbst dort oben zu stehen und Krissi zu zeigen, wer in Kiel der wahre King of Rock 'n' Roll war.

Eine einzige Band blieb mir positiv im Gedächtnis: *Trimmer*, eine Grungeband mit leichtem, wohl dem

Zeitgeist der frühen Zweitausenderjahre geschuldeten Nu-Metal-Einschlag und etwas pathetischen, aber immerhin deutschen Texten. Die Melodien des etwas arrogant wirkenden Frontmanns waren eingängig, seine Riffs simpel und knackig. Ich nahm mir vor, die Truppe im Auge zu behalten.

Nach knapp drei Stunden Schrottbeschallung zog sich die leidgeprüfte Jury offiziell zur Beratung zurück, in Wirklichkeit betranken sich die armen Schweine wahrscheinlich erst einmal ausgiebig, um das Gehörte und Gesehene irgendwie zu verarbeiten.

Nun war es Zeit für den vorläufigen Höhepunkt des Abends: *26 Degrees*, als Vorjahressieger außer Konkurrenz am Start, durften mit einem Kurzkonzert ihren Titelgewinn rechtfertigen. Halvar und ich waren höchst gespannt, denn in letzter Zeit schienen die vier Extremkiffer noch weniger geprobt zu haben als üblich. Unter beachtlichem Beifall und mit selbstsicheren Posen stolzierten die *Degrees* auf die Bühne als wäre es ihr Wohnzimmer. Bevor sie zu ihren Instrumenten griffen, ließen sich die Titelträger erst einmal großzügig abfeiern, verneigten sich und reckten die Fäuste. »Alter!«, schrie mir Halvar ins Ohr. »Ich hab da irgendwie 'n ganz komisches Gefühl bei ...«

Und sein Gefühl sollte meinen Drummer nicht täuschen. Schon im großspurigen Intro des ersten Songs waren sich Gitarrist und Schlagzeuger anscheinend uneins, wie es weitergehen sollte. Statt aber zu einer Lösung zu kommen, spielte jeder unbeirrt seinen Stiefel runter, und der eigentlich interessante Riff wurde von einer Art Schlagzeugsolo zugematscht. Der Sänger wusste nicht recht, wo er einsetzen sollte, und legte dann eine vollkommen schiefe Melodie über den Soundbrei, während der offenbar restlos zugedröhnte Bassist nur schwachsinnig grinsend dabeistand. In einer überraschenden Übereinkunft gaben die Knallköpfe ihre Bemühungen schließlich auf, der Song wurde einfach abgebrochen. Das Publikum reagierte sichtlich überfordert, hier und da zaghaftes Klatschen, Stimmengewirr, ratlose Gesichter. »Vielleicht sollte das so?«, hörte ich hinter mir eine Zuschauerin. Möglicherweise wurde es jetzt doch noch ein ganz interessanter Abend.

Der nächste Song lief eigentlich gut an, offenbar war es ein Gassenhauer, das Publikum zog sofort mit. Auch hier lag dem Stück ein starker Riff zugrunde, an Talent und Ideen schien es den Lokalmatadoren jedenfalls nicht zu mangeln. Dann aber der nächste Fauxpas: Der Sänger vergaß seinen Text! Zweimal wiederholte er seinen Einsatz, dann merkte er anscheinend, dass in seinem wundgekifften Hirn kein Zugriff auf die entsprechenden Dateien mehr möglich war. Als der Schlagzeuger schließlich mit einem vollkommen unpassenden Tempo in den Refrain wechselte, wurde auch dieser Song abgebrochen. Gitarrist und Drummer schrien sich Beschimpfungen entgegen, aus denen ich nur »Wichser« und »Warumspielstdudas« mitschneiden konnte, der Bassist war in hysterisches Gelächter ausgebrochen und der Sänger verließ kurz entschlossen die Bühne. Seine Bandkollegen folgten ihm gleich darauf, ohne ein Wort der Erklärung an das Publikum zu richten, welches das Debakel mit einem heftigen Pfeifkonzert quittierte. Halvar und ich grinsten uns triumphierend an. Jetzt hatten die vier Unsympathen endlich die verdiente Quittung für ihre Überheblichkeit gekriegt. Die gefallenen Rockstars würden sich künftig wahrscheinlich zurückhalten, was herablassende Sprüche über ihre Proberaumkollegen anging.

Der Moderator, vermutlich der Präsident der *Rock-förde*, mühte sich noch, das Desaster mit ein paar schalen Gags herunterzuspielen, doch jedem im Saal war klar, dass der Abend kein gutes Licht auf die Kieler Musikszene werfen würde. Um den katastrophalen Gig der Vorjahressieger vergessen zu machen, wurde nun hastig ein neuer Champion ausgerufen. Ich traute meinen Augen und Ohren nicht: Ausgerechnet *The Cadillacs*, Krissis bekloppte Rockabilly-Freunde, wurden zu Kiels bester Newcomer-Band gekürt. Wie war das zu erklären? Entweder waren die Juroren allesamt Anhänger dieser ätzenden Steinzeitmusik, oder im Backstagebereich hatte Krissi den geilen Böcken im Austausch für deren Stimme ihre Handynummer gegeben. »Das kann ja heiter werden«, meinte Halvar. »Nächstes Jahr lassen sie hoffentlich das Publikum entscheiden, oder sie holen jemanden in die Jury, der auch Ahnung von Musik hat …«

Fünf Minuten später wollte ich an der Bar unsere leeren Bierflaschen abgeben, als mir jemand von hinten auf die Schulter klopfte. »Hey, dich kenn ich doch! Nicky, oder?«

Es war Krissi, und zwar nur Krissi allein, ohne Gefolge! Sie sah verändert aus: Zur Feier des Tages hatte sie sich in ein Fünfzigerjahre-Outfit geschmissen, mit gepunkteter Bluse, Ohrringen so groß wie Hula-Hoop-Reifen und einem völlig bescheuerten Kopftuch. Es war erstaunlich: Krissi schaffte es, selbst in diesem albernen Fummel noch wunderhübsch auszusehen.

»Nico«, korrigierte ich. »Hey, Krissi, schön, dich zu sehen …«

Reflexartig schnellte ich vor und drückte meine Rock-'n'-Roll-Prinzessin an mich, was mit einer Bierflasche in jeder Hand etwas ungelenk wirkte. Krissi roch wahrscheinlich nach Backstage-Mief, Zigaretten und jeder Menge Drinks, aber für mich duftete sie nach Sternenstaub, sonnengeküssten Rosen und Patschuli, obwohl ich überhaupt keine Ahnung hatte, wie Patschuli roch.

»Ich bin so gut drauf, ey!«, kreischte sie. »Meine Jungs haben den abgefuckten Wettbewerb gewonnen!«

»Äh ja ... hab ich mitgekriegt. Gratuliere ...«

»Abgefahren, oder? Ich meine, die *Cadillacs* waren doch der Wahnsinn, was?!«

»Oh ja, echt gut!«, log ich. »Die beste Band heute. Haben verdient gewonnen ...« Gott im Himmel, ich musste mich hier wirklich erniedrigen, um meine Traumfrau bei der Stange zu halten.

»Wie war das, machst du nicht auch irgendwie Musik oder so ...?«, fragte sie. Ich war erstaunt, dass sie sich das gemerkt hatte. Nun jedenfalls konnte ich in die Offensive gehen.

»Äh, ja! Ja, mache ich! Und es läuft echt super! Sind auch gerade in die *Rockförde* eingetreten. Leider haben wir dieses Jahr die Anmeldefrist für den Wettbewerb verpasst ... aber nächstes Jahr sind wir dabei, den Startplatz haben wir schon zugesichert bekommen!«

»Hey, cool ... und was spielst du noch gleich?«

»Ich spiel Gitarre und sing.«

Krissi strahlte. »OH WOW! Ich steh so auf Sänger! Wenn ich jemals wieder ’nen festen Freund habe, muss das unbedingt ein Sänger in einer Rockband sein ...«

Jetzt ging ich aufs Ganze. »Heißt das ... du hast keinen Freund momentan?«

»Ich, ’nen Freund? Na, überleg doch mal, wie enttäuscht alle anderen wären, hihi!«

»Haha, ja genau ... Du sag mal, ich wollt dich fragen ... also, würdest du mal mit mir ...«

Leider kam ich nicht mehr dazu, mein Angebot zu konkretisieren.

»Ey, Krissi! Wie lange brauchst du denn bitte, um deinen scheiß Cocktail zu holen?« Dieses Arschgesicht André stand plötzlich mal wieder neben uns. Neben seiner Tätigkeit als Sänger der *Cadillacs* war es offenkundig die Lieblingsbeschäftigung des Aushilfs-Elvis, das offizielle Bandgirl zu überwachen.

»Ich hab hier nur kurz mit meinem Freund Nino gequatscht ... Der ist nämlich auch Musiker, weißt du?«

»Jaja, und wenn das James Dean wäre. Hinter der Bühne ist angeblich so ’n Typ von ’nem Label, wäre gut, wenn du auch dabei bist ...«

»Tja, Nino, ich muss ...«

»Tja ...«, seufzte ich. Moment mal: »Tja«? Ich hätte antworten sollen: »Bleib hier, Krissi, du bist mehr als nur ein Ornament für diese hoffnungslos untalentierte Bande von Buddy-Holly-Imitatoren, bleib bei *mir*, ich werde dir die wahre Leidenschaft zeigen, in der Musik als auch in der Liebe, komm mit mir, Krissi, in eine Welt, wo es um mehr geht als um perfekte Frisuren und polierte Autos, ich werde weltweite Nummer-eins-Hits für dich schreiben, komm mit mir ...«

Stattdessen griff nun der Prolet mit seiner Riesenpranke nach der elfengleichen Hand meiner Herzensfrau. Bevor sie von diesem Rock ’n’ Rohling schier weggerissen wurde, beugte Krissi sich noch kurz zu mir rüber und hauchte mir etwas ins Ohr, gut, sie krächzte eher, aber für mich waren es die süßesten Worte, die ich je in meinem Leben vernommen hatte, sie schienen wie aus goldenem Honig, tropften von meinem Gehörgang direkt in mein Herz: »Wenn du nächstes Jahr hier gewinnst, werde ich deine Freundin!«

Dann war sie weg. Ich stand an der Bar wie in Stein gehauen, in den Händen immer noch die zwei leeren *Flensburger*.

»Wenn du nächstes Jahr hier gewinnst, werde ich deine Freundin!«

Sie hatte das wirklich gesagt, und dass sie es ernst gemeint hatte, daran bestand gar kein Zweifel. Ich meine, sie hatte sich ja sogar gemerkt, dass ich Musiker war, und sie wusste auch meinen Namen, nun gut, einen Teil davon, aber wenn man *so* etwas sagte, dann doch wohl aus tiefstem Herzen, oder? Irgendetwas war da zwischen uns gewesen, das spürte ich ganz deutlich. »Hast du auch gespürt, dass da gerade was zwischen mir und dem Mädchen war?«, hätte ich am liebsten die Barkeeperin gefragt. Stattdessen knallte ich ihr grenzdebil grinsend die Flaschen vor die Nase, schrie irgendwas in Richtung »Das Pfand kannst du behalten, mein Engel!« und schwebte zum Ausgang, wo Halvar schon ungeduldig wartete.

»Wie lange brauchst du Penner denn, um die scheiß Flaschen abzugeben?«

»Alter, halt mal eben die Backen. Hör mal: Wir *müssen* nächstes Jahr diesen scheiß Wettbewerb gewinnen!«

»Ach komm, Nico. Hast du dir das da drinnen gerade angehört? Diesen Provinzzirkus kann doch keiner ernst nehmen ...«

»Doch, das müssen wir! Ich hab gerade Krissi getroffen, und weißt du, was sie machen will, wenn wir nächstes Jahr gewinnen?«

»Was denn? Deine Freundin werden, du Affe?«

»Das ist nicht witzig, du Arsch. Lass uns zur Bergstraße, ich brauch dringend Bier.«

Wie immer, wenn ich gute Laune hatte, nahm mein Bierdurst nahezu epische Ausmaße an, was allerdings ebenso der Fall war, wenn ich schlechte Laune hatte. Inmitten einer Woge aus besoffenen *Kieler-Woche*-Touristen trieben wir Richtung *Tucholsky*. Unsere Stammdiskothek war brechend voll, und wir wenig später auch.

INTERPLASMA

Die Semesterferien flossen in einer faden Suppe aus Nichtstun und *Neptun* dahin. Meine Hausarbeiten über Adalbert Stifter sowie über die Mysterien des Kartoffelkonsums waren schnell geschrieben, im Prinzip kopierte ich lediglich einen Haufen Texte aus der Sekundärliteratur und formulierte sie um, etwa so, als ob man ein geklautes Auto neu lackieren würde. Ein bisschen unqualifizierte eigene Meinung, massiver Fremdwörtereinsatz und eine Prise hochtrabendes Fachgeschwurbel, das außer hübsch zu klingen kaum Sinn ergab, fertig waren zwanzig Seiten akademischer Unfug. Lustigerweise erinnerte mich das Abfassen der Hausarbeiten ein wenig an die Produktion meiner Songtexte, auch da hatte ich zeitweilig ja nur vage Vorstellungen, worum es eigentlich ging.

Da ich die Grundkurse in Geschichte und Linguistik knapp bestanden hatte, wies meine Semesterbilanz bereits zwei Scheine auf, aus denen bald vier werden konnten. Wer hätte gedacht, dass Studieren so leicht sein würde! Lediglich in Sachen Latinum hatten Inka und ich aufgrund akuter Aussichtslosigkeit kurz vor der Prüfung die Segel gestrichen, natürlich mit dem Schwur, uns im nächsten Semester noch mehr anzustrengen.

Die zweieinhalb Monate Faulenzen hatte ich mir also mehr als verdient. Ich schlief noch mehr als sonst und gab mir vor dem Aufstehen erst einmal eine Folge der Arztserie *Dr. Stefan Frank*, die *RTL* im Vormittagsprogramm ausstrahlte. Der sympathische Gynäkologe war das genaue Gegenteil von mir: Beruflich ambitioniert, sexuell erfolgreich, moralisch einwandfrei. Die Geschichten um liebestolle Krankschwestern und intrigante Ärzte inspirierten mich dazu, auf ausgedehnten Strandausflügen an Drehbüchern für die fiktive Arztserie »Dr. Jensen – Notruf an der Förde« zu feilen. Ich stellte mir eine Art Gegenentwurf zu *Dr. Stefan Frank* vor: Dr. Jensen war ein heruntergekommener Kieler Unfallchirurg, der ständig besoffen war und notorisch mit Patientinnen herumbumste. Falls es wider Erwarten mit der Rockstarkarriere nicht klappen sollte, würde ich immer noch die dazugehörigen Drehbücher ans Privatfernsehen verkaufen können oder besser gleich an die Pornoindustrie.

Am Abend gab es abgesehen von unseren Probeterminen nicht viel zu tun. Inka hatte dummerweise einen Ferienjob in einer Jugendherberge auf Baltrum angenommen, und Halvar war für Sauftouren meist zu erschöpft vom Kistenschleppen im Opernhaus. Anfang August bemerkte ich zudem, dass ich mehr oder weniger pleite war. Mein Dispo war überzogen bis nach Kambodscha, und bei Tom stand ich mit fast fünfzig Euro in der Kreide. Wie jeder anständige Student musste ich mir wohl oder übel einen Nebenjob suchen.

Aber was? Kellnern kam aufgrund motorischer Unzulänglichkeiten und Rechenschwäche nicht infrage, und die leichten Bürotätigkeiten bekamen fast nur Studenten im Hauptstudium mit Vorerfahrung. Von Leo, der im Laufe seiner zwanzig Semester so ziemlich jeden Studentenjob in Kiel ausgeübt hatte, bekam ich einen heißen Tipp: »Plasmaspenden. Leicht verdientes Geld!«

»Plasmaspenden? Was soll das denn sein?«

»Das ist praktisch wie Blutspenden, dauert nur länger. Die zapfen dir Blut ab, waschen dein Plasma raus und pumpen es dir wieder zurück. Du sitzt 'ne Stunde in 'nem bequemen Sessel, liest oder machst was für die Uni, dann kannst du dir deinen Zwanziger abholen. Im Gegensatz zum Blutspenden fühlt man sich super danach.«

Geld verdienen durch Rumsitzen? Das klang nach einem wie für mich erfundenen Job. Ich fuhr noch am selben Tag hin. Die Erstuntersuchung bei der *Interplasma AG* wurde von einer grimmigen kleinen Ärztin vorgenommen, die mir anscheinend nicht ganz über den Weg traute. »Wir nehmen zunächst einmal Blut ab, damit wir wissen, ob Sie als Spender infrage kommen. Außerdem brauchen wir ein paar Angaben bezüglich Ihrer Lebensführung.«

Lebensführung, was für ein Wort. Als ob mein Leben etwas war, das ich führte wie ein Fahrzeug und über das ich die Kontrolle hatte. Es kam mir eher so vor, als ob mein Leben *mich* führen würde. Ich hatte die leise Befürchtung, dass ich mich jetzt am Riemen reißen musste, um an den Job zu kommen.

»Leiden Sie unter chronischen Krankheiten?«

»Nein.« (Sofern man ein Germanistikstudium nicht als chronische Krankheit betrachtete.)

»Nehmen Sie regelmäßig Medikamente ein?«

»Nein.« (Sofern man Bier nicht als Medizin betrachtete, was ich zweifellos tat.)

»Sind Sie HIV-positiv?«

»Nein.« (Die Möglichkeiten, es zu werden, waren bislang auch ehrlich gesagt überschaubar.)

»Sind sie hetero-, homo- oder bisexuell?«

»Hetero.« (Eigentlich nichts davon, sexuell gesehen begatte ich seit Ewigkeiten ausschließlich meine rechte Hand.)

»Leben Sie in einer festen Partnerschaft?«

»Nein.« (Leider, bis zur festen Partnerschaft mit meiner Traumfrau muss ich nämlich so einen blöden Bandwettbewerb gewinnen.)

»Haben Sie sexuelle Kontakte mit wechselnden Partnern?«

»Nein.« (Ich wünschte aber, es wäre so.)

»Hatten Sie jemals homosexuelle Kontakte?«

»Nein.« (Der Wirt meiner Stammkneipe wünschte aber, es wäre so.)

»Trinken Sie Alkohol?«

»Äh … ja.« (Wenn Sie schon so fragen, ein Bier wäre nett!)

»Trinken Sie täglich Alkohol?«

»Äh …. nein.« (Am 14. November 1999 habe ich wirklich nichts getrunken!)

»Haben Sie jemals Drogen gespritzt?«

»Nein.« (Ich würde es aber tun, wenn man Bier spritzen könnte!)

»In Ordnung, das sieht ja so weit alles gut aus. Dann hole ich mal alles für die Blutabnahme, ich bin gleich zurück …«

Neugierig, wie ich war, warf ich einen schnellen Blick auf ihren Fragebogen, kaum dass die Medizinerin das Sprechzimmer verlassen hatte. Ganz unten hatte sie unter »Allgemeiner psychischer Zustand« vermerkt:

Wirkt sehr labil

Das war ja wohl nicht zu fassen. Dabei hatte ich doch alle Fragen total souverän, selbstsicher und zur vollsten Zufriedenheit beantwortet! Klar, als Sänger einer Rockband und sensibles Songwriter-Genie gehörte es gewissermaßen zu meinem Berufsethos, ein kleines bisschen labil zu sein. Dennoch, etwas beunruhigt war ich schon angesichts dieser unerwarteten Schnelldiagnose.

Labil oder nicht, eine Woche später erhielt ich einen Anruf, dass ich als Spender registriert sei und bis zu dreimal in der Woche zum Plasmaspenden antanzen dürfe.

Hier waren also bis zu 240 Mäuse monatlich drin! Ich stand gleich am nächsten Tag auf der Matte und wurde in einen großen Raum geführt, in dem gut ein Dutzend riesige wachmaschinenähnliche Geräte standen. Ich nahm auf einem bequemen Liegesessel Platz und bekam eine Kanüle in den Arm geschoben. Eine halbe Stunde lang wurde abgezapft, dann pumpte die Maschine etwa ebenso lang mein um sein Plasma erleichtertes Blut zurück in die Vene. Das Rückpumpen fühlte sich etwas unangenehm an, eine seltsame Kälte breitete sich in meinem Arm aus, als ob sie mir Eiswasser einleiten würden. Wie Leo versprochen hatte, ging es mir nach der Plasmaparty jedoch absolut blendend, ich hatte lediglich einen mächtigen Hunger. Ich gewöhnte mir an, einen Teil meiner Bezahlung umgehend in einen der Fastfood-Schuppen am Hauptbahnhof zu investieren. Fast fühlte ich mich schon als Mitglied der Arbeiterklasse, ein Malocher, der sich nach getaner Arbeit seine wohlverdienten Hamburger reinschob. Immerhin hatte ich jetzt einen Job oder zumindest so etwas Ähnliches.

Ein paar Wochen später konnte ich meine Hausarbeiten abholen. Es gab eine Drei für den Kartoffelkram und eine Zwei minus für Adalbert Stifter, obwohl ich das bescheuerte Buch lediglich knapp überflogen hatte.

»Da sind ein paar gute Ansätze drin«, urteilte Dr. Carstens in seiner Sprechstunde. »Ich vermute bei Ihnen lediglich, dass Sie Ihr Potenzial nicht ganz ausschöpfen. Sie wirken auch im Seminar immer etwas abwesend. Sind Sie sicher, dass Germanistik das richtige Fach für Sie ist?«

»Sicher«, log ich.

»Gerade in den ersten Semestern sollte man sich immer wieder hinterfragen. So wie es aussieht, kommen demnächst Studiengebühren auf uns zu, und da sollten Sie sich vielleicht jetzt schon überlegen, ob Sie nicht vielleicht etwas anderes machen wollen.«

Studiengebühren? Wovon redete der Fatzke da? Ich sollte demnächst auch noch Geld hinlegen müssen für diesen Blödsinn? Im Gegenteil, eigentlich war es ein Unding, dass man für so etwas Zeitraubendes wie ein Studium nicht bezahlt wurde. Zum Glück war ich ein Musikgenie und eh bald raus hier. Ich stand zweifellos auf der Sonnenseite dieses ungerechten Systems: Heerscharen armer Studenten würden bald schon angesichts horrender Studiengebühren ihr kostbares Blutplasma an gierige Biotechkonzerne verschachern müssen, während ich in meinem Strandhaus hundefaul Cocktails schlürfen würde.

VOM FERNEN STERN

Auf dem Rückweg vom Plasmazapfen stieg ich oft bei einem kleinen Musikgeschäft aus, in dem ich bevorzugt meine Gitarrensaiten kaufte. Ich kontrollierte unsere Anzeige am Schwarzen Brett, doch auch diesmal fehlte kein einziger der zwölf Abrisszettel. Dann überflog ich die anderen Inserate: Gitarristen, nichts als Gitarristen. Es war wie verhext, Bassisten schienen in Kiel einer aussterbenden Spezies anzugehören. Wahrscheinlich würden wir den Basser von *26 Degrees* abwerben müssen, bevor sein Resthirn durch fortgeschrittenen Drogenmissbrauch weggefault war.

Diesmal jedoch entdeckte ich tief im Zetteldschungel eine Anzeige, die schon ewig da hängen musste und mir bislang noch nicht aufgefallen war. Es war der wohl kürzeste Anzeigentext, den man sich vorstellen konnte:

```
BASSIST SUCHT BAND
TEL.: ... (MARTIN)
```

Meine Güte, da schien jemand entweder extrem wenig Zeit zu haben oder extrem flexibel zu sein, was die musikalische Ausrichtung seiner Band betraf. Ich rief noch am gleichen Abend an, ohne große Hoffnung, aber mit umso größerer Neugier.

»Jo?«, meldete sich eine gleichgültig klingende Stimme.

»Äh, hallo. Spreche ich da mit Martin?«

»Jo.«

»Okay, hi, hier ist Nico. Ich ruf an wegen der Anzeige.«

Schweigen.

»Äh, hallo?«

»Jo?«

»Die Anzeige. Also, wir suchen einen Bassisten ...«

»Hm.«

Ich war kurz davor aufzulegen. Was zum Geier stimmte mit diesem Typen denn nicht?

»Okay«, sagte ich, bereits leicht genervt. »Also, suchst du noch?«

»Jo.«

Gut, dachte ich, dann fasse ich mich jetzt auch mal kurz. »Also, wir sind zwei Leute, Gitarre und Drums. Stil so Indie-Deutschrock. Wär das was für dich?«

»Hm. Eventuell.«

»Okay, passt dir Mittwoch, 19 Uhr?«

»Jo.«

»Okay, wir proben in der Kirchhofallee, der kleine graue Bunker gegenüber der Sparkasse.«

»Okay.«

»Okay.«

Schweigen.

»Äh, ja, dann 19 Uhr, vorne am Eingang?«

»Jo.«

»Cool, bis dann!«

»Jo.«

Na ja, dachte ich, der maulfaule Spinner wird eh nicht kommen. Vielleicht besser so. Am vereinbarten Termin warteten Halvar und ich zwei *Flensburger* lang vor dem Bunker, dann gaben wir auf.

»Scheiß drauf«, sagte ich. »Der Typ kam eh nicht sehr überzeugend rüber. Lass uns anfangen, ich hab uns heute 'nen feinen Song mitgebracht ...«

Wir waren gerade am Aufbauen, als es an der Proberaumtür klopfte.

»Vielleicht sind das die *Degrees* und wollen uns gegen eine kleine Ablösesumme ihren Basser anbieten«, juxte Halvar.

Vor der Tür standen aber keine verhandlungswilligen Drogisten, sondern ein Typ mit einem Gitarrenkoffer. »Moin. Sorry. Feierabendverkehr.«

»Äh ... ach so, hatten wir telefoniert?«

»Jo. Martin.«

»Ich bin Nico, das da hinten ist Halvar. Wir hatten gar nicht mehr mit dir gerechnet ... Komm rein.«

Der Typ verzog keine Miene, als er gemächlich in den Raum schlich. Er trug Lederjacke, Cowboystiefel und ein Bandshirt von *Queens of the Stone Age*. Seine Haare waren kurz geschnitten, dafür trug er einen wulstigen Schnurrbart, wie man ihn sonst nur bei Dokumentationen über den amerikanischen Bürgerkrieg zu sehen kriegte. Seine Gesichtshaut erinnerte mich an die Schale einer Walnuss, offensichtlich hatte er in seiner Jugend extrem unter Akne gelitten. Seine dunklen Augen starrten meist auf den Boden, er vermied jeglichen Blickkontakt mit uns.

»Wir haben keinen eigenen Bassverstärker, aber du kannst über die Anlage spielen«, sagte Halvar.

»Hab einen mit. Im Auto.«

»Auto und Amp!«, jubelte ich. »Junge, du bist so gut wie eingestellt.«

»Junge«, das war vielleicht ein wenig unpassend. Wie alt war der Kerl überhaupt? Er mochte Anfang zwanzig, aber auch schon Ende dreißig sein.

»Studierst du auch?«, fragte ich.

»Jo.«

»Äh ja, und was?«

»Pharmazie.« Er betonte es wie etwas, für das man sich schämen müsste, als wäre sein Studium eine Erbkrankheit oder so was.

»Geil, ey!«, brüllte Halvar. »Dann kannst du uns ja mit Pillen versorgen!«

»Jo.« Es klang wie eine ganz sachliche Antwort.

»Okay, dann lass uns mal deinen Amp aus der Karre holen und erst mal 'n Bier trinken. Du trinkst doch Bier?«

»Jo.«

Was für ein Typ, dachte ich. Eigentlich hätte er Johann oder einfach nur Jo heißen müssen. Hätte man Martin gefragt, ob er den Sinn des Lebens kenne, hätte er wahrscheinlich mit »Jo« geantwortet. Egal, der komische Kauz war ja zum Bassspielen hier und nicht, um uns seine dämliche Lebensgeschichte zu erzählen. Martins uralter, aber geräumiger *Volvo* war ein weiterer Pluspunkt, die charmante Rostlaube bot ausreichend Platz für unser Equipment und unsere Alkoholvorräte.

Unter Bierzufuhr taute Martin ein wenig auf. Wir erfuhren, dass er vierundzwanzig war und im fünften Semester studierte. Wie so viele Bassisten war er eigentlich gelernter Gitarrist, im Prinzip konnte ja jeder Gitarrist ein bisschen Bass spielen. Da ihn sein Pharmaziestudium schwer in Anspruch nahm, suchte er eine Band, in der er so wenig Eigeninitiative wie möglich an den Tag legen musste. Umso besser, einen Kreativposten, der mir in mein künstlerisches Schaffen reinpfuschen würde, konnte ich ohnehin nicht gebrauchen.

»Das ist doch perfekt. Die Songs schreib ich sowieso am liebsten alleine«, erklärte ich. »Du kriegst die Notenblätter mit den Akkorden und musst einfach nur mitspielen.«

»Hm. Okay.«

So, wie er kommunizierte, spielte Martin auch Bass: Er beschränkte sich dabei aufs Nötigste. Solide Grundakkorde, schön sauber und auf den Punkt, ohne Firlefanz und unerwünschte Alleingänge. Martin starrte mit seinen schwarzen Augen konzentriert auf sein Notenblatt und spielte souverän seinen Stiefel runter.

»Das klingt doch echt schon ganz gut«, befand Halvar.

»Sehr gut sogar«, sagte ich. »Also, von mir aus kannst du einsteigen. Was sagst du?«

»Jo. Warum nicht.«

»Geil! Dann lasst uns mal an die Bar, das Ganze offiziell begießen.«

So ein Sahnetag! Wir hatten einen Bassisten, wir hatten ein Auto, wir waren jetzt eine richtige Band und bereit, die Welt zu erobern. Wobei noch nicht abschließend geklärt war, unter welchem Namen das eigentlich geschehen sollte.

»Wie heißen wir denn jetzt eigentlich?«, fragte Halvar.

Es war ja nun nicht so, dass ich mir diese Frage noch nie gestellt hatte. Aus der Gitarrentasche zog ich meine Liste mit potenziellen Bandnamen, ungefähr siebenhundert Stück, die Ausbeute zahlloser Vorlesungen, Strandausflüge und langwieriger Busfahrten. Ich tendierte zu einem kurzen, geheimnisvoll klingenden Namen, der sozusagen alles und nichts ausdrücken würde.

»*Rauch, Sand, Kalk, Kreuz, Schiefer, Helix, Quarz, Zink* …«, las Halvar vor. »Alter, das klingt ja wie beim Baustoffhandel. Überzeugt mich jetzt alles nicht so.«

»Weißt du denn was Besseres?«, knurrte ich gekränkt.

»Na, ich wäre eher für was Witziges. *Konterbier* oder *Samenstau* oder so.«

»Hallo!? Wir sind eine *finstere* Band«, belehrte ich den Banausen. »Hast du eventuell was, Martin?«

»Hmmm.«

Wie wir noch herausfinden sollten, kam das Wort »Nein« in Martins ohnehin begrenztem Sprachschatz so gut wie nicht vor. Er wollte einfach niemanden gegen sich aufbringen. Eine entschiedene Verneinung drückte unser wortkarger Bassist durch ein gleichgültig dahingebrummtes »Hmmm« aus. Die Namensfindungskonferenz wurde schließlich ergebnislos abgebrochen.

»Welche Richtung wohnst du, Martin?«

»Wik.«

»Dann fährst du ja bestimmt die Holtenauer hoch. Kannst du uns absetzen?«

»Jo.«

Als wir auf dem Parkplatz Martins Karre mit unseren Instrumenten beluden, ging eine Mutter mit zwei kleinen Mädchen an uns vorbei. Die beiden gingen Hand in Hand und sangen dabei das Lied aus der Kinderserie *Hallo Spencer:*

Wir rufen dich, Galaktika
Vom fernen Stern Andromeda

Volltreffer! Das gute alte Schicksal hatte mal wieder zugeschlagen. »Mensch, Jungs!«, rief ich. »Das ist er!«

»Hä?«

»Unser Bandname, Mann. Wir sind *Galaktika*, verdammte Scheiße!«

»*Galaktika* ... klingt gut. Was meinst du, Martin?«

»Jo.«

Das musste natürlich gefeiert werden. Mit ein paar *Neptun* von der nahe gelegenen *Shell*-Tanke stießen wir standesgemäß auf die Bandgründung an, zu brachialem Stoner-Rock in Martins *Volvo*, der mir bereits vorkam wie ein gemütlicher Tourbus. Jetzt fängt es endlich an, dachte ich, jetzt spiele ich in einer richtigen Band. Momente wie dieser rechtfertigten, dass man sich den Wahnsinn leistete, am Leben zu sein.

INKA, DAS IST DOCH NICHT DEIN ERNST

Zum Proben fand Martin allerhöchstens zweimal die Woche Zeit, oft verschwand er nach anderthalb Stunden schon wieder, um sich hinter seine Pharmaziebücher zu klemmen. Halvar und ich arbeiteten also wie gehabt zu zweit an neuem Material, die fertigen Stücke wurden dann schrittweise Martin vorgesetzt, der nur noch mitzubassen brauchte. Diese Herangehensweise entpuppte sich als hoch effektiv, innerhalb weniger Wochen hatten wir ein Dutzend Songs auf der Kette. Wenn sich irgendein Riff oder Übergang doch einmal nicht ganz überzeugend anhörte, bedienten wir uns eines kleinen Tricks: Wir kippten einfach schnell ein bis zwei Bier, und wie durch ein Wunder klang der beanstandete Teil plötzlich astrein. Rückblickend waren es durchweg intensive und angenehm angetrunkene Abende im Proberaum, alles kam ins Rollen, alles bewegte sich, eine neue Rockband hatte das Licht der Welt erblickt, mit dem Elan der Jugend und dem Segen der Götter, allen voran *Neptun*, dem von uns so beständig gepriesenen Gott der Biere.

Auf privater Ebene lief es bei uns weniger rund. Ich selbst kriegte abgesehen von zwei oder drei kurzlebigen Knutschereien auf der Tequila Night, an die ich mich am Folgetag kaum noch erinnern konnte, frauentechnisch einfach nichts gebacken. Halvar vergeigte die ohnehin rar gesäten Beischlafchancen zuverlässig durch seine im Suff sogar noch gesteigerte Unsicherheit, und Martin schien komplett desinteressiert, was alles Zwischenmenschliche anging. Wahrscheinlich waren wir gerade deshalb so produktiv in diesen düsteren Herbsttagen: Die ungenutzte sexuelle Energie, die emotionale Heimatlosigkeit und der allgemeine Daseinsüberdruss, alles landete in der Musik.

Mit Halvars Minidisc-Rekorder nahmen wir nun ein Demo mit fünf Songs auf, die wir für besonders gelungen hielten. Von jedem Lied fertigten wir zwei oder drei Versionen an, mehr war wegen Martins Lernpensum einfach nicht drin. Da wir die Songs auf einer einzigen Spur live einspielen mussten, enthielt schlussendlich jeder Track den einen oder anderen Schnitzer. Beim Durchhören machte sich erste Ernüchterung breit.

»Da hast du dich aber verspielt, Martin.«

»Mensch, Halvar, irgendwie nimmst du zum Ende hin immer das Tempo raus.«

»Ganz schön schief, der Gesang. Ich sag doch, Nico, du musst mal Unterricht nehmen.«

Seltsam, im Proberaum, mit ein paar Bierchen in der Birne, hatten wir doch immer geklungen wie eine Nummer-eins-Band. Besonders unser Bandtechniker Halvar war unzufrieden. »Meinst du, das können wir so abschicken?«

»Ich will endlich auf die Bühne«, nölte ich. »Wie lange wollen wir denn noch rumbasteln? Das Semester fängt gerade wieder an, Martin wird dann eher noch weniger Zeit haben. Okay, die Aufnahmen sind jetzt nicht hundertprozentig sauber, aber ein geiler Song bleibt ein geiler Song!«

»Wenn du meinst ...«

»Meine ich, Mann! Wer auch nur ansatzweise was von Musik versteht, wird doch merken, dass er es hier mit einer außergewöhnlichen Band zu tun hat ...«

Als Erstes führte ich Inka bei einem unserer als Lernsession getarnten Biernachmittage das Material vor. Je öfter ich das Demo gehört hatte, desto besser konnte ich über die kleinen Unfälle hinweghören. Ich war vollauf überzeugt, dass mich meine Testhörerin stürmisch abfeiern würde.

»Ach, Hase, na ja, das klingt ja schon ganz okay«, urteilte Inka.

»Wie, ›ganz okay‹?!« Die zwei kleinen Worte trafen mich wie bittere Ohrfeigen.

»Du willst doch ein ehrliches Urteil, oder? Also, die Melodien sind schon ganz eingängig, auch wenn ich vom Text rein akustisch gar nix verstehe. Und man merkt halt, dass ihr eine Amateurband seid ...«

»Uns gibt's doch auch erst seit ein paar Wochen«, erwiderte ich beleidigt.

»Ich mein es doch nicht böse, Nico. Wie gesagt, du wolltest eine ehrliche Meinung. Und ich glaube, du hast echt viele Talente. Du bist ein kreativer, vielseitig begabter Mensch. Aber es könnte ja vielleicht sein, dass ...«

»Dass was?«

»Dass die Musik jetzt nicht unbedingt das ist, was du am besten kannst.«

»Und was sollte das deiner Meinung nach sein?«

»Das gilt es ja gerade herauszufinden. Hase, du bist erst einundzwanzig! Wer muss denn in dem Alter schon unbedingt wissen, was er den Rest seines Lebens machen will? Ich weiß es ja selbst auch noch nicht!«

»Aber die Musik ist mein Schicksal!«, plärrte ich, vor gekränkter Eitelkeit den Tränen nah.

»Du immer mit deinem Schicksal!«, pampte Inka zurück. »Manchmal denke ich, du willst dir die Welt krampfhaft so hinbiegen, wie sie dir am besten passt. Vielleicht hat der Kosmos ja etwas ganz anderes mit dir vor?«

»Ich kann wohl immer noch am besten beurteilen, was der scheiß Kosmos mit mir vorhat.«

»Nico, noch mal: Ich meine es nur gut mit dir! Ich finde eure Musik toll, und ich freu mich, dass du so viel Spaß daran hast. Aber ich glaube, du siehst das Ganze zu verbissen.

Ich will ja nur nicht, dass du am Boden zerstört bist, wenn es am Ende doch nicht für 'nen Plattenvertrag reicht.«

»Du bist doch die mit den ganzen esoterischen Kalendersprüchen, von wegen ›Folge deinem Herzen‹, ›Lebe deine Träume‹ und so.«

»Ja, und deswegen meine ich ja, dass du auch mal über den Tellerrand schauen solltest. Vielleicht ist dein wahrer Traum ja ein ganz anderer? Ich hab deine Hausarbeiten gelesen, ich glaube, du könntest das Studium echt gut schaffen, wenn du dich mal ein bisschen drum kümmern würdest. Du bist schlau, du kannst gut schreiben, du schüttelst dir sogar komplizierte Texte einfach so aus dem Ärmel, mit denen sich andere stundenlang rumquälen.«

»Was denn, glaubst du etwa, aus mir wird so ein aalglatter, Scheiße quatschender Akademiker? Du weißt, wie sehr mir der verfilzte Laden hier auf den Senkel geht.«

»Nein, Nico, aber stell dir vor, es gibt noch andere Berufe, für die ein Uni-Abschluss gut sein kann. Ich könnte mir dich zum Beispiel als Journalisten vorstellen, als Werbetexter, als PR-Experte ...«

Werbetexter? PR-Experte? Ich konnte kaum glauben, was für einen Quatsch meine Möchtegern-Berufsberaterin mir da vorschlug. »Inka, das ist doch nicht dein Ernst. Hast du mir in den letzten Monaten eigentlich *einmal* zugehört? Ich will nicht den Rest meines Lebens in einem kleinen Scheißbüro vor mich hinschimmeln wie mein alter Herr.«

»Aber genau das blüht dir doch, Hase! Irgendwann im siebenundzwanzigsten Semester wirst du merken, dass es nichts mehr wird mit der Musikkarriere, du wirst dein Studium abbrechen und zu alt sein, um noch was Neues anzufangen. Dann bleibt dir nur noch Sklavenarbeit im Callcenter oder als Büroidiot. Das Kundencenter der

Telekom, wo ich ein paar Wochen gejobbt habe, ist voll von diesen Leuten!«

»Ich bin nicht *diese Leute*.«

»Ich weiß, Nico! Gerade deswegen will ich dir das ja ersparen … Ach Scheiße, wir kommen hier einfach nicht weiter.« Inka griff sich ihren Indio-Mantel und ihre selbst genähte Handtasche und stand auf.

»Was wird das denn jetzt?«

»Ich gehe, Nico. Denk erst mal ein bisschen drüber nach, was ich dir gesagt habe. Heute komm ich irgendwie nicht an dich ran.«

»Pah, dann verschwinde doch«, blaffte ich und kippte mein *Neptun* auf ex runter.

»Und mit *dem da* solltest du vielleicht auch mal kürzertreten.« Sie deutete auf die Dose. »Ich zwitscher ja auch gerne mal einen, aber ich hab den Eindruck, bei dir wird es immer mehr. Immer wenn wir uns sehen, hast du ein Bier in der Hand.«

»Das ist meine Sache.«

»Gut, Nico. Dann frag mich aber auch nicht mehr, wenn du Rat brauchst. Mach das gerne alles mit dir aus.«

Inka huschte raus und knallte mit der Tür. Ich sah ihr nach, wie sie zur Bushaltestelle ging, ihr selbst besticktes Taschentuch in der Hand. Sie weinte sogar. Du wirst schon sehen, Inka, wie ich das selbst mit mir ausmache, dachte ich trotzig. Als sie außer Sichtweite war, steuerte ich mit aller Entschlossenheit das *Garden Eden* an.

GROUPIES

Und dann geschah das absolut Unerwartete: Ich lernte ein Mädchen kennen. Wie so oft bei diesen Geschichten war der Zeitpunkt eigentlich denkbar ungünstig: Nach dem Streit mit Inka war ich ein paar Wochen lang in düstere Herbstdepressionen versunken, die meiste Zeit lag ich im abgedunkelten Zimmer grübelnd auf der Matratze, ein *Neptun* jederzeit griffbereit. Ein bisschen erinnerte mich mein Durchhänger an das stumpfe Dahinvegetieren vor meinem Umzug nach Kiel, ich hatte nicht mal mehr Lust zu wichsen. Was die Uni anging, so hatte ich bei mehreren Kursen frühzeitig die Segel gestrichen und besuchte schließlich nur noch zwei Proseminare in Germanistik, was einem gigantischen Pensum von vier Wochenstunden entsprach. Den Lateinkurs hatte ich erneut aufgegeben, auch, weil ich Inka nicht begegnen wollte.

Eines verkaterten Vormittags besorgte ich mir bei *Schlecker* sogar ein paar Rasierklingen und ritzte planlos auf meinem Unterarm herum. Mal davon abgesehen, dass es höllisch wehtat, spürte ich mein innerstes Selbst genauso wenig wie vorher. Stattdessen hatte ich nun ein kleines Entsorgungsproblem, denn die Unmengen vollgebluteter Taschentücher konnte ich schwerlich in unsere WG-Mülltonne schmeißen. Ich stopfte die rot getränkten Fetzen in meinen Rucksack und entsorgte sie im Container um die Ecke. Offenbar war ich für selbstverletzendes Verhalten nicht gemacht. Ich musste meine Probleme anderweitig in den Griff kriegen.

In der Causa Krissi kam ich auch nicht weiter. Im Gegenteil, inzwischen schien sie sogar mehr oder weniger mit diesem André-Arschloch zusammen zu sein, jedenfalls wurde ich ein- oder zweimal Zeuge, wie ihr der Südstaaten-Suppenkasper seine Zunge in den Hals schob, worauf ich mir in der Hoffnung auf einen sauberen Filmriss jeweils exorbitante Alkoholmengen zuführte. Was mich letztlich beruhigte, war die Überzeugung, dass der amouröse Erfolg meines Konkurrenten lediglich seinem unberechtigten Erfolg beim Bandwettbewerb geschuldet war und dass Krissi als Berufsgroupie und emotionale Opportunistin sich folglich in mich verlieben müsste, sobald *Galaktika* den verdammten Contest gewinnen würden.

Dann aber erschien Franzi auf der Bildfläche. Sie war achtzehn und kam aus Altenholz, einem Ort am Ende der Welt. Ihre Band *Kellerkinder*, wo sie mehr schlecht als recht Gitarre und Mikro bediente, hatte einen Probetermin von den *26 Degrees* übernommen, deren Schaffen sich nach dem Drama auf der *Kieler Woche* im unaufhaltsamen Niedergang befand. Die drei Mädels hatten in der Rockmusik-AG ihres Abiturjahrgangs zu spielen begonnen, leider klangen sie wie eine deutschsprachige Ausgabe von *4 Non Blondes* und waren weitgehend talentfrei.

»Ich bin der größte Fan von *Galaktika!* Eure Musik ist ja wohl so was von cool!«, schwärmte Franzi, als Halvar und ich im Anschluss an eine Nachmittagsprobe mit den Mädels im Barbereich herumhingen. Die drei gehörten der Emo-Bewegung an, trugen Nietenhalsbänder, tonnenweise Wimperntusche und Netzstrumpfhosen mit Laufmaschen in Größe der Kieler Förde. »Also, wir haben ja erst zwei richtige Lieder fertig. Ich tu mich immer wahnsinnig schwer beim Songschreiben ... Und deine Lieder sind so der Hammer, du bist ein richtiges *Genie*, Nico!«

Ihre schwarz umrandeten Augen strahlten mich liebestoll an, während sie mir mal wieder eine Lkw-Ladung Honig ums Maul schmierte. Mit ihrem blassen Mondgesicht und der zu groß geratenen Nase war Franzi nicht das hübscheste der drei Emogirls, und das, obwohl die anderen auch nicht besonders viel hermachten. Was an Franzi hervorstach, und zwar im wahrsten Sinne des Wortes, war ihr unglaublicher Busen, den sie meist in knappen Oberteilen mit Ausschnitten so tief wie der Marianengraben zur Schau zu stellen pflegte. Die anderen beiden befeuerten Franzis schamloses Balzgehabe zusätzlich mit eindeutigen Andeutungen: »Franzi ist in letzter Zeit immer so unkonzentriert bei den Proben, an wen denkt sie bloß ständig ...?«

Die Schlagzeugerin warf sich mit ähnlicher Intensität an Martin ran, der aber nicht einen Funken Interesse zeigte, und die Bassistin war in festen Händen, sodass für den armen Halvar bei diesem rührseligen Teenie-Theater leider nichts abfiel. Obwohl mir Franzi mit ihrem unqualifizierten Geschleime massiv auf die Nerven ging, wollte ich mit ihr ins Bett, was zu etwa gleichen Teilen ihrer Oberweite und der Tatsache geschuldet war, dass ich seit weit über einem Jahr keinen Geschlechtsverkehr mehr genossen hatte. Ich wäre in diesem Stadium meiner Verzweiflung vermutlich sogar mit unserem WG-Drachen Rieke ins Bett gestiegen, nach einer komatösen Dosis *Neptun* versteht sich. Als Franzi mich bat, ihr Nachhilfe in Sachen Songwriting (und wer weiß was sonst noch) zu geben, lud ich die Liebeshungrige bereitwillig zu mir ins Wohnheim ein. Die Gelegenheit war günstig: Es war der Tag vor Heiligabend, meine Mitbewohner waren bereits in den Weihnachtsurlaub entschwunden und Halvar hatte ich mit einem Zehner ins *Garden Eden* abkommandiert.

Da saßen wir nun auf dem PVC-Sofa im Wohnzimmer und tranken Wodka, den ich in letzter Zeit immer öfter dem Bier vorzog. Franzi, die irgendwelche osteuropäischen Vorfahren hatte, hielt sauftechnisch aber gut mit, in

Windeseile hatten wir die Flasche niedergemacht, von irgendwelchen Gitarrenlektionen war längst keine Rede mehr. Trotz der Schnapsunterstützung war ich ziemlich nervös und brauchte eine halbe Ewigkeit, bis ich mich zur Offensive durchringen konnte. Mein Zögern war komplett unbegründet, denn als ich sie endlich küsste, schien mich das kleine Früchtchen schier auffressen zu wollen. Sofort ging mein Schwengel auf hundertachtzig. Als meine zitternden Finger Franzi endlich von Top und BH befreit hatten, wäre ich beinah vom Sofa gekippt: Ihre Brüste waren noch gewaltiger, als ich es erwartet hatte, man hätte bei der UNESCO anrufen und ihren Oberkörper zum Weltkulturerbe erklären sollen. Ich wusste gar nicht recht, was ich mit diesen Riesenglocken anfangen sollte, und stellte mich ziemlich unbeholfen an. Schließlich holte ich meine seit Ewigkeiten nutzlos im Portemonnaie vor sich hingammelnden Kondome hervor und schaffte es im vierten oder fünften Versuch sogar, mir eins überzustülpen. Doch schon folgte das nächste Hindernis: Franzi war so eng, dass ich kaum in sie hineinfand, es schien ihr sogar wehzutun.

»Sorry ... das ist mein erstes Mal«, sagte sie plötzlich.

»Wie bitte?!«

»Ja, echt ... Aber ich bin froh, dass *du* es bist, Nico!«

Ernsthaft, das arme Ding wollte sich hier in einem armseligen Studentenwohnheim von einem versoffenen Möchtegern-Rockstar entjungfern lassen? Das hatte ich nun wirklich nicht erwartet, es war aber vielleicht der entscheidende Dämpfer, ohne den ich wahrscheinlich nach zwei Sekunden die Segel gestrichen hätte. So legte ich los, ziemlich aus der Übung inzwischen, aber wie hieß es doch gleich: »Sex ist wie Fahrradfahren« – ich erinnerte mich schnell wieder an die notwendigen Bewegungsabläufe.

Nach kurzer Zeit schien auch Franzi Gefallen an der Geschichte zu finden, und nicht nur das: Sie wurde jetzt laut dabei, sehr laut sogar.

»OH NICOOO! DAS IST JA SOOOOOO GUT!!«

Ich fragte mich augenblicklich, ob sie mir etwas vorspielen würde, denn solcherlei Lobeshymnen während des Geschlechtsverkehrs war ich nicht gewohnt. Maren hatte stets stumm wie ein Stein unter mir gelegen und sich hinterher umso ausgiebiger über meine frühzeitigen Ejakulationen beschwert, bei der Handvoll One-Night-Stands, die ich darüber hinaus erlebt hatte, lag das Hauptinteresse aller Beteiligten eher darauf, sich nicht gegenseitig vollzukotzen oder irgendwelche Gliedmaßen abzubrechen.

Franzi jedenfalls war entweder ein großes Schauspieltalent oder, passend zu ihrer bevorzugten Jugendkultur, mit einer enormen sexuellen Empfindungsgabe gesegnet. Unablässig keuchte, stöhnte und redete sie dabei, als wäre Sex eigens für sie erfunden worden. »JAAA, NICO! HÖR NICHT AUF!! BITTEEE!!«

Doch genau das tat ich, als sich plötzlich ein Schlüssel in der Wohnungstür drehte. Hatte Halvar, dieser Vollidiot, sich etwa nicht an unsere Abmachung gehalten? Nein, es kam schlimmer: Rieke stand in der Tür, in der Hand eine riesige Reisetasche und im Gesicht noch größeres Entsetzen. Was zum Teufel ... ich dachte, die Schnepfe wollte die blöden Feiertage in Belgien verbringen? Meine verhasste WG-Genossin rauschte kommentarlos und gesenkten Hauptes an den zwei Nackten auf dem Sofa vorbei und verschwand in Sekundenbruchteilen in ihrem WG-Zimmer. Auch die unter mir liegende Franzi war peinlich berührt. »Äh, Nico? Ich dachte, du bist allein?«

»Ja, das dachte ich auch ...«

Trotz dieses ärgerlichen Zwischenfalls war ich noch immer hochnotgeil. Ich drehte in meinem Zwergenzimmer romantische Punkmusik auf und nach einer kurzen kunsthistorischen Erläuterung meiner Wohnsituation (»Warum hängen hier Orangensaftpackungen an der Wand?«) machten wir auf der schäbigen Matratze weiter, wo wir auf dem PVC-Sofa aufgehört hatten. Nahezu ansatzlos verfiel Franzi wieder in absolute Ekstase: »JAAA, NICOOO! BITTEEE!! DAS IST SOOO GUUUT!!«

Ich war immer noch irgendwie irritiert, misstraute ich doch meiner bislang im Verborgenen gebliebenen Expertise in Sachen Matratzensport. Vor allem machte ich mir Sorgen, dass Rieke das Gekreische mithören könnte. Ein paar Stöße später jedoch wurde es richtig schlimm. »NICOOO ... ICH ... ICH LIIIEEEBE DICH!!«

Wie bitte? Hoffentlich hatte ich mich da gerade verhört. Ich schaute sie an. »Ähh ... wie war das gerade?«

»Oh ... sorry ... ist mir so rausgerutscht.«

Na gut, dachte ich, vielleicht ein hormonell bedingter freudiger Versprecher im Eifer des Geschlechtsgefechts, kann ja mal vorkommen. Ich machte weiter, doch nach einer halben Minute wiederholte sich die Geschichte: »OH NICOOO ... ICH LIIIEEEBE DICH!!«

Jetzt war mir endgültig jegliche Lust vergangen, und meinem Kollegen etwas weiter unten erst recht. »Du«, sagte ich mit bemüht ernster Miene. »Ich glaub, wir müssen da mal was klären. Also, ich bin zur Zeit nicht bereit für was Festes, glaube ich ...«

Franzi warf einen Blick auf meinen erschlaffenden Kumpel und dachte wahrscheinlich: Ich schon, Nico, ich schon. »Ich ja auch nicht«, sagte sie stattdessen. »Mach dir keinen Kopf. Ich hatte eben wohl einen kleinen Aussetzer, hab das selber kaum mitgekriegt ...«

Wir versuchten es schließlich noch ein drittes Mal, aber ihre orgasmischen Liebesschwüre schienen so unvermeidbar zu sein wie ein Schluckauf. Jetzt machte sich meine Erektion endgültig vom Acker, und es gab außer Anziehen und peinlichem Schweigen nicht mehr viel zu tun. Ich brachte Franzi zur Bushaltestelle und rang mir einen halbherzigen Abschiedskuss ab, dann stieg sie mit traurigem Blick in den Nachtbus.

Im Proberaum gingen uns die Mädchen jetzt aus dem Weg, Franzi schien detailliert Bericht erstattet zu haben, was vorgefallen war. Kurz vor Silvester erhielt ich schließlich einen Brief von ihr, in dem sie mir in schwülstigen Ausführungen (erneut) ihre Liebe gestand und um weitere Treffen bat, damit ich mir meiner (bislang unterdrückten) Gefühle bewusst werden könne. Als ich nicht darauf reagierte, schickte sie mir einen weiteren, diesmal boshaften Brief, in dem sie mich mit allerlei unschönen Ausdrücken bedachte und der schließlich im Vorwurf gipfelte, ihr Herz und ihre Jungfräulichkeit gestohlen zu haben. Ich warf auch diesen Schrieb unbeantwortet in den Müll. Offenbar lag Franzi mit ihrer Einschätzung, dass ich ein gefühlskalter Mistkerl war, ziemlich nah bei der Wahrheit. Ab sofort würde ich meine Energie statt in Groupies wieder in die Musik stecken.

ANDROMEDA NOTAUSGANG

Fürs neue Jahr fasste ich gleich drei gute Vorsätze: Maßvoll trinken, mich mit Inka vertragen und endlich berühmt werden. Vorsatz Nummer eins scheiterte gleich in der Neujahrsnacht, als ich nach einem verheerenden Wodka-Exzess im *Tucholsky* auf den Tresen kotzte. Besser lief es in Sachen Inka: Bei einem Friedensjoint im Electroschuppen *Luna Club* kamen wir überein, die freundschaftlichen Beziehungen mit sofortiger Wirkung wieder aufzunehmen. Mein anschließender manischer Auftritt auf der Tanzfläche zeigte auch in aller Deutlichkeit, dass meine derzeitige Pflegestufe eine fortgesetzte Intensivbetreuung unerlässlich machte.

Was das Berühmtwerden anging, intensivierte ich meine Bemühungen mit einem deutlich verbesserten Demo, das *Galaktika* in einer halbwegs nüchternen Proberaumsession aufnahmen. In einem nächtelangen Nervenkrieg mit dem mittelalterlichen *Microsoft*-Programm *Picture It!* schusterte ich so etwas wie ein Plattencover zusammen: Als Hintergrundbild legte ich Unmengen künstlerischer Filter über ein aus dem Netz geklautes Foto der explodierenden *Challenger*-Rakete, bis sie wie eine ausgelaufene Dose Sprühsahne aussah. Mit den massigen Lettern der Schriftart *Impact kursiv* und einem fürchterlich originellen Farbverlauf (Gelb zu Orange!) kreierte ich das offizielle Bandlogo und gab der Scheibe den ominösen Titel *Andromeda Notausgang*, der mir im THC-Delirium auf der Tanzfläche des *Luna Club* eingefallen war.

Die Reaktionen der Testhörer fielen überraschend positiv aus: Während Deutschrockexpertin Caro zwar die ausbaufähige handwerkliche Umsetzung anmahnte, uns aber einen gewissen Wiedererkennungswert zusprach, mutierte Helge aus dem Stand zum glühenden *Galaktika*-Fan. »Echt der Hammer, Nico! Seit *Blumfeld* nicht mehr so tiefgründige Texte gehört! Ich meine, der konkrete Sinn erschließt sich mir meistens nicht, aber herrlich abstrakt und voll Avantgarde! Und diesen ungeschliffenen Lo-Fi-Sound finde ich gerade geil. Ich meine, der Gesang ist doch mit Absicht immer so leicht schief, oder?«

»Äh, ja ... klar, das mache ich extra«, log ich.

»Auf jeden Fall seid ihr keine Band von der Stange. Habt ihr eigentlich schon 'ne Homepage?«

Da musste ich leider passen, allerdings hatte auch ein Digitalverweigerer wie ich inzwischen mitbekommen, dass jede noch so lachhafte Feierabendkapelle sich im Internet präsentierte. Meine Fachkenntnisse in diesem brandaktuellen Medium beschränkten sich auf das Herunterladen pornografischer Kurzfilme und illegaler MP3-Dateien, aber zum Wohle der Band war ich gewillt, mich in die Materie einzuarbeiten.

Soziale Netzwerke nutzte in Deutschland noch niemand, dafür wurde man mit Gratis-Homepages geradezu beworfen. Schnell hatte ich unsere Domain *www.galaktika.de.vu* angemeldet, aber wie ging es nun weiter? Wie ich in Erfahrung brachte, musste man seinen digitalen Vorgarten mit einer Art Programmiersprache namens HTML beackern. Wie damals, als ich mir mit den Peter-Bursch-Büchern autodidaktisch das Gitarrenhandwerk beibrachte, pflügte ich mich nun nächtelang durch HTML-Kurse und Webdesigner-Communitys.

Etwas Sonderbares passierte: Während ich diesem seltsamen und meiner Meinung nach nur kurzlebigen Internet bislang eher skeptisch bis spöttisch gegenübergestanden hatte, erlag ich nun innerhalb weniger Tage der Faszination von Tags, Templates und Tabellen-

formatierungen. Derart vertieft war ich in den neu entdeckten virtuellen Raum, dass ich darüber sogar das Biertrinken vergaß. Nach etwa einer Woche stand unsere
Homepage, ich war stolz wie Bolle, besonders auf das
automatisch abgespielte MP3-Sample, das jeder Seitenbe-
sucher ungefragt um die Ohren gehauen bekam. Welch
verrückte Vorstellung, dass nun rein theoretisch jeder
Mensch auf diesem Planeten, vom kalifornischen College-
girl bis zum Teppichhändler in Timbuktu, innerhalb von
Sekunden zum *Galaktika*-Fan werden könnte! Alles war
vernetzt, alles schien möglich. In den langen Nächten vor
dem Monitor bekam ich langsam eine Ahnung, dass auf der
Welt etwas vor sich ging, etwas, das sich ausweiten und nie
wieder rückgängig zu machen sein würde.

Nun, da wir online waren, wagten Halvar und ich den
nächsten Schritt Richtung Rockstarkarriere und suchten
Adressen sämtlicher Clubs und Kneipen im Umkreis von
hundert Kilometern raus, die ansatzweise als Auftritts-
möglichkeit infrage kamen. Wählerisch waren wir nicht:
Wir hätten uns sogar bei der Mehrzweckhalle des CDU-
Kreisverbands Rendsburg-Eckernförde beworben, wenn
dieser eine gehabt hätte. Meine Studentenbude wurde nun
nach und nach zum Bandbüro, zum *Galaktika*-Hauptquar-
tier umfunktioniert. Unablässig brannten wir Demos, bis
das CD-ROM-Laufwerk glühte, während mein krächzender
Billigdrucker ein blasses CD-Cover nach dem anderen aus-
spie. Für das Anschreiben hatte ich schließlich eine bom-
bastische Bandbeschreibung getextet:

*Aus den grauen Nebeln der Hafenstadt Kiel kommt
eine Band, die genauso rau ist wie die Küste, so
stürmisch wie das Meer und so dreckig-düster wie
ihre Straßen. Was ist das Besondere an Galaktika,*

das die Kritiker verstört und die Fans fasziniert?
Ist es der kraftvoll-grungige Indie-Deutschrock,
die sich im Kopf des Hörers wie ein Anker festkeilenden
Melodien, die schaumkrönenden Riffwellen oder die
abstrakt-mysteriösen Texte, die immer ein letztes
Geheimnis für sich zu behalten scheinen? Besuchen Sie
www.galaktika.de.vu oder rufen Sie gleich an unter ...

Wer sollte da widerstehen können? Bandtechniker Halvar fertigte zusätzlich sogar einen Bühnenplan an, welcher aufgrund unseres bescheidenen Equipments relativ übersichtlich ausfiel, andererseits wollten wir natürlich möglichst professionell rüberkommen. An einem Freitagabend hatten wir fast fünfzig Bewerbungsmappen fertig, die wir feierlich den Briefkästen der näheren Umgebung überantworteten. Da Tom sich vehement weigerte, unser Demo im *Garden Eden* zu spielen (»Euer Krach ist geschäftsschädigend!«), boykottierten wir seine Kaschemme eine Weile lang und begossen unsere Bewerbungsoffensive im *Route 66*, einer etwas rustikalen Mini-Disco neben dem *Tucholsky.*

»Also ich rechne mit so zehn bis zwölf Zusagen. Das reicht dann schon mal für 'ne schicke Minitournee«, sagte Halvar.

»Was denn, nur zehn bis zwölf? Eher so zwanzig bis dreißig, Mann! Das Demo ist der Knaller, denk dran, was Helge gesagt hat, und der hat nun echt Ahnung von Musik!«

»Ach, Helge ... Ich kann den Typen irgendwie nicht ausstehen.«

»Weil er Caro bumst?«

»Natürlich, du Arschloch, wieso denn sonst wohl?«

»Wart's mal ab, wenn wir die ersten Gigs spielen und die Alte dich auf der Bühne sieht ...«

»Du hast gut reden, Nico. Seit wann stehen die Weiber denn auf den Schlagzeuger? Du als Frontmann wirst doch die ganzen Groupies abgreifen, das ist doch wohl klar.«

»Ach, Blödsinn«, beschwichtigte ich meinen Drummer, obwohl ich es mir ja genauso vorstellte. Nach unseren umjubelten Auftritten würden unzählige süße und heiße Mädels vor dem Backstagebereich Schlange stehen, und ich würde jeden Abend meine Wahl treffen wie damals Dschingis Khan oder heutzutage Marilyn Manson. Hatte ich es nicht auch am meisten verdient? Immerhin war ich doch derjenige, der die ganzen Songs schrieb, mit denen wir die Welt in Kürze beglücken würden!

Das ganze Wochenende schwebte ich durch das winterlich triste Kiel wie im Rausch, fest überzeugt, dass das Telefon in den nächsten Tagen ununterbrochen klingeln würde: »Hier Maier vom *Hafenklang* in Hamburg. Spreche ich da mit Nico Jensen von *Galaktika?* Ich wollte mich nur für das Hammer-Demo bedanken ... Leute, damit schreibt ihr Rockgeschichte! Natürlich habt ihr den Gig sicher, sucht euch aus, wann, für euch können wir gern einer weniger talentierten Band absagen! Ach, was dagegen, wenn ich euer Demo mal weiterleite? Hab da ganz gute Kontakte zu *Motor Music*, die werden euch mit Sicherheit einen sauberen Plattenvertrag anbieten ...«

Am Montag konnte ich natürlich nicht zur Uni, denn irgendjemand musste ja im Bandbüro die Telefonzentrale besetzen. Stundenlang hockte ich mit Notizblock und *Neptun* auf der Matratze und starrte auf den Apparat, als ob ich ihn durch Dauerhypnose zum Klingeln bewegen könnte. Am späten Nachmittag war es dann endlich so weit: Da war er, unser erster Gig! Elektrisiert griff ich zum Hörer und sagte meinen sorgfältig eingeübten Spruch auf: »Nico Jensen, Management und Booking *Galaktika?*«

»Was für ein Elektriker? Nico, bist du das?«

Welch eine Enttäuschung: Es war weder Herr Maier vom *Hafenklang* noch *Motor Music*, sondern meine Mutter.

»Ja, Mama, ich bin dran ...«

»Kannst du dich nicht ganz normal melden? Was ist denn das jetzt wieder für ein Quatsch, Nico?«

»Ich, äh, erwarte grad einen wichtigen Anruf ...«

»Was denn für einen wichtigen Anruf? Das ist doch wohl nicht schon wieder irgendeine Sache mit Musik oder so?«

»Nein, Mama, das ist nur ... also, für die Uni. Wir haben da so eine Lerngruppe ...«

»Ich hoffe für dich, dass du die Wahrheit sagst, mein Junge. Weißt du eigentlich, was dein Vater und ich jeden Monat für dich bezahlen ...?«

Am Dienstag nichts Neues. Eigentlich konnte nur die *Deutsche Post* schuld sein, wahrscheinlich gab es Probleme bei der Zustellung unserer Bewerbungsmappen. Ich erhöhte die *Neptun*-Dosis und wartete weiter. Am Mittwoch wurde ich langsam unruhig. Jetzt mussten die Demos doch angekommen sein, verdammt. Wie lange brauchten diese hundefaulen Booking-Blödmänner denn, um in eine CD reinzuhören?

Am Donnerstag, ich war jetzt den vierten Tag nicht an der Uni gewesen, machten sich erste Anzeichen von Panik bemerkbar. Ich schlief kaum noch, trank schon vormittags mein erstes Beruhigungsbier und begann erstmals zu zweifeln, ob das Demo wirklich gut genug war, mehr noch: Ob *Galaktika* gut genug waren. Was, wenn wir uns überschätzt hatten? Was, wenn Caro recht damit hatte, dass bei uns handwerklich Luft nach oben war, oder gar Inka damit, dass ich mir keine allzu großen Hoffnungen auf eine Musikkarriere machen sollte? Meine mühselig aufgebaute Traumwelt drohte achtkantig einzustürzen. Ich lief in meinem vermüllten Zimmer von Wand zu Wand, meine Gedanken kreisten, meine Nerven lagen blank.

Dann aber, es war 17:55 Uhr, läutete erneut das Telefon. Bitte, schickte ich ein Stoßgebet zum Rock-'n'-Roll-Gott, bitte, nur ein einziger Auftritt, verdammt noch mal!

»Nico Jensen, Bookingment und Managing, äh …«

Es meldete sich eine Männerstimme mit markantem südeuropäischem Akzent. »Hallo, hier Kostas Dimitriadis, *Arena* Kiel. Spreche ich da Herr Nico Jensen von *Galaktika*?«

»Äh, ja … am Apparat«, stammelte ich, den Puls auf hunderttausend.

»Okay, Herr Nico Jensen, hörst du? Musike gut, könne wir mache Auftritt bei uns, zusamme mit die *Perfect Sons in Law*. Samstag, die erste Februar, wir habe noch frei. Was los, wollt ihr spiele bei uns?«

»Äh, ja, kleinen Moment …« Ich blätterte ein bisschen in meinem Collegeblock, als würde ich einen Terminkalender checken. »Samstag, 1. Februar … ja, da hatten wir eigentlich was, aber die haben gerade abgesagt. Das ginge also klar.«

»Das is super! Dann wir mache das fixe. *Arena* is bei Westringfeld, auf Sportgelände von Uni, kennst du?«

»Kenne ich, klar!«, log ich. Ich hatte ja nicht einmal gewusst, dass die dämliche Uni überhaupt einen Sportplatz hatte. Egal, hier war nun endlich unser Gig, und dazu noch in einer *Arena!* Kaum hatte ich aufgelegt, sprang ich schon völlig außer mir auf meiner Matratze herum, verspritzte mein *Neptun* im Zimmer, rollte mich auf dem Boden, ballte die Faust, riss die Tür zum französischen Balkon auf und schrie ein barbarisches »JAAA!!« in die menschenleeren Straßen. Zum ersten Mal seit langer Zeit fühlte sich etwas absolut echt an.

Wir hatten einen Gig!

KLEBRIGE NÄCHTE

Dem Anruf aus der *Arena* folgten keine weiteren mehr. Auch unser E-Mail-Postfach blieb leer bis auf einige Angebote zur Penisvergrößerung sowie die nachdrückliche Bitte eines Hamburger Musikclubs, seinen Briefkasten nicht noch einmal mit ungefragt eingesendeten Demo-CDs zu verstopfen. Entnervt mailte ich alle übrigen Locations noch einmal an und bat um Rückmeldung zu unserer Bewerbung. Einzig das Jugendzentrum Eckernförde meldete sich mit der deprimierenden Information, »dass sich unser fünfköpfiges Gremium leider nicht für eure Musik begeistern konnte«. Ich begann bereits, die ganze gottverdammte Branche mit ihren arroganten Agenten und bräsigen Veranstaltern zu hassen. Immerhin, einen Gig hatten wir! Wenn die Welt für *Galaktika* noch nicht bereit war, so konnten wir immerhin zeigen, dass wir bereit für sie waren. Und wurden denn nicht alle revolutionären Künstler am Anfang verlacht? Ihr werdet ja noch alle sehen, dachte ich trotzig, diese negativen Schwingungen machen uns nur noch stärker! Schon bald würde in einem chromglänzenden Panoramabüro in Hamburg ein Clubboss seinen Booker zu sich zitieren, in der Hand die aktuelle *Visions* mit *Galaktika* auf dem Cover: »Ernsthaft, *die* hast du damals abgelehnt? Räum deinen erbärmlichen Spind leer, du Vollpfosten!«

Zunächst aber stand unser Auftritt in der *Arena* an, und den galt es nun akribisch vorzubereiten. Ich erweiterte die Navigationsleiste unserer Homepage stolz um den Menüpunkt *Konzerte* und stellte mir bereits vor, wie überall in der Stadt Plakate mit unserem Bandlogo die Kunde von unserem bevorstehenden Durchbruch verbreiteten. Fragte sich nur, wer diese Plakate drucken und aufhängen würde. War dafür nicht der Headliner zuständig? Ich besuchte die Webseite unserer Auftrittsgenossen, einer Spaßpunkband mit dem schwachsinnigen Namen *Perfect Sons in Law*. Das Dreiergespann hatte sich eine Art Schnösel-Image auferlegt und posierte dandyhaft in Anzug und Krawatte, sie wirkten ein wenig wie die schleswig-holsteinische Version der *Presidents of the USA*. Laut Bandinfo hatten sie bereits über zwanzig Auftritte in Kiel und Umgebung absolviert und bezeichneten sich als »feste Größe in der Kieler Musiklandschaft«. Ich rief die Kontaktnummer an und erkundigte mich nach den Marketingmethoden der Musterschwiegersöhne. Der Bandleader am anderen Ende der Leitung schien überrascht. »Plakate? Nee, eher nicht, unnötig bei der *Arena*. Die kriegen wir auch so voll, keine Sorge. Natürlich könnt ihr bisschen Promo machen, wenn ihr Bock habt, da lassen wir euch freie Hand ...«

Ich wollte lieber nichts dem Zufall überlassen und schwor meine Bandkollegen auf die so ziemlich gigantischste Marketingoffensive ein, die Kiel je erleben würde. Als Erstes baten wir unseren Proberaumvermieter, mit Martins Digitalkamera ein paar professionelle Promobilder zu schießen. Der authentisch-urbanen Kulisse wegen posierten wir in T-Shirts und Trainingsjacken auf dem polarkalten Parkplatz.

»Dauert das noch lange? Wir frieren uns hier den Arsch ab«, jammerte Halvar.

»Jaja, erst mal bei dem neumodischen Digitalscheiß hier den richtigen Knopf finden«, lallte der mal wieder reichlich bedröhnte Kobold. »Erst mal könnt ihr ja wohl 'n bisschen nett lächeln! Seht ja aus, als ob ihr von 'ner Beerdigung kommt!«

»Das muss so«, belehrte ich unseren Fotografen. »Wir sind schließlich eine *emotionale* Band!«

So zeigte das leicht verwackelte Promotionfoto drei verkrampfte junge Männer kurz vor dem Kältetod, die Hände in die Hosentaschen gepresst. Mit hochgezogenen Schultern und krummen Rücken starrten wir unwirsch in die Kamera. Es wirkte ein bisschen so, als ob wir dringend aufs Klo müssten.

»So richtig sympathisch sehen wir jetzt nicht aus«, mäkelte Halvar.

»Ach Quatsch. Wir verstehen uns doch als Gegenpol zu den *Sportfreunden*, da können wir gar nicht depri genug rüberkommen ...«

Ich ging nun ganz in meinem PR-Job auf und mailte den Konzerthinweis mitsamt Bandfoto an sämtliche Redaktionen der Stadt, von den *Kieler Nachrichten* bis zur Schülerzeitung des Gymnasiums Wellingdorf. Ein paar Tage später gab mir Caro den Tipp, doch mal die *Rapido* zu kaufen. Unglaublich: Das Stadtmagazin hatte unseren missratenen Schnappschuss im Veranstaltungskalender gedruckt, zwar nur daumennagelgroß, aber immerhin. *Galaktika* & *Perfect Sons in Love*, *Arena*, 1.2., 20 Uhr. Sie hatten sogar unseren Bandnamen zuerst genannt und sich nur bei den bedauernswerten Kollegen verschrieben! Vor Stolz platzte mir fast das Herz. Es fühlte sich an, als wären auch wir jetzt ein fester Bestandteil der Kieler Musikszene.

Der nächste Teil des Promotionplans sah vor, die Kieler Innenstadt mit Plakaten zu tapezieren. Die Vorstellung, dass mir überall in den Straßen meiner Wahlheimat der Name meiner Band entgegenlächeln würde, schien mir jeglichen Aufwand wert. In einem weiteren Nervenduell mit *Picture It!* hatte ich mir letztendlich ein halbwegs annehmbares Konzertplakat abgerungen, dessen eigentlicher Clou darin bestand, *Galaktika* wie den Headliner der Veranstaltung erscheinen zu lassen. Halvar und ich steuerten den Copyshop der Uni an, wo man als Student zu vergünstigen Preisen drucken lassen konnte.

»Sorry, aber den Rabatt gibt's nur für Uni-relevante Veranstaltungen«, blaffte die knochige AStA-Tussi, die den winzigen Laden betreute.

»Aber das *ist* Uni-relevant! Das Konzert ist Teil eines … äh, medienwissenschaftlichen Seminars«, log ich. »Die gesellschaftliche Akzeptanz deutschsprachiger Rockmusik in der urbanen Subkultur. Bei … äh … Dr. Dimitriadis.«

»Also ehrlich, ich mach grad meinen Magister in Germanistik, aber von einem Dr. Dimitriadis hab ich noch nie was gehört. Aber na gut, ich will mal nicht so sein. Sag mal, irgendwoher kenne ich dich doch … warst du nicht an Silvester im *Tucholsky?*«

»Was, ich? Äh, nee, das war bestimmt jemand anders«, stammelte ich, obwohl sie mit hoher Wahrscheinlichkeit zu den bemitleidenswerten Frauen gehörte, die ich auf der haarsträubenden Party zum Jahreswechsel mit ungefähr acht Promille und vollgekotztem *Sonic-Youth*-Shirt um einen Kuss angefleht hatte.

Anschließend galt es, die einhundert in etwas aufdringlichem Signalorange gehaltenen Plakate an neuralgischen Punkten zwischen Univiertel und Innenstadt anzubringen.

»Ich hab da ein paar Erfahrungen von der *Antifa*«, erklärte Halvar mehrfach. Wie sich jedoch herausstellte, erschöpfte sich die Expertise meines Bandkollegen im Bereich des Plakatierens in dem Wissen, dass man im Falle unerwarteter Polizeipräsenz möglichst schnell abzuhauen hatte. Wir soffen uns also bis kurz vor Mitternacht Mut an und schlichen mit einem Eimer Tapetenkleister, Pinseln und dem unverzichtbaren Biervorrat bewaffnet hinaus in die eiskalte Nacht.

»Verdammt, die Scheiße klebt ja wie Sau!«, schimpfte ich, als das erste Plakat die Außenwand eines Buchladens zierte. Das letzte Mal hatten sich meine Hände so angefühlt, nachdem ich mit sechzehn ein bei *Karstadt* geklautes Pamela-Anderson-Video in Augenschein genommen hatte.

»Das hängt doch total schief«, motzte Halvar. »Du hast wirklich zwei linke Hände, Nico. Deine Frauen können einem echt leidtun ...«

»Bis jetzt hat sich keine beschwert. Und außerdem: *Ich* krieg immerhin welche ... Wart mal unseren Gig ab!«

Da fiel mein Blick auf einen Stromkasten, der an der Frontseite mit zwei Reklametafeln verziert war. »Ey, Halvar, wieso kleben wir da nicht jeweils zwei auf die Seitenflächen? Das springt einem doch voll ins Auge, wenn man hier die Straße langgeht.«

»Keine gute Idee. Die Stromkästen gehören meistens irgendwelchen Eventfirmen, die verklagen uns.«

»Also ich seh hier nirgendwo, dass das irgendwem gehört. Außerdem: Woher sollen die denn wissen, wer das geklebt hat?«

»Auch wieder wahr.«

»Also los ...!«

Am nächsten Morgen schreckte mich das Telefon aus dem Schlaf. Halvar und ich hatten bis in den Morgen geklebt und gebechert, schweren Schädels schleppte ich mich zum Hörer, wobei ich beinah den Eimer mit Kleister umstieß.

»Jensen, *Galaktika*?«

»Ach, sehr schön, da hab ich ja gleich einen von der Band dran. Steyer hier, *Steyer & Hunke* Außenwerbung.

Wie uns aufgefallen ist, haben Sie letzte Nacht einige unserer Werbeflächen beklebt ...«

»Wie bitte? Gar nichts haben wir ... Was denn für Werbeflächen?«

»Stromkästen, Herr Jensen. Ihnen ist doch sicher bekannt, dass die erstens den Stadtwerken gehören und zweitens die Rechte für Plakatwerbung an Agenturen vergeben sind? Sie haben ja sicherlich unseren kleinen Sticker unten in der Ecke bemerkt.«

»Woher wissen Sie denn überhaupt, dass wir ...«

»Nun, Sie haben ja freundlicherweise Ihre Internetadresse auf dem Plakat angegeben.«

»Oh, ach ja ...« Auf unserer Homepage hatte ich etwas großspurig unter dem Menüpunkt *Booking* meine private Telefonnummer angegeben. »Und was passiert jetzt?«

»Nun, da Sie anscheinend noch sehr frisch in der Branche sind, werde ich mal von einer Anzeige absehen. Aber Sie werden heute noch sämtliche Plakate wieder von den Stromkästen entfernen, und zwar rückstandslos, ich empfehle Ihnen da Papierentferner, kriegen Sie im Baumarkt. Wenn ich morgen noch welche entdecke, muss ich das leider der Polizei melden ... Alles klar?«

»Alles klar ...«

Ich informierte Halvar, dass uns eine weitere kalte und klebrige Nacht bevorstand.

»Ich hab's dir doch gesagt«, plärrte unser Plakatprofi. »Außerdem kann ich heute nicht. Hab 'nen Job im Opernhaus. Da wirst du wohl allein gehen müssen ...«

Ich kippte ein Konterbier und machte mich auf zum Baumarkt. So langsam begann meine Musikkarriere, mir auf die Nerven zu gehen.

SCHALL UND RAUSCH

Nach zwei Wochen voller panischer Proben und Beruhigungsbesäufnisse war der Tag des großen Auftritts endlich da. Im Dienste der Grunge-Ästhetik hatte ich meine Haare seit drei Tagen nicht gewaschen und entschied mich bei der Garderobe für meine ausgebeulteste Cordhose und ein Werbe-T-Shirt des obskuren Arzneiprodukts *Rheuma-Hek*. In den Stunden vor der Abfahrt studierte ich noch einmal die wichtigsten Rockstarposen vor dem Spiegel ein und ging wieder und wieder meinen Zettel mit den witzigen und vor allem superspontanen Ansagen durch, während ich über mir Halvar brav seine Fills und Breaks üben hörte.

Hoch motiviert tuckerten wir am Nachmittag schließlich in Martins *Volvo* über das Sportgelände der Uni, das verschneit und menschenleer unter dem fahlen Februarhimmel lag. Von einer *Arena* weit und breit keine Spur.

»Am besten, wir fragen mal da in der Sportgaststätte«, schlug ich vor.

»Scheiße, Mann!«, rief Halvar. »Guck mal auf das Schild da. Es *ist* die Sportgaststätte!«

»WAS?!«

Offenbar hatte uns die pompöse Bezeichnung *Arena* falsche Vorstellungen von unserem Veranstaltungsort vermittelt: Wir standen vor einem winzigen Bungalow, dessen vergilbtes *Ratsherrn*-Reklameschild die Location als »*Arena* am Westringfeld – Sportgaststätte und Restaurant« auswies.

»Sehen wir's so«, sagte Halvar. »Auch *Guns N' Roses* haben ja nicht gleich im *Madison Square Garden* angefangen ...«

Kaum dass wir ausgestiegen waren, stand auch schon ein kleiner, muskulöser Mann um die fünfzig mit weit aufgeknöpftem Hemd und starker Körperbehaarung in der Tür. Er wirkte sofort sympathisch. »Ah, die *Galaktikas!* Willkomme in die *Arena!*«

Wir begrüßten unseren Gastgeber und traten ein, aufs Schlimmste vorbereitet. Nein, das war wirklich nicht einmal der Hausmeisterschuppen vom *Madison Square Garden*. Ein schmaler Tresen, eine Handvoll Plastiktische und ein Stapel Holzpaletten, der wohl die Bühne darstellen sollte, nahmen den Schankraum ein. Die Deko bildete ein kruder Wirrwarr aus Wimpeln, Pokalen und maritim angehauchtem Krempel wie Sturmlampen, Rettungsringen und Modellschiffchen, wie er in Kieler Kneipen allgemein üblich war. Ein paar wuchtige Ölgemälde an der holzvertäfelten Rückwand priesen die Reize mediterraner Küstenlandschaften. Wir waren in einer Kreuzung aus Sportgaststätte und griechischem Restaurant gelandet.

Hinter dem Tresen stand eine rundliche Frau mit Kittelschürze, offensichtlich die Gattin des Gastwirts. »Kali Spera, Jungens, meine Name Maria. Jetzt ihr trinke erstemal eine Bier und eine Ouzo auf die große Auftritt!«

In Sachen Gratisgetränke musste man *Galaktika* nicht zweimal bitten. So klein und bescheiden die *Arena* war, so riesengroß war die Gastfreundschaft ihrer Besitzer! Nach ein paar griechischen Herrengedecken hatten wir den ersten Schrecken verdaut und machten uns an den Aufbau unserer Instrumente. Allein das Schlagzeug nahm bereits die Hälfte der Mini-Bühne ein. Wie wir hier zu dritt performen sollten, war mir ein Rätsel. Eventuell würden wir Martin und seinen Bass auf einen der Barhocker ausgliedern müssen.

Schließlich kam Maria mit einer gewaltigen Auflaufform aus der Küche gewackelt. »Sooo, nun aber noch kleine Stärkung bevor die große Musike! Wer mag eine bissche von die selbst gemachte Moussaka?«

Da unsere Ernährung in der Hauptsache aus Fertiggerichten bestand, griffen Halvar und ich gierig zu. Himmel, was für ein Catering! Nur Martin winkte ab. »Bin Vegetarier«, murmelte er. Unser schweigsamer Basser war immer wieder für Überraschungen gut. Möglicherweise würden wir in Kürze erfahren, dass Martin Mitglied bei den *Zeugen Jehovas* oder den *Hells Angels* war.

Schließlich erschienen die eigentlichen Headliner des Abends. Die drei Musterschwiegersöhne hatten sich wie erwartet in schwarze Sakkos und Bundfaltenhosen geworfen.

»Moin! Wir sind *Perfect Sons in Law*.«

»*Galaktika*, moin.«

»Moin.«

»Moin!«

»Moin!«

»Moin!«

Begrüßungsrituale unter Kieler Musikern fielen im Allgemeinen recht knapp aus.

»Tja, für uns ist das jetzt, glaube ich, das fünfte Mal hier«, stellte der hochgewachsene Schönling fest, den ich als Bandleader einordnete. »Die gute alte *Arena*, immer wieder schön hier.« Sein Blick fiel auf die leeren Teller auf dem Tisch. »Oh, hattet ihr etwa Marias berühmte Moussaka?«

»Ja, super ist die … Oh, sorry, jetzt haben wir euch gar nichts übrig gelassen …«

»Ach, schon okay, echt! Nix gegen Marias Moussaka, aber … na ja, vor dem Gig … liegt die halt immer ein bisschen schwer im Magen und so. Hey, Kostas, alter Kumpel, mach deiner Lieblingsband hier mal 'n paar Bierchen fertig!«

Nach ein paar Bierrunden und einem Haufen hochtrabendem Musikergequatsche sah ich mal auf die Uhr. Es war nun schon zwanzig nach sieben, und bislang hatte sich kein einziger zahlender Gast in die *Arena* verirrt.

»Kommen bei euch eigentlich immer viele Leute?«, fragte ich mal vorsichtig beim Frontmann der Kollegen an.

»Mal so, mal so«, lautete die diplomatische Antwort. »Hängt immer 'n bisschen von der Location ab ...«

»Mein Sohn komme vielleichte noch mit seine Verlobte«, warf Kostas ein. Immerhin: Möglicherweise würde man uns im Anschluss an unseren Auftritt noch als Tanzkapelle für eine griechische Hochzeit buchen.

Während wir süffelnd die Zeit totschlugen, fühlte ich mich zunehmend unwohler. Die Moussaka lag in meinem Magen wie ein Sack Zement, in meinem Bauch blubberte und brodelte es, als würde der Hackfleischauflauf in mir zu neuem Leben erwachen.

»Alter, ist dir auch irgendwie übel?«, fragte Halvar, kreidebleich im Gesicht. Ja, mir war auch irgendwie übel, es ging mir genauer gesagt sogar hundeelend. Moussaka, Ouzo und Aufregung schienen sich in meinem Magen zu einer unheilvollen Allianz verbündet zu haben.

»Ihr seht ja 'n bisschen blass aus, Jungs«, bemerkte der Drummer der Schwiegersöhne. »Zu viel Ouzo? Oder einfach nur Lampenfieber vorm ersten Auftritt?«

»Keine Ahnung«, röchelte ich. »Vielleicht war die Moussaka irgendwie nicht gut ...«

»Haha, ja klar, die Moussaka! Ey, Jungs, wisst ihr noch damals, unser erster Auftritt? Scheiße, was haben wir *gekotzt*, Alter!«

Von wegen Lampenfieber: Das hier war eine mittelschwere Lebensmittelvergiftung, und ausgerechnet in diesem Zustand sollten Halvar und ich einen Gig spielen!

Jetzt war professionelle Hilfe vonnöten. Zum Glück hatten wir einen Pharmaziestudenten in der Band! »Kommt mal mit«, befahl Martin und führte uns zu seiner Basstasche. Der angehende Apotheker fischte eine Blisterverpackung heraus.

»Was ist das denn für 'n Zeug?«

»Antihistamine. Gegen Übelkeit.«

Halvar und ich warfen jeder eine der rosa Pillen ein und warteten auf die Erlösung. Und wirklich: Nach kurzer Zeit ließ die Übelkeit nach, Halvar und ich würden um ein Brechgelage auf dem *Arena*-Klo herumkommen. Dafür legte sich jetzt eine bleierne Müdigkeit über uns, wir waren dem Delirium nahe.

»Also schlecht ist mir nicht mehr, dafür penn ich gleich ein«, lallte Halvar.

»Könnten Nebenwirkungen sein«, erklärte Martin, »Müdigkeit, Antriebslosigkeit, Konzentrationsschwäche, Bewusstseinstrübung ...«

»Scheiße ey, das sagst du uns jetzt erst? Ich soll gleich Schlagzeug spielen und fall hier fast ins Koma ...«

»Lass uns einfach im Auto 'ne halbe Stunde pennen«, schlug ich vor. »Es ist ja eh noch keiner da.«

Als hätte ich ein Zauberwort gesprochen, öffnete sich die Eingangstür der *Arena* und ein Pulk von Besuchern strömte herein. Was zum Teufel ... hatten die Spinner sich etwa abgesprochen? Inka, Caro und Helge mit ein paar Freunden im Schlepptau sowie eine Handvoll aufgebrezelter Schnitten, wahrscheinlich Anhang der Schwiegersöhne, fluteten den Schankraum. Wenig später erschienen sogar die *Kellerkinder* abzüglich Franzi, wahrscheinlich zwecks Berichterstattung, ob der *Galaktika*-Typ mit anderen Mädels rummachen würde. Binnen einer Minute hatten sich knapp zwanzig Gäste versammelt, die winzige Hütte war brechend voll.

»Hey, entschuldigt die Verspätung, aber war ja echt nicht ganz leicht zu finden«, erklärte Caro. »Da haben wir uns zusammengetan und einen Suchtrupp gebildet. Aber jetzt sind wir da und haben richtig Bock!«

Überhaupt keinen Bock hingegen hatten Halvar und ich. Mit langsam zufallenden Augen dämmerten wir halbkomatös in der Ecke.

»Was ist denn mit euch los?«, schrie Inka. »Aufwachen, ihr sollt hier ein Konzert geben, ihr Sandsäcke! Was habt ihr euch denn reingepfiffen, Opium?«

»Nix, nur zwei Teller Moussaka. Und was gegen die Übelkeit ...«, murmelte ich.

»Tja, Hase, das Karma bestraft dich dafür, dass du Tiere isst!«

»Oh bitte, verschon mich jetzt damit ...«

Zum Glück wusste der Bandpharmazeut auch hier, was zu tun war: »Mitkommen.« Mit letzter Kraft schleiften wir uns zu Martins Pillenversteck. Diesmal zauberte er einen Blister mit weißen Tabletten hervor. »*Diminate Retard.* Eigentlich ein Appetitzügler. Wirkt aber aufputschend.«

»*Diminate* was? Na egal, schlimmer kann's nicht werden«, sagte ich und warf eine der Tabletten ein. Um sicherzugehen, lieber noch eine zweite.

»Hey, vorsichtig damit ...«

Auch Halvar griff sich zwei von den Pillen. »Jetzt ist eh alles egal, Alter.«

Plötzlich stand Kostas vor uns. »Müsse jetzt anfange, Jungens, Konzert sonst zu lange!«

»Na dann gute Nacht«, seufzte ich. Halvar und ich hievten unsere entkräfteten Leiber auf die schätzungsweise fünf Zentimeter hohe Bühne. Zeitlupenartig hängte ich mir meine Gitarre um und nuschelte etwas ins Mikrofon, das man mit viel Fantasie als »'n Abend« deuten konnte. Es war zum Heulen: Mein erster Auftritt mit der Band meiner Träume und nie hatte ich weniger Lust gehabt, Musik zu machen.

»Wir sind …« Verdammt, wie hießen wir noch gleich? »Galagigga«, lallte ich. Entsetzte Gesichter im Publikum, soweit ich das beurteilen konnte. Alles wirkte fern und verschwommen. Dann zählte Halvar den Opener an, allerdings im Schneckentempo. Der Song kam unheimlich schwer in die Gänge, wie ein verunglückter Lastwagen, der mühsam aus dem Morast gezogen werden musste. Ich hatte arge Konzentrationsprobleme und jallerte die meiste Zeit einen hirnlosen Schummeltext. Halvar hingegen verlangsamte fortgesetzt das Tempo, er schien fast hinter seinem Schlagzeug einzuschlafen. Selbst bei unserer ersten Probe hatte das Lied sich nicht halb so schlecht angehört. Als das Gegurke endlich vorbei war, ernteten wir bescheidenen Mitleidsapplaus. Mit glasigem Blick scannte ich das Publikum: Betretene, peinlich berührte Gesichter, ratlos, warum man für so einen Murks durch die frostige Februarnacht gestapft war.

»Los, Jungs, da geht noch mehr!«, hörte ich Helge rufen, in der hintersten Ecke lachten sich die *Kellerkinder*-Mädels lautstark kaputt.

Ich überlegte gerade ernsthaft, den Gig abzubrechen, als ich dieses Kribbeln in den Handflächen spürte. Es breitete sich über die Arme bis in die Kniekehlen aus, mein ganzer Körper schien plötzlich wie unter Strom zu stehen. Es war, als ob mir jemand pure Lebensenergie in die Venen gepumpt hätte. Natürlich, Martins Tabletten! Halvar schien es ähnlich zu gehen, unruhig rutschte er auf seinem Schlagzeughocker hin und her. »Ey, Martin, der Scheiß kickt ja derbe!«, rief er euphorisch. »Los, Leute, zeigen wir's den Pennern!«

Das musste er mir nicht zweimal sagen. Ich wirbelte herum und schwang mich mit Elan an den Mikroständer. »Okay, Spaß beiseite, Kinder, jetzt geht es wirklich los! Wir sind *Galaktika*, seid ihr verdammt noch mal bereit zu rocken?!«

Ungläubiges Staunen im Publikum. Anscheinend überlegten unsere Zuschauer tatsächlich, ob wir sie mit unserem dumpfen Geholze lediglich verarscht hatten, denn jetzt legten wir los wie die Berserker. Halvar zählte an, diesmal im beinah doppelten Tempo, und wir ließen unseren selbst erklärten Tophit *Raketen werden fliegen* vom Stapel. Auf einmal war alles im Fluss, und zwar in einem rauschenden, wir schwammen auf der berühmten Welle, wurden mitgerissen, der Song spielte sich nahezu von selbst. Die ersten Köpfe begannen mitzunicken. Mein ganzer Körper vibrierte, ich sprang auf der Bühne herum wie zu besten *Syntax-Error*-Zeiten, schrie ins Mikro, als würde es um mein Leben gehen, denn in diesem Moment tat es das. Halvar prügelte wie von Sinnen auf seine Drums ein und brüllte den Text derart laut mit, dass er beinah als Backgroundsänger hätte durchgehen können. Martin bildete einen seltsamen Kontrast zu uns Durchgedrehten, wie gewohnt stand er nahezu regungslos bassend am Rand des Geschehens und machte den Eindruck, als ob ihn das alles nichts anginge.

Nach knapp zwei Minuten war der Song, der auf dem Demo noch vier gedauert hatte, vorbei. Völlig außer Atem und schon bereits beträchtlich verschwitzt erwartete ich die Reaktion des Publikums. In der Arena herrschte Totenstille. Ich blickte in einen Haufen überraschte bis schockierte Gesichter. Niemand rührte sich, niemand schien das Erlebte verarbeiten zu können.

»YEAH, GEHT DOCH!!«, brüllte schließlich Helge durch den Saal, worauf endlich stürmischer Applaus durch die *Arena* wogte. Wir hatten die Menge zurück.

»IHR SEID SO EMO!!«, kreischte eines der *Kellerkinder* enthemmt aus der Ecke.

»Geiler Scheiß!«, rief Halvar, der am ganzen Körper zitternd hinter seinem Schlagzeug saß. Nur Martin bedeutete uns mit einer dämpfenden Geste, den Einsatz etwas runterzufahren. Doch es gab kein Halten mehr für Halvar und mich, aufgeputscht bis in die letzten Synapsen droschen wir auch den Rest der Setlist mit Punk-Tempo und Emo-Elan runter.

»So geht das, Jungens!«, rief Kostas zu uns hoch, als er zwischen zwei Songs mit einem Ouzo-Tablett durchs Publikum ging. »Aber lasse mir bitte Bühne heil, ich nix Geld für neue!«

Am Ende hatten wir unseren Auftritt, für den wir eine knappe Stunde veranschlagt hatten, in fünfunddreißig Minuten hinter uns gebracht. Eigentlich hätten wir das ganze Set noch einmal von vorn spielen können. Zum Glück ließ die Wirkung der Appetitzügler etwas nach, bevor ich voller Leidenschaft Halvars Schlagzeug mit meiner Gitarre zertrümmern konnte. Stattdessen ließ ich mich erschöpft am Bühnenrand nieder. Ich war klatschnass, als hätte ich an einem Wet-T-Shirt-Contest teilgenommen.

»Tja, das war … überraschend!«, stellte Inka fest. »Aber beim nächsten Mal solltest du vielleicht Wäsche zum Wechseln mitnehmen, Nico. Trotzdem, ich bin stolz auf euch!«

»Bisschen anders als auf der Platte, aber abgefahren. Endlich lässt mal wieder 'ne Band richtig die Sau raus«, urteilte Helge.

»Also Rock 'n' Roll habt ihr«, befand Caro, »Drugs offensichtlich auch, fehlt nur noch der Sex, haha!«

Der Bandleader der *Perfect Sons* war ganz besonders beeindruckt. »Mensch, Jungs, dafür dass ihr Marias Moussaka intus hattet, war das 'n echt wilder Auftritt. Wir mussten damals ja nach dem zweiten Song abbrechen. Ehrlich, was habt ihr euch gegeben? Koks? Speed?«

»Nix davon«, keuchte ich. »Wir sind einfach von Natur aus emo ...«

Am Tresen wartete Maria bereits mit Belohnungsbier. »Schöne Musike, Jungens. Und so fit auf die Bühne! Ich sage ja, Moussaka gebe Kraft! Is noch bissche da, möchte vielleichte noch jemand?«

»NEIN, DANKE!!«, schrien Halvar und ich synchron.

»Sag mal, Martin«, fragte ich unseren Bandapotheker, »hat dieses *Diminate*-Zeug eigentlich irgendwelche Nebenwirkungen?«

»Hm. Na ja. Depressionen, Psychosen, Angstzustände, Schlafstörungen ...«

»Ach so. Und ich dachte schon, irgendwas Schlimmes ...«

Anderthalb Tage lang waren wir wirklich zufrieden mit unserem Auftritt. Dann kriegten wir ein kurzes Video zu Gesicht, das Caro mit Martins Digitalkamera aufgenommen hatte. So hatte das also ausgesehen, so hatte sich das also angehört. Es erinnerte mich ein bisschen an experimentelles Theater oder eine Weihnachtsfeier im Irrenhaus. Wir beschlossen einstimmig, in Zukunft ohne Appetitzügler aufzutreten.

JURISTENDISCO

Am folgenden Samstag bot sich mir an der Bar des *Tucholsky* ein vollkommen unerwarteter Anblick: Dort saß kein Geringerer als Klaas, zusammengesunken vor einem Glas Rotwein. Das war in zweierlei Hinsicht bemerkenswert: Erstens trank Klaas praktisch nie Alkohol, schon gar nicht allein, zweitens hätte ich nicht gedacht, dass in dem verlotterten Schuppen Rotwein ausgeschenkt wurde.

»Ich werd irre, Klaas, was machst du denn hier?«

»Siehst du doch, du Armleuchter. Ich trinke«, erläuterte er. Seine leeren Augen blickten durch mich hindurch. Mein Vorzeigekommilitone war offenkundig völlig besoffen.

»Du trinkst doch nie, Alter. Dein wievieltes ist das?«

»Das zweite.«

»Pass bloß auf, das endet bei euch Amateuren schnell im Koma. Wo ist Anja, ist sie auch da?«

Klaas brauchte eine Weile, bis er irgendwas murmelte wie: »Anja nicht da.«

»Ich hab euch bei unserem Auftritt vermisst. Was war los, keine Zeit?«

»Ich hab grad echt andere Sorgen als deine blöde Band.«

»Was ist denn los, Mann? Stress mit Anja oder wie?«

Klaas kippte seinen letzten Rest Rotwein in einer theatralischen Geste. »Anja hat Schluss gemacht.«

»Wie bitte?!« Ich überlegte kurz, ob Klaas mich wohl verarschen würde. »Anja hat Schluss gemacht« war ein Satz, der in seinem natürlichen Sprachschatz nicht vorkam.

»Seh ich aus, als ob ich Witze mache?«

»Nee. Aber wie kommt das denn?« Um ein Haar wäre mir »Hat sie wieder mit jemandem rumgemacht?« rausgerutscht.

»So eine Art Sinnkrise, schätze ich. Was Existenzialistisches, vielleicht hat sie zu viel Simone de Beauvoir gelesen. Sie meint, sie sei sich ihrer Gefühle nicht mehr sicher oder so ein Scheiß. Hat irgendwas gefaselt, von wegen ein Hostel in Schottland aufmachen. Oder eine Boutique in Berlin, da gab es mehrere Varianten.«

»Krass« war alles, was mir einstweilen dazu einfiel. Wie hatte schon Einstein gesagt: Zwei Sachen sind unendlich, das Universum und die Beziehung von Klaas und Anja. Ich orderte Bier und Wein und stieß mit Klaas an, was sich außerordentlich merkwürdig anfühlte. Eine Weile tranken wir schweigend, während der erbarmungslose DJ ausgerechnet das ohnehin schon grässliche *So Lonely* auflegte.

»Wohnt sie denn noch bei dir?«, fragte ich schließlich.

»Im Moment bei ihrer Schwester in Lübeck, bis sie was Neues hat.«

Ich überlegte kurz, ob er mit »was Neues« eine Wohnung oder einen Mann meinte. »Mann, ey. Echt scheiße. Nach den ganzen Jahren ...«

»Fünf Jahre, drei Monate, sechs Tage.«

Ach du Scheiße, dachte ich, er hat eine Anja-Zeitrechnung. Es schien ihm wirklich dreckig zu gehen. Mir hingegen ging es mit diesen dramatischen Entwicklungen ganz ausgezeichnet. Anja war Single und potenziell bereit für weitere Knutschabenteuer!

»Hat sie ... also, hat sie einen anderen?«, fragte ich scheinheilig.

»Nee. Glaube nicht. Zumindest hat sie nix davon gesagt.«

»Das ist doch toll!«, rief ich aus und merkte sofort, wie unpassend das war. »Ich meine, na ja, dann besteht ja die Chance, dass sie sich das Ganze noch überlegt. Du kennst doch die Frauen, heute so, morgen so ...«

Wir tranken noch ein wenig weiter, wobei ich Klaas mein umfassendes Frauenwissen angedeihen ließ. Herrje, ich spielte mich hier doch glatt als Beziehungsberater auf, während ich in Liebesdingen der vollkommene Blindgänger war und mich heimlich bereits anschickte, Anja in Sachen Trennungsschmerz ein wenig unter die Arme zu greifen.

Nach Vino Numero drei war Klaas schließlich völlig hinüber. »Eiiin Wein noch, kommschooon!«

»Nee, echt, Klaas, du hast genug. Wir gehen nach Hause ...«

Ich brauchte knappe zwei Stunden, um meinen hackedichten Schulkumpel von der Bergstraße nach Hause zu geleiten, die zahllosen Kotzpausen und Schimpftiraden über die abtrünnige Anja nicht miteingerechnet. Im Morgengrauen schließlich erreichten wir Klaas' Wohnung.

»Niiico, dubis echtn guuuter Freund«, lallte Klaas, als ich endlich verdientermaßen die Tanke ansteuern wollte. »Dankedassufürmichdabis ...« Etwas überraschend drängte mein sonst so disziplinierter Kumpel mir eine Umarmung auf. Hoffentlich heult er nicht auch noch, dachte ich.

»Ist ja gut, Klaas. Schon okay.«

»Ich weißnich, wiechdas jewieder gutmachn soll ...«

»Du könntest damit anfangen, mich loszulassen, damit ich zur Tanke kann.«

»Ich kommit! Die haaabn bestimmtn Roootweiiin!«

»Ins Bett mit dir, Alter!«

Kurz nachdem der angehende Gymnasiallehrer im etwa fünfzehnten Anlauf endlich seine Haustür aufgeschlossen hatte, dreht er sich noch einmal zu mir um.

»Nico?«

»Ja?«

»Du würdesja niewas mit ihr aaanfang, oder?«

»Natürlich nicht, Klaas! Versprochen!«

Ich brauchte ganze zwei Tage, um Anja anzurufen. Sie gehörte glücklicherweise zu dieser sich rapide vermehrenden Spezies, die den Gebrauch von Mobiltelefonen pflegte, die Nummer entnahm ich meinem guten alten Adressbuch. Zu meiner Überraschung stelle ich fest, dass ich ein Herzchen neben Anjas Namen gekrickelt hatte, ungelenk und sehr wahrscheinlich restalkoholisiert, der Eintrag musste unmittelbar nach der Hollywoodschaukelgeschichte entstanden sein.

Am Freitagabend holte ich Anja am Kieler Hauptbahnhof ab, kaugummikauend, damit mein Beruhigungsneptun nicht so sehr auffallen würde. Anja sah anders aus. Natürlich hatte ich davon gehört, dass Frauen im Trennungsfall zu neuen Frisuren neigten, aber musste es denn gleich eine Glatze sein? Ich hatte das wohlbekannte Porzellanpüppchen mit den sanften Locken erwartet, stattdessen sprang jetzt eine Art *G.I. Jane* aus dem Regionalexpress. Auch war sie dünner geworden, richtig mager sah sie aus, wie ein halb verhungerter kleiner Vogel, es wurden seit dem Beziehungsabbruch wohl weitaus weniger Schnittchen geschmiert. Immerhin: Anjas Armeefrisur brachte ihr zartes Antlitz noch besser zur Geltung, aber wahrscheinlich wäre sie selbst dann noch als absolut entzückend durchgegangen, wenn man ihr eine Bratpfanne oder ein Vogelnest auf den Kopf gesetzt hätte.

Nach kurzer Umarmung (nicht ganz so fest wie die von Klaas) und Küsschen (schnelle Links-rechts-Kombination) nahmen wir den Bus Richtung Univiertel.

»Vielleicht gehen wir lieber nicht in die Bergstraße. Dein Freund, äh, Ex-Freund ist neuerdings im *Tuch* unterwegs«, fasste ich die jüngsten Entwicklungen knapp zusammen.

»Klaas? Im *Tuch?* Sucht er etwa schon nach Ersatz, oder wie?«

»Eifersüchtig?«, fragte ich, wobei ich selbst eifersüchtig klang.

»Quatsch. *Ich* hab schließlich Schluss gemacht.«

»Warum eigentlich?«

»Ach, lange Geschichte. Kurz gesagt, ich hatte das Gefühl, dass ich mich mit Klaas persönlich nicht weiterentwickeln kann. Er ist auch so verdammt dominant, ich hatte manchmal das Gefühl zu ersticken. Meine Schwester meint, ich sei jetzt in einer Selbstfindungsphase.«

»Und du meinst, es gibt keine Chance mehr für euch?«

»Im Moment nicht, nein.«

»Super!«, rutschte es mir heraus. »Also, ich meine: Super, dass du dich selbst finden willst und so. Ich meine, natürlich tut mir das mit euch beiden ...«

»Ach komm, Nico«, unterbrach sie mich, wobei sie mir ihren Zeigefinger in den Oberarm stupste. »Du musst hier nicht Klaas' treuen Kumpel spielen. Stell dir vor, ich war damals auf der Hollywoodschaukel auch dabei, falls du dich erinnerst.«

»Ja ... schon gut. Ich dachte nur ...«

»Das Denken lass mal schön sein. Lass uns lieber endlich mal was trinken. Ich hatte im Gegensatz zu dir nämlich noch kein Bier.«

»Hä? Woher ...?«

»Du kaust nie Kaugummi, es sei denn, du willst eine Fahne verbergen. Ich war mit dir auf der Schule, Nico.«

»Scheiße.«

»Aber süß, dass du offensichtlich nervös warst.« Wieder stupste sie mich mit dem Zeigefinger, diesmal sogar in die Wange. »Lass uns ins *Tamen-T* gehen.«

»Was ist das denn?«

»So eine Art Juristendisco. Eigentlich der totale Proll-Schuppen, aber Klaas hasst Juristen wie die Pest, also ist die Chance gleich null, dass er da auftaucht.«

»Wieso hasst Klaas eigentlich Juristen?«

»Vermutlich, weil er tief in seinem Innern selbst gern einer wäre. Lehramt studiert er doch nur wegen der Familientradition.« So weit war es gekommen: Anja kritisierte Klaas. Das versprach ja, ein interessanter Abend zu werden.

Das *Tamen-T* lag ein paar Minuten abseits der Bergstraße und schien das komplette Gegenteil vom *Tucholsky* zu sein: Hell, sauber, bunt und das alles bei einem Lautstärkepegel, bei dem man sich unterhalten konnte, ohne seinen Gesprächspartner krankenhausreif zu brüllen. Wie von Anja angekündigt, schien es sich bei der Besucherschaft ausschließlich um angehende Rechtsverdreher zu handeln, die sich mit einem Bein schon auf einer Law School in London und mit dem anderen im Wasserbett ihrer weißweinschlürfenden Gegenüber wähnten. So in etwa hatte ich mir immer Sylt, St. Moritz oder die Hölle vorgestellt. Die Frauen trugen Seitenscheitel und Glitzerhandtasche, die Männer Polohemd, Manschettenknöpfe und ihren Arschlochcharakter übergroß in der grinsenden Juristenvisage. Das Ganze wirkte wie eine geschlossene Gesellschaft, in die niemand weniger hineingepasst hätte als eine Glatzköpfige und ein Rockerlümmel in Cordhose und *Nirvana*-Shirt. Überraschenderweise ernteten wir keine abschätzigen oder hasserfüllten Blicke, stattdessen schienen wir für die Snobfraktion gar nicht zu existieren, man behandelte uns nicht anders als die Luft, die hier roch wie in einer *Douglas*-Filiale. Umso besser! Wir versorgten uns an der Bar mit *Beck's*, einer Biermarke, die als ausgesprochen schnöselig galt und von mir normalerweise gemieden wurde. Von einem sicheren Logenplatz am Ende der Bar beobachteten wir die Prollversammlung, als wäre es eine Dokumentation über exotische Tiere. Nun, irgendwie war es das ja auch. Wir legten den Protagonisten neue Synchronstimmen in den Mund und drehten sozusagen unsere private Juristen-Seifenoper. Anja gefiel ihre Selbstfindungsphase anscheinend ausgezeichnet, zum ersten Mal seit Jahren schien sie wieder komplett aus sich rausgehen zu können.

Schließlich wurde auch die Musik besser. Den ganzen Abend hatte der DJ meine anspruchsvollen Ohren mit den Abgründen der aktuellen Chartsmusik drangsaliert, mit steigendem Promillepegel im Publikum ließ er schließlich die größten Hits der Neunziger auf die beschwipsten Winkeladvokaten los. *Dr. Alban*, *2 Unlimited*, *Mr. President*: Popkulturelle Schwerverbrechen, so schlecht, dass sie schon wieder wahnsinnig geil waren. Zu dieser Musik hatten meine Klassenkameraden damals in der Jugenddisco ihre ersten Pettingerfahrungen gemacht, während ich mir zeitgleich in meinem verschwitzten Jugendzimmer zu *Schulmädchen-Report* auf dem Schwarzweißfernseher kläglich einen runterholte. Jetzt würde es eventuell so was wie einen verspäteten Triumph geben, denn mit einem Mal riss mich Anja am Arm. »UUUH, *BACKSTREET BOYS!* LOS!! TANZEN!!«

»Aber ... ich kann gar nicht ...«, stotterte ich noch, da standen wir schon mitten auf dem Dancefloor. Der mutmaßlich geistesgestörte DJ hatte das faszinierend bekloppte *Everybody* auf die besoffene Meute losgelassen. Möglicherweise musste er ebenfalls ein mittelschweres Trauma in Bezug auf die Neunzigerjahre bewältigen, vielleicht galt enthemmtes Abdancen zu Eurodance-Müll unter Jurastudenten auch als Inbegriff des Über-die-Stränge-Schlagens. Im *Tamen-T* schien ein Wettstreit um die peinlichste Tanzperformance ausgebrochen zu sein. Das war es also, was man unter *Voll*juristen verstand! Hier durfte sogar ich, der mutmaßlich schlechteste Tänzer der Welt, seinen Beitrag zur kollektiven Farce leisten. Anja machte es vor: Sie ruderte wild mit den Armen, spielte Luftgitarre (in dem Song kam keine Gitarre vor), sie schien sogar einen Stangentanz zu imitieren. Ihre riesigen Augen flackerten wild im Licht der Discokugel, ihr Skinhead-Look unterstrich das Absurde an ihrem Auftritt zusätzlich. Ich hatte keine Ahnung, wie ich mich zu bewegen hatte, also imitierte ich zunächst Anjas Bewegungen, bis ich mich an eigenen Choreografien versuchte. Das Gute am ironischen Tanzen war ja, dass alles erlaubt war. Ich vollführte Verrenkungen, die an Bruce-Lee-Filme oder einen Tischtennis spielenden Orang-Utan erinnerten. Schließlich kniff sich Anja die Nase zu und machte sozusagen den Taucher, ging mit zappelnden Bewegungen in die Knie. Ich machte mit, und wir sanken zusammen in die Tiefe.

Dort unten, am Grunde des Meeres, war es plötzlich ganz ruhig. Ich weiß nicht mehr, wer wen zuerst küsste, aber wir küssten uns, wir küssten uns wie zwei Ausgehungerte, die zwei Jahre auf diesen Moment gewartet hatten. Es war ein Moment wie aus Gold, als würde ich in einem Meer aus Licht schwimmen. Dann tauchten wir wieder auf.

»Am I sexual?«, stellte Nick Carter gerade die wohl rhetorischste Frage, die je in einem Songtext gestellt worden war.

»YEAAAH-HEAAAH!!«, brüllte der Saal.

»YEAAAH-HEAAAH!!«, brüllte mir Anja ins Ohr, und ich war in diesem Moment überzeugt, dass sie nicht Nick Carter damit meinte. Ihr nass geschwitzter Glatzkopf glänzte unter der Discokugel, sie hatte ein obszönes Grinsen aufgesetzt. Ihr ganzes Gesicht schien zu brennen, ihre Augen explodierten förmlich, als wäre sie kurz davor, etwas völlig Verrücktes zu tun. »Lass uns mal was völlig Verrücktes tun!«, rief sie mir ins Ohr und packte mich wieder am Arm.

Wenige Minuten später befanden wir uns in einer Mischung aus Sitzen, Liegen und Stehen in einem Gebüsch abseits des *Tamen-T*, aus dem *E-Rotic* einen gewissen Max gerade eindringlich vor den Folgen des Geschlechtsverkehrs mit Ex-Partnerinnen warnten. Wir waren seltsam ineinander verknotet, beide in dicken Jacken, denn trotz aller Hitze des Augenblicks war es immer noch tiefster Februar. Begierig schälte ich mich unter Anjas schier unzählige Textilschichten, auf der Suche nach etwas, das meine Gier stillen würde. Oder sie noch mehr entfachen, ich war mir da nicht so sicher.

Anja hatte übersichtliche Brüste, höchstens eine halbe Handvoll, aber was ich zu fassen kriegte, fühlte sich gut an. Anja keuchte und stöhnte, heiser und stoßweise, doch das Stöhnen wurde seltsamerweise leiser und ebbte schließlich ganz ab. Irritiert unterbrach ich mein Gewühle. »Mach ich was falsch?«

»Nein, alles wunderbar ... Obwohl, nein, eigentlich ist gar nichts wunderbar.« Ihre runden Riesenaugen waren plötzlich ganz nass. Ich musste an die Bullaugen eines sinkenden Schiffs denken, die voll Wasser gelaufen waren. Das Wasser sammelte sich an den Rändern und quoll in Form dicker, im Mondlicht glänzender Tränen zu den Seiten weg.

»Sorry«, wimmerte sie, »ich meine, es ist schön mit dir, ich hab mir das so oft gewünscht, aber ... ich muss auch die ganze Zeit an Klaas denken. Also ... na ja, es waren immerhin fünf Jahre, drei Monate und zwölf Tage.«

Auweia, sie lebte also ebenfalls noch in der Klaas-und-Anja-Zeitrechnung. Irgendetwas sagte mir, dass die Sache gelaufen war. »Das heißt ... du willst lieber aufhören?«

»Ich glaub ja. Wahrscheinlich bin noch nicht bereit für was Neues ...«

»Wir müssen ja nicht gleich was Ernstes anfangen!«, schlug ich vor, merkte aber gleich, wie idiotisch das klang.

»Nee, Nico, für was Unernstes bin ich nicht zu haben.«

»Oh. Ja, klar.«

»Willst du noch mal nach oben?«

»Nee.«

»Ich auch nicht.«

»Ich bring dich zur Bahn.«

»Die fährt erst in zwei Stunden.«

»Oh. Sollen wir noch woanders hin?«

»Lass mal. Ich glaub, ich werd heute bei Klaas schlafen.«

Bei. Klaas. Schlafen.

Die drei Worte hatten es in sich. Ebenso gut hätte sie mir drei Schlachtermesser in die Brust rammen können. Eifersucht, auch so eine der zahllosen Gemeinheiten, die sich Gott für uns ausgedacht hatte. Was war es doch für ein entsetzliches Unglück, ein menschliches Wesen zu sein.

»Ich geh mal lieber in die Richtung – und du in die andere«, schlug Anja vor. »Nicht dass er uns auf dem Rückweg vom *Tuch* noch entgegenkommt ...«

»Ist wahrscheinlich besser«, sagte ich, obwohl ich in diesem Moment zu einem brutalen Zweikampf mit meinem Nebenbuhler mehr als bereit gewesen wäre.

»Also dann ...«

Wir entstiegen dem Gebüsch und standen noch eine Weile sinnlos herum, beschworen, in Kontakt zu bleiben, obwohl ich nicht so recht daran glaubte. Schließlich küssten wir uns noch einmal, aber es war ein fast ironischer Schmatzer, nur noch ein fader Abklatsch vom glorreichen Kuss vorhin auf dem Meeresboden. Das Strohfeuer war gelöscht. Anja ging wieder nach Hause, zu Klaas, zurück in ihr altes Leben. Ich besorgte mir an der Tanke einen Flachmann und kroch zurück auf meine Matratze, ins ewig gleiche Leben, draußen die vollkommen schwarze, unbesiegbare Nacht.

DAS SIND DIE NULLERJAHRE

An der musikalischen Front tat sich derweil wenig: Der einzige Gig, den wir sicher hatten, war der auf der *Kieler Woche* im Juni. Wir waren inzwischen zahlende *Rockförde*-Mitglieder und hatten unser Demo eingereicht, wonach wir als wettbewerbstauglich eingestuft und mit einem Startplatz belohnt wurden. Wie sich jedoch herausstellte, schlug zusätzlich zum monatlichen Mitgliedsbeitrag noch eine »Bearbeitungsgebühr« von 17,50 Euro zu Buche. Pay to play! Von wegen Kooperative, von wegen Künstlerkollektiv, diese *Rockförde* war nichts als eine kriminelle Vereinigung raffgieriger Raubtierkapitalisten.

Bis dahin beschlossen Halvar und ich, zur Vermeidung weiterer Bewerbungspleiten eigene Konzerte auf die Beine zu stellen. Die Chance, eine Absage zu erhalten, minimierte sich bekanntlich, sofern man selbst der Veranstalter war! Eventlocations zur Anmietung gab es im Großraum Kiel in Hülle und Fülle. In Sachen bevorzugte Mitstreiter war meine Wahl schnell auf *Trimmer* gefallen, die drei harten Deutschrocker von der *Kieler Woche*. Ihr lediglich vierter Platz beim Bandwettstreit schien sie tief getroffen zu haben, jedenfalls ließen sie auf ihrer Webseite kein gutes Haar an der ihrer Meinung nach unfähigen Jury, eine Einschätzung, die ich durchaus teilte. Ich klickte mich durch die Bildersektion und wunderte mich, dass sie zum größten Teil aus Einzelaufnahmen des Sängers bestand. »Rob (Gesang/Gitarre/Songwriting)« stand unter jedem seiner Bilder. Dieser Rob schaffte es anscheinend, mich in Sachen Ego noch zu überbieten. Er hatte eine gewisse Ähnlichkeit mit Kurt Cobain, wirkte aber wesentlich gepflegter, seine Klamotten waren knitterfrei, seine Haare sorgsam gekämmt, sein Mittelscheitel perfekt gezogen, ein akkurat gestutzter Kinnbart ergänzte das als markant durchgehende Gesicht. Besonders stolz schien der Frontmann auf seine stechend blauen Augen zu sein, auf manchen Fotos sah es so aus, als ob er sie mit einem Bildbearbeitungsprogramm zusätzlich aufgeblaut hätte.

Mit Spannung erwartete ich die MP3s, die mein Modem in einem mehrstündigen Kraftakt einem offenbar in der Mongolei befindlichen Server abrang. Die überraschend professionell produzierten Stücke bestätigten meinen Eindruck vom Bandcontest: Offenbar hielten *Trimmer* die Synthese von Grunge, Nu Metal und deutschen Texten für einen genialen Schachzug. Warum auch nicht? Nu Metal war Anfang der Zweitausender schwer angesagt, Grunge hatte immer noch seine Liebhaber und alles Deutschsprachige war seit den späten Neunzigern wieder im Kommen. Zu tiefgestimmten Zweiakkordriffs schmetterte Rob mit nasaler Stimme inbrünstig seine schwülstige Lyrik:

Du versteckst dich
Nur vor dir selbst
Zeige dich
In der ewigen Nacht
Ich suche dich
Jage deinem Schatten nach ...

Schatten jagen in der Nacht, oha, Dr. Carstens hätte den Möchtegernpoeten für seine haarsträubenden Metaphern wahrscheinlich mit germanistischer Sekundärliteratur verprügelt. Dennoch rief ich die angegebene Telefonnummer (»Anfragen & Booking: Rob«) an und stellte dem merklich geschmeichelten Bandleader kurz meinen Plan einer gemeinsamen Konzertveranstaltung vor, worauf ich zu einem Sondierungsgespräch ins »*Trimmer*-Hauptquartier« eingeladen wurde.

Für meinen Antrittsbesuch hatte ich Halvar und unser Demo mitgebracht. Die Tür der überraschend großen Altbauwohnung öffnete ein überraschend kleiner Mann in Baggy Pants und einem sorgsam gebügelten *Pearl-Jam*-Shirt. Halvar und ich bügelten nie, unsere Klamotten sahen immer aus, als hätten wir sie geradewegs aus der Kleidersammlung gezogen. Der Komponist von Songs wie *Ich suche dich* und *Trockne meine Tränen* begrüßte uns mit einem lässigen »Hey, ich bin Rob!« und einem Handschlag, der in seiner Entschlossenheit an Armdrücken erinnerte. Wir folgten Rob, der eigentlich Robert hieß, in sein Zimmer.

»Eigene Zimmer waren meine Bedingung, als ich mit meiner Freundin zusammengezogen bin«, erklärte unser Gastgeber. »Als Musiker brauch ich eben meinen kreativen Freiraum, versteht ihr?«

Der kreative Freiraum des *Trimmer*-Frontmanns war mit großformatigen, in Glas gerahmten Bandpostern und einer Handvoll E-Gitarren behängt, die allesamt aussahen wie nagelneu.

»Wow, ist das 'ne echte *Les Paul?*«, fragte Halvar und griff nach einer der Klampfen.

»NICHT ANFASSEN!!«, schrie Rob. »Die hab ich gestern Abend erst entstaubt und poliert!«

»Oh ... sorry.«

Wir nahmen auf einer Ledersitzgruppe Platz und tranken *Beck's*, das Rob uns reichte. »Aber nur auf den Untersetzer«, mahnte der Hausherr und schob drei Bierdeckel auf den Glastisch. Wir kamen uns vor wie im Besprechungsraum einer Plattenfirma. Gipfel der Beknacktheit jedoch war eine *Trimmer*-Demo-CD, die Rob wie eine

Goldene Schallplatte gerahmt und prominent über dem Sofa platziert hatte. Der Komponist von Songs wie *Blindes Herz* und *Tauch in meine Träume* war offensichtlich komplett übergeschnappt.

Zunächst mussten wir einen schier endlosen Monolog über Robs musikalischen Werdegang auf uns niederrieseln lassen. »Musik ist 'ne Art Ersatzreligion für mich«, betonte er mehrfach. »Ich hab zwar Erzieher gelernt, aber das ist nur ein Beruf – die Musik, das ist meine wahre *Berufung!* Ich schreib Songs, seit ich fünfzehn bin!«

Halvar und ich saßen nur da, ziemlich beeindruckt von Robs Redeschwall, und nippten maßvoll am *Beck's*, von dem wir vermuteten, dass es die einzige Flasche bleiben würde.

»Dann lasst jetzt mal *eure* Mucke hören«, sagte Rob endlich und schob unser Demo in seine überdimensionale *Sony*-Anlage. Mit hoch konzentrierter Miene analysierte das Musikgenie unsere Ergüsse, zwischenzeitlich schloss er sogar die Augen und legte eine Hand auf die Stirn, wohl um zu zeigen, wie intensiv er in die Materie eintauchte. »Hm, okay, das ist schon Grunge, ganz geile Riffs teilweise, ist mir bisschen zu schraddelig, der Gesang ist auch 'n bisschen unsauber ... Dieses *Hamburger-Schule*-Ding ist doch ausgereizt, die Leute wollen wieder was Härteres hören.« Seine stahlblauen Augen musterten uns angestrengt, dann schließlich nickte er mehrfach, wie zum Beweis, dass sein Gedankengang zu einem Ergebnis geführt hatte. »Ihr seid 'n bisschen in den Neunzigern hängen geblieben, was?«

»Na ja, wir peilen jetzt keinen bestimmten Stil an, uns geht's vor allem um die Songs ...«

»Aber Stil ist krass *wichtig*«, unterbrach Rob mich. »Wenn man vorankommen will, muss man sich halt am Geschmack der Leute orientieren, ist doch klar. Nu Metal geht gerade derbst durch die Decke, zusammen mit deutschen Texten ist das wahrscheinlich das nächste große Ding! Wacht auf, Leute, die Neunziger sind vorbei, das hier sind die Nullerjahre!«

»In erster Linie geht es ja darum, ob ihr Bock habt, mit uns 'nen Gig zu organisieren«, warf Halvar zum Glück ein, bevor hier eine Grundsatzdiskussion losbrechen würde.

»Logisch, das geht klar. Ich meine, Gigs sind immer gut.« Der *Trimmer*-Chef hatte sich inzwischen eine Konzertgitarre gegriffen und gab parallel zur Unterhaltung ein paar seiner Riffs zum Besten. »Welche Location habt ihr denn im Auge?«

»Die *Räucherei*.« Der Homepage des Kulturzentrums in Gaarden hatte ich entnommen, dass man den Laden für eigene Veranstaltungen buchen konnte.

»Ah ja, cooler Schuppen, haben wir noch nicht gespielt, aber kein Ding, die Hütte kriegen wir voll«, lachte Rob. »Wir haben 'ne solide Fanbasis! In Kiel City kriegen wir aus dem Stand locker fünfzig plus zusammen. Aber wenn ihr Plakate kleben wollt, gerne …«

Halvar und ich sahen uns verzweifelt an, die nächsten verkleisterten Nächte vor Augen. »Ja, machen wir eigentlich immer …«

»Cool. Klingt doch nach 'ner geilen Sache! Ach, Moment mal …« Der Edel-Grunger stellte plötzlich die Klampfe zur Seite und sprang auf, um durch den Türspalt in den Flur zu schreien: »SCHAAATZ! Bring mir mal meine Handcreme!« Wir glotzten ihn einfach nur fassungslos an. »Haha, sorry … na ja, Handpflege ist eben wichtig für uns Gitarristen!«, erläuterte Rob. »Machst du da etwa nix?«

Ich blickte auf meine Hände, die vom vielen Klampfen, Wichsen und Bierdosenstemmen rau wie Sandpapier waren. »Äh, nee … eher nicht so …«

»Würd ich an deiner Stelle echt mal machen! Als Gitarrist sind deine Hände dein Kapital! Und die Frauen werden's dir danken, Alter!«

Wo waren wir hier bloß gelandet? War Rob nebenberuflich etwa Kosmetikberater? Schließlich öffnete jemand die Tür einen Spaltbreit, und eine zierliche Hand reichte schüchtern eine Cremetube herein. Eine schwache Vögelchenstimme flüsterte irgendwas. Wortlos nahm Rob das Produkt in Empfang und drückte hastig die Tür wieder zu. Schade, ich hätte nur zu gern die Frau kennengelernt, die sich den Wahnsinn leistete, mit diesem Schwachkopf zusammenzuleben.

Dann verabschiedeten wir uns, einen Händedruck gab es diesmal nicht. Robs Handcreme musste noch einziehen.

EMOTIONALGALERIE

Bald darauf saß ich in einem winzigen Büro mit dem Türschild »Eventmanagement, Evelin Blum, M.A.« einer wunderschönen Frau gegenüber. Frau Blum war um die dreißig, hatte kurze weißblonde Haare und eine Figur, die mich schier wahnsinnig machte. Während sie mir die Veranstaltungsmodalitäten der *Räucherei* erklärte, kämpfte ich dagegen an, mit meinem Blick immer wieder zu den Verheißungen ihrer weit ausgeschnittenen Bluse hinabzugleiten. Evelin, Evelin! Jetzt war mir auch klar, von wem das gleichnamige Lied von *Nationalgalerie* handelte. Höchstwahrscheinlich hatte der Songwriter auch mal ein Konzert in der *Räucherei* auf die Beine gestellt und war schließlich dem Charme der wohlgeformten Veranstalterin erlegen. Wie ich erfuhr, hatte sie selbst Germanistik studiert und war mehr oder weniger aus Zufall »in diese Branche gestolpert«.

Ach Evelin, in dein Bett würde ich auch gern mal stolpern, träumte ich so vor mich hin, während ich den Veranstaltungsvertrag überflog. Es schien eine todsichere Geschichte zu sein: Die Bands zahlten eine lachhafte Saalmiete von vierhundert Euro, die dann durchs Eintrittsgeld wieder reingeholt werden musste. Selbst ein Matheversager wie ich konnte schnell überschlagen, dass wir bei einem Eintrittspreis von fünf Euro gerade mal achtzig Zuschauer zu unserer wunderbaren Veranstaltung bewegen mussten. Auf der zweiten Seite war noch jede Menge Kleinkram aufgelistet, von wegen Lichttechnik, Ton und so weiter, der aber nicht weiter wichtig schien. Wahrscheinlich war hier festgelegt, was in den vierhundert Piepen alles an Serviceleistungen inbegriffen war.

»Die allermeisten Konzerte werfen am Ende sogar noch Gewinn ab«, versicherte mir die wunderbare Evelin. Ich malte mir bereits aus, wie wir regelmäßig Gigs in der *Räucherei* veranstalten und die Konzertreihe bald zum Geheimtipp der Kieler Musikszene avancieren würde. Vielleicht würde ich irgendwann selbst Veranstalter in der *Räucherei* werden, ein Büro neben Evelin Blum beziehen und die reizende Kollegin regelmäßig im Kopierraum vernaschen, wer wusste das schon? So lief das halt in der Welt, man musste einfach immer schön in die Dinge reinstolpern, in beruflicher wie in sexueller Hinsicht.

»Sie können den Vertrag gern zu Hause mit Ihren Bandkollegen durchgehen«, bot Evelin an.

»Ach, nicht nötig. Das scheint so okay zu sein«, sagte ich und setzte schwungvoll meine autogrammreife Unterschrift unter den Wisch. *Galaktika* waren wieder da!

Zurück im Wohnheim legte ich Halvar den Vertrag vor, aber natürlich erst, nachdem ich allein im abgeschlossenen Zimmer einen alternativen Verlauf meines Besuchs bei Evelin Blum durchgespielt hatte, der etwas mehr ins Erotische ging.

»Du hast ihn gleich unterschrieben?!«, fragte Halvar entgeistert.

»Warum denn nicht? Verhandlungsspielraum hatten wir eh keinen. Die Konditionen sind nun mal so. Aber hey, das sind vierhundert Euro! Die heiße Mutti hat selbst gesagt, dass die meisten Bands mit Profit aus der Sache rausgehen!«

»Hast du dir mal die zweite Seite durchgelesen?«

»Hm. Nee, jetzt nicht so im Detail …«

»Da steht, dass Licht und Ton vom Veranstalter gestellt werden. Das müssen wir mitbezahlen!«

»Und wenn schon. Das bisschen Licht und Ton …«

»Das sind zwei Leute! Profis, Alter! Weißt du, was Veranstaltungstechniker für 'nen Stundenlohn haben?«

»Äh, nee. Nicht genau ...«

»Verdammte Scheiße, das wird 'ne schicke Rechnung. Du erzählst deinen Eltern besser schon mal, dass du wieder 'nen neuen Rechner brauchst.«

»Trommeln wir halt ordentlich Leute zusammen. Und nehmen sechs Euro Eintritt.«

»Und wie willst du die Leute zusammenkriegen?«

Ich überlegte kurz. »Haben wir noch den Kleister ...?«

Je näher der Auftritt rückte, desto zuversichtlicher wurden wir. Und wenn wir am Ende ein paar Euro draufzahlen würden, was machte das schon? Die Momente auf der Bühne waren doch unbezahlbar! Und fingen nicht alle Bands klein und mit finanziellen Sorgen an? Halvar und ich hatten außerdem die brillante Idee gehabt, zusätzlich zu den Plakaten Flyer zu drucken, und die Gitarrenläden, Mensen und Bars der Stadt damit heimgesucht. Auch die Gestaltung war mir diesmal besser gelungen, ich machte deutliche Fortschritte, was digitales Design anging.

»Das sieht ja fast schon professionell aus«, lobte Inka. »Ich sag doch Nico, vielleicht solltest du mal ausloten, was deine wahren Talente sind.«

»Meine wahren Talente siehst du Donnerstag auf der Bühne«, prahlte ich und platzierte unauffällig ein paar Flyer auf der Theke des *Tucholsky*.

»Ich finde ja nur die Überschrift etwas großspurig«, mäkelte Caro. »Ich meine, ›Deutschrockfestival‹? Es spielen nur zwei Bands an dem Abend.«

»Wo ist denn definiert, ab wann ein Konzert zu 'nem Festival wird?«

»Keine Ahnung. Aber eher zwanzig als zwei.«

»Und wenn schon. Vielleicht denken die Leute ja, dass da noch mehr Bands auftreten. Special Guests und so. Ist halt 'ne Geldfrage! Wir müssen die Kosten wieder reinkriegen ...«

Das Euphorielevel stieg weiter, als wir am Auftrittstag die Räumlichkeiten der *Räucherei* inspizierten: Das war zwar immer noch nicht der *Madison Square Garden*, aber ein richtiger Veranstaltungssaal mit geräumiger Bühne, Stehtischen und Platz für gut hundert Leute oder mehr. Sogar eine Nebelmaschine gab es! Der Clou aber war die Galerie über der Bühne, von der aus die Zuschauer uns wie in der Oper zujubeln oder mit Plüschtieren und Telefonnummern bewerfen konnten. Besonders Halvar kam sich richtig professionell vor, als wir zusammen mit dem *Räucherei*-Techniker unseren Kram aufbauten, unser Schlagzeuger schien in der Welt von Mischpulten und Männerschweiß seine Bestimmung gefunden zu haben. Ich überließ schnell den dafür qualifizierten Personen die Arbeit und ging lieber an der Bar meine Bühnenansagen und Interviews mit neu gewonnenen Fans durch.

Schließlich erschienen *Trimmer* auf der Bildfläche. Ich war überrascht: Schlagzeuger und Bassist wirkten nahezu normal, ohne Allüren und richtig sympathisch. Rob hingegen ging mit seiner unqualifizierten Klugscheißerei allen sofort auf den Wecker. Das Schlimmste war, dass er darauf bestand, sich im Backstagebereich ausgedehnt einzusingen. Wir tranken unser Bier also lieber vorn an der Bar, während hinter der Bühne ein arroganter Erzieher im perfekt gebügelten *KoЯn*-Shirt von heißen Tränen, dunklen Schatten und den trüben Tiefen seiner bescheuerten Seele jaulte. Es hätte mich nicht gewundert, hätte der Spacken zwischendurch nach seinem Schatz und der Handcreme geschrien.

Was den Bekanntheitsgrad seiner Band betraf, schien Rob geringfügig übertrieben zu haben. Eine einstellige Anzahl von *Trimmer*-Fans hatte sich eingefunden, eigentlich waren es nur ein paar Freunde der Band und die Freundinnen von Basser und Drummer. Von Robs besserer Hälfte jedoch keine Spur, der Frontmann würde seinen Gig ohne Anreichung von Kosmetika bestreiten müssen. In einer ruhigen Minute erfuhr ich vom Bassisten, dass der gute Rob ein notorischer Fremdgänger war. Als Caro und Inka sich die Ehre gaben, wurde ich umgehend Zeuge seiner hochgradig offensiven, mit gnadenlosem Selbstlob vorgetragenen Balzhandlungen. Ich hoffte bei alledem nur inständig, dass mir der Komponist von Songs wie *Tausend Winter lang* und *Dornenprinz* nicht die Groupies ausspannen würde.

Für Ärger sorgten schließlich mal wieder die Gäste, vor allem die, die nicht kamen. Kurz vor dem ausgewiesenen Konzertbeginn verzeichneten wir ganze einundzwanzig Zuschauer. Waren unsere Promotionbemühungen ein weiteres Mal komplett für die Tonne gewesen? Dann kamen doch noch zwei Gäste, aber auf die hätte ich gern verzichtet. Zu meiner immensen Verblüffung schlug Franzi auf, an der Hand einen schmächtigen, unsicher wirkenden Typen. Was war das denn jetzt? Ausgerechnet ich saß gerade an der Kasse und bekam prompt einen vorgeknutscht. »Zweimal – für mich und meinen *Freund!*«, kreischte Franzi triumphierend. Sie hatte sich natürlich ihr engstes Top rausgesucht, mit einem Ausschnitt so tief wie ihre Meinung von mir. Ebenso gut hätte sie sich auch »Die gehören jetzt jemand anders!« auf die Brüste pinseln können. Franzis Neuem war das Ganze offensichtlich ein wenig peinlich, er schien zu durchschauen, was Sinn und Zweck des gemeinsamen Konzertbesuchs war.

Wir warteten noch eine halbe Stunde vergeblich auf weitere Zuschauer, bevor wir mittelprächtig gelaunt die Bühne betraten. Der ob seiner Größe vorhin noch so bewunderte Saal wirkte jetzt deprimierend leer. Zwar hatte es diesmal keine Moussaka gegeben, aber eben auch nichts anderes – die zahlreichen Vorbereitungsbiere des Nachmittags machten sich deutlich bemerkbar. Ich hatte noch mehr Mühe als sonst, die Töne zu halten, und Halvar spielte diesmal ärgerlicherweise viel zu langsam. Gut gemeinter, aber gehemmter Applaus nach dem ersten Song. Ich warf Halvar einen boshaften *Spielschnellerdupenner*-Blick zu und wollte schon das nächste Stück ansagen, da drangen von der Galerie oberhalb der Bühne seltsame Laute.

»BUUU-HUUUUUU!!«

Zuerst dachte ich, dass sich vielleicht eine Eule ins Gebälk der *Räucherei* verirrt hätte. Aber es war Franzi, die vorn an der Brüstung ihrer Geringschätzung unserer Kunst freien Lauf ließ, während ihr Lover mit peinlich berührtem Blick schräg hinter ihr stand. »BUUU-HUUUUUU!! DAS WAR TOTAL SCHEISSE! IHR KÖNNT JA GAR NICHTS!«

Das Restpublikum nahm es mit Humor, startete sogar einen kleinen Gegenapplaus, während Franzi uns unverblümt weiter ausbuhte und beschimpfte. Anscheinend wollte sie auch ihren Freund zum Mitmachen bewegen, doch dem armen Jungen war das absurde Schauspiel schon unangenehm genug. Die ganze Situation war vollkommen surreal, wie in einem *Monty-Python*-Sketch. Ich machte eine Ansage, die witzig klingen sollte, aber letztlich hilflos und gereizt rüberkam, von wegen »Recht auf freie Meinungsäußerung« und so, dann machten wir erst mal weiter, vor allem, um das Gemotze von oben zu übertönen. Den ganzen Auftritt lang wiederholte sich die Prozedur:

Wir spielten ein Lied, bekamen Applaus von unten und Buhrufe und Beschimpfungen von oben. Ab dem dritten oder vierten Song forderte unser Ex-Groupie sogar lautstark: »AUFHÖREN!!«

»Können wir die Alte nicht rauswerfen lassen?«, fragte ich Halvar verzweifelt.

»Wie denn? Sie hat doch bezahlt. Und wenn's ihr nicht gefällt, kann ihr wohl keiner verbieten, das auch mitzuteilen ...«

»AUFHÖREN, AUFHÖREN!!«

So brachten wir diesen seltsamen Gig irgendwie hinter uns, ohne sonderlich viel Vergnügen daran zu haben. Ich mühte mich, die seltsame Stimmung mit ironischen Zwischenkommentaren aufzulockern, aber wie sich herausstellte, war mein Talent als Entertainer jenseits vorgefertigter Ansagetexte eher begrenzt, humorvolle Improvisation gehörte nicht zu meinen Stärken. Am Schluss gab Franzi noch einmal alles, die *Kellerkinder*-Frontfrau hatte sich inzwischen heiser geschrien. Als wir schwer genervt von der Bühne schlichen, erkannte ich ihren zufriedenen Gesichtsausdruck. Sie hatte einen vollständigen Sieg davongetragen, ihre kindische Racheaktion war ein voller Erfolg. Zügig verzog ich mich in den Backstageraum, um Zuflucht beim Bier zu suchen.

»Schlechte Laune?«, fragte Martin, der neben mir auf dem Sofa Platz nahm.

»Das kannst du laut sagen.«

»Nimm die.« Er hielt mir eine dicke weiße Tablette hin.

»Was ist das denn jetzt schon wieder?«

»*Tavor*. Angstlöser. Dann wird dir alles egal.«

»Nimmst du die auch?«

»Jo. Manchmal.«

Tavor, soso. Möglicherweise war das der Grund, warum Martin so seelenruhig wie ein Schafhirte durch die Welt schlich.

»Na dann, her damit ...«

Ich wusste nicht, wie lange ich geschlafen hatte. Jemand rief meinen Namen. Meine Augenlider waren schwer wie Garagentore. Alles wirkte wie in Watte gepackt. Nichts schien eine Bedeutung zu haben, ein Zustand erhabener Gleichgültigkeit hatte mich eingehüllt. Ich kämpfte mit dem Wachwerden, hatte aber auch gar keine Lust dazu. Welchen Sinn sollte es haben, wach zu sein? Da merkte ich, dass Evelin Blum an meiner Seite saß. »Nico, aufwachen ... Nico!« Ihre warme Stimme schmiegte sich sanft an meine Seele, schien mit ihr zu verschmelzen. Für einen Moment hatte ich das Gefühl, endlich zu Hause zu sein.

»Evelin ... Evelin, du bist hier?«

»Was faselst du da? Hier ist Halvar, verdammt!«

Jetzt kam ich einigermaßen zu mir. Die schöne Evelin, sofern sie denn überhaupt da gewesen war, hatte sich in Luft aufgelöst. Stattdessen hielt mir Halvar die Kasse und einen Zettel vor die Nase.

»Was ist denn los, Mann? Lass mich doch einfach hier liegen.«

»*Trimmer* sind fertig, wir packen zusammen. Während du dich hier schön ausgeruht hast, hab ich außerdem schon mal Kassensturz gemacht.«

»Kassenwas?«

»Unsere Bilanz, Nico. Ich hab alles durchgerechnet. 483 Euro!«

»Das ist doch geil, Mann. Das teilen wir jetzt auf, werfen uns so ein paar *Diminate* von Martin rein und ...«

»Minus, du Penner! Wir haben 483 Euro MINUS gemacht!«

GRAND PRIX DE DINGS

Gegen Ende der Semesterferien fuhren Martin und ich im Bus einem weiteren ereignislosen Bergstraßen-Abend entgegen. In der vorlesungsfreien Zeit war in Kiel vor allem unter der Woche so gut wie nichts los, zeitweilig wirkte das Kaff wie nach einem Atomkrieg. Der schweigsame Basser und ich hatten uns inzwischen ganz gut angefreundet, sofern man bei jemandem wie Martin davon sprechen konnte. Ich erfuhr nur häppchenweise etwas über ihn, vor allem seine Familie war ein absolutes Tabuthema. Es war lediglich aus ihm rauszukriegen, dass er einer langen Ahnenreihe von Apothekern entstammte und dass er nach dem Studium planmäßig die elterliche Apotheke in Niedersachsen übernehmen sollte, eine Zukunftsvision, die ihm einiges Unbehagen zu bereiten schien.

»Wie sieht's eigentlich bei dir und den Frauen aus?«, fragte ich ihn diesmal.

»Hm. Mal geht was, mal nicht.« Und damit war auch dieses Thema ausdiskutiert. So bekamen wir jedoch die Unterhaltung zweier Studenten mit, die ein paar Plätze weiter vorn saßen.

»Ey, heute ist doch das Grand-Prix-Ding in der *Halle 400*, unten an der Förde.«

»Was für 'n Ding?«

»Na, Vorentscheid für den *Grand Prix Eurovision*. Läuft gerade im Fernsehen. Nachher ist da wohl noch 'ne fette After-Show-Party. Mit richtigen Stars und so.«

»In Kiel!?«

»Ja, Mann. Hab mich auch gewundert. Ist halt vom *NDR*.«

»Willst du da hin?«

»Quatsch, ey. Da braucht man 'ne Einladung.«

»Vielleicht kommt man da irgendwie so rein?«

»Glaube kaum. Lass uns einfach ins *Tucho* heute.«

Am Dreiecksplatz stiegen die beiden Idioten aus. Ich sah Martin an. »Was meinst du, Alter? Sollen wir das mal checken?«

»Hm.«

»Ich meine, einfach mal gucken, was da so los ist. Geht doch sonst nie was in der Scheißstadt.«

»Jo.«

Wir ließen die Bergstraße links liegen und fuhren weiter. Höhe Gaarden-Süd, wo das Hafengelände anfing, stiegen wir aus.

»Und wo soll jetzt diese *Halle 400* sein?«

»Hm. Irgendwo hier ist das.«

Wir suchten eine Weile in dem Industrieareal herum, das wie tot an der tiefschwarzen Förde lag. Dann aber vernahmen wir einen Beat und folgten ihm. Ein Stimmengewirr entfaltete sich. Schließlich erhob sich vor uns ein mehrstöckiges Backsteingebäude mit einer hell erleuchteten Fensterfront, das von blauen Scheinwerfern angestrahlt wurde.

»Das ist es wohl.«

»Jo.«

Draußen vor dem Gebäude war nichts los, überhaupt schien nichts darauf hinzudeuten, dass hier die Party des Jahrhunderts gefeiert wurde. Wir liefen einmal um den Bau herum und konnten seitlich einen Blick ins Innere werfen, wo sich eine Horde gut gelaunter Leute in festlicher Aufmachung über ein überdimensionales Buffet hermachte.

»Da kriegt man ja irgendwie Hunger«, stellte ich fest.

»Hm.«

»Guck mal, die saufen ja alle wie die Sau.«

»Jo. Geht ab.«

Die fein herausgeputzten Gäste ließen es sich bei Lachshäppchen und Champagner augenscheinlich extrem gut gehen. Uns fiel auf, dass jeder von ihnen ein rotes Halsband mit einer Plastikkarte trug. Diese Plastikkarte musste das Ticket zum Paradies sein.

»Vielleicht können wir uns irgendwie reinmogeln?«

»Hm. Mal sehen.«

Wir schlichen zum Haupteingang und standen eine Weile stumpf vor der Eingangstür, unschlüssig, was jetzt zu tun sei. In diesem Moment wurde das Tor aufgerissen, und zwei Anzugträger um die vierzig taumelten heraus.

»So eine scheiß Party da drin, ey!«, lallte der eine. »Wie kann man das auch in so 'n Provinznest auslagern!«

Martin und ich standen einfach nur da und starrten sie blöde an.

»Was gibt's da zu glotzen?«, fragte der andere Typ. Er schwitzte stark und rieb sich wie ein Irrer die Nase. »Ach, egal! Jetzt nehmt *ihr* Heinis doch den Scheiß hier, wir machen den Abflug!«

Bevor wir etwas dazu sagen konnten, hatten die Schnösel uns schon ihre Bänder in die Hände gedrückt und verschwanden in der Schwärze des Parkplatzes. Skeptisch starrte ich Martin an. »Das heißt, wir können damit jetzt einfach so rein?«

»Probieren, ne.«

Wir hängten uns die Bänder um und probierten es. Sollte so ein bisschen Plastik etwa erfolglose Amateurmusiker zu Insidern der Schlagerindustrie machen, würdig, die heilige *Halle 400* zu betreten? Tatsächlich: Ein komplett desinteressierter Türsteher ließ uns rein, kaum dass er einen halben Blick auf unsere dämlichen Ausweise geworfen hatte. Eine Gästeliste oder so schien es nicht zu geben. Die Pforte zum Paradies war geöffnet!

Das nächste Hindernis tauchte allerdings schon im Eingangsbereich auf. Ein etwas verwahrlost wirkender Mann mit Halbglatze und einer entrückt grinsenden rothaarigen Frau im Schlepptau bahnte sich den Weg zum Ausgang durch eine Traube aus Fotografen und Schaulustigen mit Autogrammwunsch. Die beiden schienen in irgendeiner Form wichtig zu sein, aber für Martin und mich war es einstweilen wichtiger, endlich zu Buffetfraß und Gratis-Alkohol vorzudringen. »Dürfte ich da mal eben durch ...«, murmelte ich, während ich mich etwas ruppig an der Halbglatze vorbeischob. Der Zausel brabbelte irgendwas in einem süddeutschen Dialekt, dann waren wir aber auch schon raus dem Gedränge.

»So was hab ich ja noch nicht erlebt«, rief uns eine junge Frau im Hosenanzug zu. »Ihr wisst ja wohl, wer das gerade war, oder?«

Nein, das wussten wir immer noch nicht. Jetzt galt es, zu improvisieren. »Ähm, ja, natürlich«, log ich. »Ich meine, den kennt doch jeder hier, oder! Haha!«

»Na, ich hoffe doch! Das wär's ja, Gäste auf der After-Show-Party vom *Grand Prix*, die den größten Komponisten Deutschlands nicht kennen.«

Größter Komponist Deutschlands? Moment mal, das war doch ich. Hatte sich anscheinend noch nicht bis zu dieser Veranstaltung rumgesprochen.

»Ja, der Mann ist ... wirklich ein absolutes Genie«, stammelte ich. »Warum, äh, gehen die beiden jetzt eigentlich schon?«

»Wer, Ralph Siegel und Lou? Die müssen nach Hamburg, für die ist das heute weiß Gott nicht die einzige Party.«

Ralph Siegel, aha. Den Namen hatte ich irgendwo schon einmal gehört. »Jaja, der Ralph Siegel. Immer ordentlich am Feiern, haha!«

Jetzt kniff die Frau die Augen hinter ihrer randlosen Brille zusammen und scannte uns von oben bis unten ab. Ich trug Trainingsjacke und ein *Samba*-Bandshirt, Cordhose und meine ausgelatschten *Chucks*, Martin Lederjacke und ein Bandshirt von *Kyuss*, Karohose und die unvermeidlichen Cowboystiefel. Wir sahen aus wie zwei Studenten, die auf dem Weg ins *Tucholsky* falsch abgebogen waren.

»Wer oder was seid ihr zwei Vögel eigentlich?«, fragte die Brillenfrau. Jetzt registrierte ich, dass sie zusätzlich zu ihrer Plastikkarte eine vom *NDR* trug. Eine Journalistin, auweia.

»Wir? Also, wir sind eigentlich, na ja …«

Ich fühlte, wie mir der Schweiß ausbrach. Wieso hatten wir uns eigentlich nicht vorher eine Geschichte zurechtgelegt? In höchster Verlegenheit fummelte ich am Plastikausweis in meiner Hand herum und las darauf:

GRAND PRIX EUROVISION
AFTER SHOW PARTY
HALLE 400
SPECIAL GUEST: TAXIRIDE

»Äh, *Taxiride!* Wir sind von der Technik! Ich bin das Licht, und mein Kollege hier macht den Ton!«

Die Gesichtszüge der *NDR*-Frau entkrampften sich etwas, anscheinend war sie so halbwegs mit der Antwort zufrieden. »Hm … ach so, dann seid ihr ja nicht zum

Vergnügen hier. *Taxiride* spielen in einer Stunde, die warten sicher schon ...«

»Ja, sind ein bisschen spät dran, haha!«

»Komisch. Wie Australier kommt ihr mir jetzt gerade nicht vor.«

»Australier? Wieso Australier?«

»*Taxiride* sind eine Band aus Australien.«

»Oh ja. Natürlich. Na ja, wir leben in einer, äh, vernetzten Welt, nicht wahr? Globalisierung und so?« Das Wort »Globalisierung« hatte ich im letzten Schuljahr im Erdkundeunterricht aufgeschnappt, ich hatte eigentlich keinen Schimmer, was es genau bedeutete.

Die Journalistin setzte jetzt ein überlegenes Grinsen auf, wobei sie leicht den Kopf schüttelte. Wir waren enttarnt. »Jungs, ich weiß nicht, wie ihr an die Ausweise gekommen seid, aber ihr gehört bestimmt weder zur Band noch zu sonst irgendwem hier. Machen wir einen Deal, okay?«

Sie sah eigentlich gar nicht so schlecht aus, sogar richtig sexy mit ihrer strengen Frisur und dem Anzug. Vielleicht lautete der Deal ja: »Du kommst jetzt mit mir in den Presseraum und zeigst mir, was ich in den Jahren seit der Uni sexuell gesehen so verpasst habe, dafür verpfeif ich euch nicht«?

»Ihr baut hier keinen Scheiß, macht nichts kaputt und lasst die Leute in Ruhe – und ich verpfeif euch nicht.«

»Geht klar«, antwortete Martin umgehend, wohl in Sorge, dass ich uns noch weiter reinreiten würde.

»Ja, geht klar.«

»Sehr gut. Dann viel Spaß, ihr zwei ... Techniker.« Und weg war sie.

»Puh, noch mal gut gegangen«, sagte ich zu Martin. »Kennst du *Taxiride* eigentlich?«

»Nie von gehört.«

»Lass uns mal was zu saufen auftreiben.«

Nichts war an diesem Ort leichter als das: In sämtlichen Räumlichkeiten wuselten Kellnerinnen mit falschem Lächeln und Tabletts voller Sekt und Wein herum und versorgten die saufgeile Meute. Wir bedienten uns mehrfach und fielen wie Raubtiere über das Buffet her. Mit reichlich Upperclass-Fraß im Bauch gingen wir an der Cocktailbar vor Anker, während sich auf der Bühne *Taxiride* auch ohne unser Zutun ganz gut schlugen.

Mit zunehmendem Caipirinha-Pegel wurden wir übermütig und fingen schließlich an, uns bei Journalisten und Musikproduzenten als junge, aufstrebende Band aus Kiel vorzustellen, die es vollkommen unerklärlicherweise nicht in die Endausscheidung geschafft hatte. Richtig schlimm wurde es, nachdem wir zusätzlich *Diminate Retard* eingeworfen hatten: »Wie, Sie kennen *Galaktika* nicht? Dann wird es aber Zeit! Die *Kieler Nachrichten* nennen uns bereits *das nächste große Ding!* Nico Jensen, merken Sie sich meinen Namen, viele sagen hier schon, das ist der neue Ralph Siegel ...!«

Nach Mitternacht schließlich begann alles, zielsicher aus dem Ruder zu laufen. Unerklärlicherweise waren wir im Backstagebereich gelandet, wo ich den Sänger von *Taxiride* in besoffenem Schulenglisch um die Privatnummer von Natalie Imbruglia anbettelte. Ein Sofa weiter besserte Martin unsere Bandkasse auf, indem er dem Rest der australischen Rocker weismachte, dass *Diminate Retard* das neue Ecstasy sei. Irgendwann riss dem Tourmanager der Geduldsfaden und wir wurden mit einem interessanten Einblick in die bunte Welt australischer Schimpfwörter zurück in den Festsaal befördert. Hier waren inzwischen sämtliche Anwesenden ebenfalls kolossal planiert, sodass unser grenzwertiger Zustand nicht weiter auffiel. Ich überprüfte mehrmals die Bruchsicherheit von Cocktailgläsern bei Kontakt mit dem Tanzflächenboden (gering), Martin kotzte herzhaft in einen Pflanzenkübel und ein erfolgreicher Stimmenimitator drohte uns mit dem Sicherheitsdienst, als wir ihn vehement um die Übersetzung von Pornodialogen in Gerhard-Schröder-Deutsch anbettelten.

Als sich die Party in den frühen Morgenstunden dem Ende zuneigte, waren wir derart hinüber, dass wir nicht einmal mehr zum Ausgang zurückfanden. Planlos irrten wir durch Flure und Treppenhäuser, bis wir vor einem Schild standen, auf dem ich mit letzter Sehkraft so etwas wie *Anlieferung* erkennen konnte. Auch gut, machten wir uns eben durch den Hinterausgang vom Acker. Gleich daneben befand sich eine Art Vorratsraum, dessen Tür überraschenderweise weit offen stand. Ein Dutzend Stahlregale mit diversen Wein- und Sektflaschen lachte uns an, Personal: Fehlanzeige. Martin und ich griffen uns jeder eine Flasche Roten mit Schraubverschluss und machten, dass wir da rauskamen.

Irgendwie fanden wir einen Bus Richtung Westufer. Er war voll mit Angestellten auf dem Weg zur Arbeit, sie warfen den beiden Wein aus der Flasche saufenden Studenten abschätzige Blicke zu, hinter denen sich vermutlich blanker Neid verbarg. Was konnten wir denn dafür, dass diese Lohnsklaven ihr dämliches Leben verpfuscht hatten? Der Wein rann unsere heiseren Kehlen hinunter wie der süße Saft des Lebens.

Nächte wie diese gab es in Kiel einfach viel zu selten! Möglicherweise spürte ich gerade deshalb, dass sich etwas ändern musste, während draußen die Bergstraße trostlos und menschenleer an uns vorbeizog. Vielleicht wurde es

langsam Zeit, mich von der müden Stadt am Meer zu ver-
abschieden.

BIZ KIEL-MITTE

Das dritte Semester begann mit einer Serie mittelschwerer Katastrophen. Zunächst einmal verbummelte ich den Anmeldetermin für den Lateinkurs, sodass auch dieses Semester wieder kein mittleres Latinum in Angriff genommen werden konnte. Insgeheim war ich erleichtert, hegte ich inzwischen doch ohnehin den leisen Verdacht, den Kampf gegen die grässliche Zombiesprache niemals gewinnen zu können. Ich war sprichwörtlich mit meinem Latein am Ende und stellte erste Überlegungen an, wie ich auf nicht ganz so legalem Wege an den verfluchten Schein kommen könnte. Meine halbherzigen Internetrecherchen führten mich schließlich auf ein dubioses Downloadportal, wo man diverse Dateien zum Thema »Hot Latinas« feilbot. Es war nicht ganz das, wonach ich gesucht hatte, half aber, meine Probleme mal wieder für ein paar Minuten auszublenden.

Als Nächstes meldete ich mich viel zu spät für das Proseminar »Linguistik III« an und wurde dem Kurs von Dr. Waldemar Kranich zugeteilt. Der greise Altphilologe stand im Ruf, der schlimmste Albtraum aller Kieler Germanistikstudenten zu sein, seine Kurse hatte Durchfallquoten von über 80 Prozent, und das war nicht nur auf Verdauungsprobleme bezogen. Bereits in den ersten Seminarstunden kapierte ich so gut wie gar nichts, der leichenblasse Dr. Kranich pflügte mit monotoner Grabesstimme durch das Lehrbuch, als ob er wirklich jederzeit den Löffel weglegen könne. Der Kurs kam mir vor wie eine Hypnosesitzung in einem Sanatorium. Systematische Lautwandelphänomene, phonologische Opposition, Grapheme, Allophone, Vokalepithese, Koartikulationseffekte, Konsonantenschwächung, Prokope, Synkope, Morphemalternanten, neuhochdeutsche Monophthongierung, Auslaut-verhärtung? Das Einzige, was sich verhärtete, war mein Hass auf diese nutzlose Wissenschaft. Schon in der dritten Woche hatte fast die Hälfte der Teilnehmer die Segel gestrichen.

»Lohnt sich nicht. Lieber abwarten, bis der Kranich in den Ruhestand flattert, und bei einem normalen Dozenten noch mal probieren«, erklärte zum Beispiel mein Bank-nachbar, bevor er mitten im Seminar aufstand und nie mehr wiederkam.

Der stetig brodelnden Gerüchteküche in den Uni-Fluren entnahm ich schließlich, dass Krissi zum Winter-semester an die Universität Uppsala in Schweden wechseln würde. Was war das denn nun wieder für eine Schwachsinnsidee? Uppsala, das klang ja schon wie ein Fehler. Umso dringender musste ich diesen verdammten Wettbewerb und Krissis Liebe gewinnen, bevor das arme Ding sein Leben am Polarkreis verpfuschte.

Halvar hingegen hatte sich zum Semesterende end-gültig exmatrikulieren lassen und residierte inzwischen in einer winzigen Mitarbeiterwohnung am Opernhaus, in der man nicht einmal einen Wäscheständer aufklappen konnte. Von August an würde ihn seine Ausbildung zum Ver-anstaltungstechniker einer gutbürgerlichen Zukunft ent-gegenführen, während mich nur die Musikkarriere vom lebenslänglichen Dasein als Callcenter-Agent mit abge-brochenem Germanistikstudium bewahren konnte. Ein Notfallplan, eine Art Sicherheitsnetz musste her.

Während der Semesterferien hatte ich zu meiner großen Überraschung bemerkt, dass ich im Begriff war, so etwas wie ein neues Hobby zu entwickeln. Vor einem Jahr noch hatte ich mich herzhaft über Internet-Freaks und Hobbyprogrammierer lustig gemacht, jetzt ertappte ich mich selbst dabei, wie ich bis in den frühen Morgen an Bannern, Navigationsleisten und GIF-Animationen herumschraubte. Halvars Platz in der Dachkammer hatte inzwischen eine depressive Lehramtsstudentin namens Ulrike eingenommen, die Abwesenheit eines Saufkumpans in der Hausgemeinschaft war meiner Produktivität nur förderlich.

»Ich bin gerade auf eurer Homepage«, informierte mich Inka nach ein paar Wochen per Telefonanruf. »Das sieht ja inzwischen schon richtig gut aus. Und das hast du dir alles selbst beigebracht? Hase, vielleicht solltest du umsatteln.«

Vielleicht hatte Inka da recht. Könnte ich statt Vorträgen über die Systematik der mittelhochdeutschen Lautverschiebung nicht beigebracht kriegen, wie ich mithilfe kaskadierender Stylesheets Hover-Effekte auf Textlinks in einer Subnavigation anwenden konnte? Im Berufsinformationszentrum des Arbeitsamtes Kiel-Mitte bat ich um einen Gesprächstermin bei einem der freundlichen und kompetenten Berater. Ich hatte allen Grund, skeptisch zu sein: In der neunten Klasse hatte mir der bekanntlich allwissende *BIZ*-Computer als alleinige Karrieremöglichkeit »Kirchenmusiker« vorgeschlagen und damit sämtliche beruflichen Ambitionen frühzeitig im Keim erstickt. Seine humanoiden Kollegen hatten hoffentlich bessere Einfälle.

Der kleine Glatzkopf am anderen Ende des Schreibtischs guckte zunächst ziemlich ungläubig. »Ich persönlich bin da vielleicht etwas konservativ, aber das mit dem Internet ist doch alles eine hohle Blase«, sagte er. *Hohle Blase*. Das war selbst im Jahr 2003 wirklich ein starkes Stück. Was musste man eigentlich machen, um Berufsberater zu werden? Zum Glück hatte ich an der Haltestelle vor dem *BIZ* schnell noch ein *Neptun* gekippt. Das

Schlimmste war, dass sich der Beamte alsbald selbst als studierter Germanist zu erkennen gab. Meine Güte, gab es in Kiel eigentlich irgendwelche Jobs, die nicht von Germanisten erledigt wurden?

»Grundsätzlich halte ich ja nichts davon, ein Studium so überstürzt aufzugeben«, erklärte der Experte. »Wir Geisteswissenschaftler haben doch so viele Möglichkeiten, wenn man ein bisschen Eigeninitiative an den Tag legt. Praktische Erfahrungen sammeln, das ist das A und O. Ich meine, wozu sind die Semesterferien denn da? Über Praktika kommt man zu freier Mitarbeit, dann zum Volontariat und schließlich zur Festanstellung. Der journalistische Bereich ist doch wie geschaffen für Akademiker! Ich hab auch klein angefangen, aber schon direkt nach dem Studium konnte ich ein paar Jahre vom Schreiben leben. Hab für *Rapido*, *Prinz*, das *Sylt Magazin* geschrieben und viel für den *Hinnerk*. *Hinnerk*, kennen Sie das?«

Ich schüttelte den Kopf, obwohl ich genau wusste, dass das ein Schwulenmagazin war. Irgendwie nahm das Gespräch eine seltsame Wendung. Dann öffnete er eine Schublade und holte ein Buch hervor. »Und daran habe ich nebenbei immer gearbeitet. Ist sogar ein Artikel drüber in den *Kieler Nachrichten* erschienen.« Mit glühenden Augen überreichte er mir das Werk. Es war eine Art Gay-Cityguide für den Großraum Kiel. Verlegen blätterte ich in dem Schinken herum. Warum zum Teufel hatte er sein dämliches Buch in der Schublade seines Arbeitsplatzes liegen? Endlich schien er zu merken, dass wir so nicht weiterkamen, und kam auf meine Idee mit dem Internet zurück. »Na schön, Webdesign, mal sehen ... Da hätten Sie im Prinzip die Möglichkeit einer betrieblichen Ausbildung zum Mediengestalter oder verschiedene schulische

Angebote. Kann das in ganz Deutschland sein oder in einer bestimmten Stadt?«

»In Kiel oder Hamburg ... Oder nein: Nur in Hamburg«, antwortete ich.

»Na gut, ich drucke Ihnen die Liste mal aus. In Hamburg sind die Ausbildungsplätze natürlich begehrt, aber es gibt dort mehrere Privatschulen. Die meisten sind allerdings sündhaft teuer, das kann ich Ihnen jetzt schon sagen. Diese hier ist kostenlos, eine staatliche Berufsfachschule. Die Ausbildung dauert zwei Jahre, allerdings dürfen Sie sich danach auch nur *Assistent für Screen-Design* nennen.«

Ich nahm den Wisch mit den Adressen und verabschiedete mich hastig. »Und bedenken Sie meine Worte!«, rief der Schwachkopf noch hinter mir her. Welche Worte er genau damit meinte, ließ er offen.

Am folgenden Wochenende bekam ich Besuch von meiner Mutter. Mein ursprünglicher Plan, ihr etwas von fulminanten Erfolgen an der Uni vorzuschwindeln, hatte eine kurzfristige Änderung erfahren.

»Du willst *WAS?!*« Meine Mutter ließ fassungslos den Löffel in den Kaffee fallen.

»Ich will mein Studium abbrechen, Mama.«

Wir hatten uns im Innenhof eines Cafés in der Holtenauer Straße verabredet, weil ich keine Lust gehabt hatte, meine versiffte Matratzengruft aufzuräumen. Jetzt saß meine arme Mutter in der herrlichen Frühlingsluft unter einem blühenden Kirschbaum und kriegte fast einen Herzinfarkt. »Aber warum denn, Nico? Du hast doch bisher immer gute Noten gekriegt.«

»Ja, schon. Aber ich hab eben auch diverse Kurse abgebrochen, weil ich gar nichts kapiert hab. Zum Beispiel diesen Lateinkurs, den schaff ich in tausend Jahren nicht.«

»Lernst du denn nicht genug? Oder konzentrierst du dich nicht richtig?«

»Doch. Also, na ja, ich versuch's. Aber dieses ganze Ding mit der Uni ... es liegt mir irgendwie nicht. Ich bin einfach kein Akademiker, Mama.«

Sie warf mir einen misstrauischen Blick zu. »Du hast wieder Musik gemacht, oder?« Es klang wie früher, als sie mich überführt hatte, heimlich *Knight Rider* geguckt oder bei *Schlecker* Brausepulver geklaut zu haben.

»Nein. Na ja, ein ganz kleines bisschen vielleicht, aber daran liegt es nicht.«

»Ach, Junge. Was soll das nur werden mit dir? Ich meine, was willst du denn jetzt machen?«

»Ich wüsste schon was. Webdesign!«

»Was für ein Design?«

»Webdesign, Mama. Internetseiten programmieren! Ich hab hier angefangen, mir 'n bisschen was beizubringen. Und alle sagen, ich hab Talent dafür.«

»Na, ich weiß ja nicht, Nico. Also, das Internetz, das ist ja schon die Zukunft, das habe ich erst neulich in der *Bild der Frau* gelesen. Aber kann man denn da Geld mit verdienen?«

»Und wie!«, tönte ich. »Das ist eine echte Zukunftsbranche! Und meinst du, mit 'nem Abschluss in Germanistik hätte ich mehr Chancen auf dem Arbeitsmarkt?«

»Da hast du wahrscheinlich recht, Nico ...«

»Ich war auch schon beim Arbeitsamt. Guck mal hier, diese Schule in Hamburg zum Beispiel kostet keinen Cent. Da kann ich nach nur zwei Jahren 'nen staatlich anerkannten Abschluss machen und gleich Geld verdienen!« Ich klang absolut überzeugend. Warum wurde ich eigentlich nicht selbst Berufsberater?

»Hm ... na ja, Nico. Scheint dir ja wirklich ernst zu sein damit. Aber ich muss da noch mit deinem Vater drüber sprechen ...«

Ich bestellte mir einen weiteren Kaffee, obwohl ich lieber ein Bier gehabt hätte. Meine Zukunft nahm wieder klare Konturen an, der Plan war wie folgt: Den Bandwettbewerb und Studioaufnahmen gewinnen, mit den Vorschusslorbeeren der besten Band Kiels, der professionellen Demo-CD und meiner neuen Freundin Krissi nach Hamburg gehen. Hamburg, das Tor zur Welt, die Stadt der *Hamburger Schule*, die Bands wie *Blumfeld*, *Die Sterne* und *Tocotronic* hervorgebracht hatte! Kiel war nur ein Sprungbrett, eine Durchgangsstation gewesen, in Hamburg würden die Dinge so richtig ins Rollen kommen. Was war dieser öde Amateurverein hier in Kiel gegen die aufregende, hochdynamische Musikszene Hamburgs, wo sich die größten Rocktalente der Republik tummelten? Dort und nirgendwo anders gehörte ich hin. Tagsüber würde ich an der Berufsfachschule an Webseiten rumschrauben, abends würde ich an Songs arbeiten, Halvar und vielleicht auch Martin würden ein- bis zweimal die Woche zum Proben nach Hamburg pendeln. Und falls meine Bandkollegen nicht mit dem Hin- und Hergefahre klarkamen, würde ich sie eben schweren Herzens ersetzen müssen, wofür es ja in Hamburg glücklicherweise einen nahezu unerschöpflichen Pool an hervorragenden Musikern gab.

Bis zum Plattendeal hätte ich erst mal noch meine Ausbildung als Webdesigner, welche mir ein geregeltes Einkommen und reichlich Kohle für bestes Musikequipment sichern würde. Der Rockstar aus der Internetbranche, das klang doch echt cool. Vielleicht würde ich meine Songs thematisch mit Anspielungen auf die digitale Revolution und das anbrechende Internetzeitalter anreichern. Was für ein Leben lag da schon wieder vor mir! Die Aufbruchs-stimmung ähnelte der, mit der ich vor einem Jahr nach Kiel gekommen war, ich fühlte mich zuversichtlich wie lange nicht. Einziger Dämpfer an der Sache war, dass ich sie erst einmal für mich behalten musste. Denn was, wenn *Galaktika* über die Zukunft der Band in Streit geraten und sich womöglich auflösen würden? Ich durfte nicht riskie-ren, dass Halvar und Martin beim Bandcontest halbherzig oder unkonzentriert zu Werke gingen. Erst nach der Preis-verleihung würde ich die Bombe platzen lassen, mitten hinein in die Euphorie unseres Sieges. So trug ich mein kleines Geheimnis mit einem Bündel aus Gewissensbissen mit mir herum, während wir nach wie vor probten, tran-ken und dumme Witze rissen, als ob alles für immer so weitergehen würde.

SÜDFRIEDHOF

Inka und Caro hatten ihrer Schimmel-WG endlich den Rücken gekehrt. Caro war zu Helge gezogen, und Inka fand eine neue Bleibe am Südfriedhof, in einer kommunenartigen WG mit sechs Bewohnern. Einzugsbedingungen waren eine linksorientierte Weltsicht, vegane Ernährungsweise sowie die Bereitschaft zu Gruppenaktivitäten wie Kiffen, Meditieren und politischer Diskussion – folglich erhielt Inka die sofortige Zusage. Die Kombination aus Einzugs- und Geburtstagsparty sollte ausgerechnet am Vorabend des Bandwettbewerbs stattfinden. Vergeblich hatte ich bei Inka um Terminverschiebung gebettelt, aber es half nichts: Halvar, Martin und ich würden uns nur mit halber Kraft abschießen können, um fit für den Gig des Jahres zu sein. Als Trostpflaster erhielten wir immerhin die Aussicht auf ein Unplugged-Konzert im WG-Wohnzimmer. Rob, der auch ohne Alkohol glänzend Frauen belästigen und einen Haufen Scheiße reden konnte, hatte sich als Fahrer zur Verfügung gestellt. Der Gigolo trug inzwischen einen modischen Kurzhaarschnitt, wahrscheinlich, um seine Seitensprungchancen zu optimieren. Während Rob auf der Fahrt nahezu hysterisch die Fortschritte seiner Band lobte, sah ich gelangweilt aus dem Fenster. Kiel-Südfriedhof stand im Ruf, das kommende Szeneviertel zu sein, mir kam es genauso trist und bedrückend vor wie der Rest der Stadt. Meine Bewerbung an der Screen-Design-Schule in Hamburg war angenommen worden, mit einem Bein in der Weltmetropole begann ich bereits, hochmütig auf meine Noch-Heimat und ihre kleingeistigen Bewohner herabzublicken.

An der Wohnungstür von Inkas Extremisten-WG begrüßte uns ein seltsamer Zettel:

ACHTUNG! FREMDALK IST UNERWÜNSCHT!!
GETRÄNKE GEGEN KLEINE SPENDE IN DER KÜCHE

»Was soll denn *der* Schwachsinn?«, schnaufte ich, den Partyproviant in Form einer Flasche Wodka in der Hand.

»Was hat dieser Fremdalk denn bloß verbrochen, dass er nicht mitfeiern darf?«, juxte Halvar.

»Sehr witzig. Ich hab keine Kohle mehr für kleine Spenden«, zischte ich und deponierte unseren Fremdalk hinter einem Blumentopf im Treppenhaus. Wenig später wurden wir von einer der linksradikalen WG-Bewohnerinnen über die Gründe der absurden Prohibitionspolitik aufgeklärt: »Die Etikettierung handelsüblicher Getränkeflaschen ist nicht vegan, da wird kaseinhaltiger Klebstoff eingesetzt. In der Küche haben wir aber eine Bar aufgebaut, da bekommt ihr im Austausch gegen einen Euro superleckeres Bier von einer kleinen Landbrauerei aus Projensdorf.«

Bier gegen Gebühr, was für eine Art von Sozialismus war das denn? So eine Dreistigkeit hätte ich nicht mal von BWL-Studenten erwartet, zumal sich das überteuerte Dorfgebräu als nahezu ungenießbar entpuppte. Wie sollten sich *Galaktika* da anständig auf ihr Konzert vorbereiten?

»Ich muss mich doch auch an die WG-Regeln halten«, meinte Inka nur, als ich mich über die miserablen Auftrittsbedingungen beschwerte. Immerhin wurde uns kostenlos frischer Tee aufgebrüht (»Yogi-Chai von den Hängen des Himalaya!«), den wir im Treppenhaus heimlich mit Wodka versetzten.

Unser Auftritt sollte in einem großen Raum stattfinden, der mit Matratzen, Kissen und Teppichen ausgelegt war, offenbar das Wohnzimmer der WG. Möglicherweise zählte

Gruppenkuscheln zu den Gemeinschaftsaktivitäten der Wohnkommune. Als Vorgruppe fungierte ein seltsamer dürrer Kerl, der auf einer Konzertgitarre mit der Aufschrift *Pop will save the world* eine Reihe grausamer selbst komponierter Songs im Stil von *Oasis* performte.

»Hast *du* den eingeladen?«, erkundigte ich mich bei Inka.

»Ich nicht und von den anderen auch niemand. Der lädt sich überall selbst ein und spielt ungefragt seine Sachen.«

Nach einer halben Stunde erklärte der Spinner seinen Auftritt zum Glück für beendet, und wir konnten die nicht vorhandene Bühne entern. Im Schneidersitz nahmen wir mitten im Raum Platz. Halvar bekam einen Satz Bongotrommeln ausgehändigt, Martin spielte seinen Bass über meinen winzigen Übungsverstärker. Die mir zugeteilte Akustikgitarre war mit Sonnenblumen und einem Gandhi-Zitat bemalt. Eigentlich fehlte nur noch, dass uns jemand Rastazöpfe flechten oder Strohhüte aufsetzen würde. Etwa zwei Dutzend Zuschauer lümmelten kiffend auf einem Ring aus Kissen und Matratzen um uns herum. Meine Güte, das war einfach nicht meine Welt. Wie immer war ich erleichtert, dass ich die Sechzigerjahre verpasst hatte.

So spielten wir, so gut es eben ging. Halvar hatte Mühe mit seinen Bongos, Martins Bass war durch meinen Witzverstärker kaum zu hören und ich verspielte mich andauernd auf der für mich ungewohnten Konzertgitarre.

Viel schlimmer jedoch war, dass unsere Zuhörer zwischen den Songs anfingen, mit uns zu diskutieren.

»Hat eure Musik jetzt irgendeine politische Aussage?«

»Das letzte Lied hatte aber deutlich chauvinistische Untertöne, finde ich.«

»Also, ich weiß ja nicht: ›Raketen werden fliegen‹, das ist doch reiner Militarismus, oder?«

Allein Helge verteidigte uns. »Das ist abstrakter Symbolismus, schon mal gehört? Komplett ungegenständliche Texte! Das ist *Kunst*, verdammt!«

Nach dem für alle Beteiligten unbefriedigenden Konzert beschlossen wir in einer kurzen Bandbesprechung einstimmig, uns trotz des morgigen Auftritts die Synapsen wegzuballern. Rob besorgte zwei Träger unveganes Bier von der Tanke und überließ uns freundlicherweise seinen *Mazda* als Rückzugsort. Gesprächsthema war natürlich der anstehende Bandcontest, zu dem auch *Trimmer* antreten würden. Sie hatten inzwischen sogar einen zweiten Gitarristen und Rob zufolge »einen neuen Hammer-Song, der auch bei *MTV* laufen könnte«. Der Komponist von Songs wie *Schwarzer Schnee* und *Blut auf meiner Haut* gab sich siegesgewiss. Gönnerhaft fuhr er erneut zur Tanke, um Bier und Zigaretten zu besorgen. Mich beschlich kurzzeitig der Verdacht, dass hier eine konkurrierende Band ausgeschaltet werden sollte, aber inzwischen war ich zu betrunken, um derart komplexe Theorien zu Ende denken zu können.

Als wir zur Party zurückkehrten, bot sich uns ein Bild des Grauens. Inka, Caro und Helge hatten bereits am frühen Abend Haschkekse gefuttert, welche nun ihre Wirkung entfalteten – mit durchaus unterschiedlichem Ergebnis. Inka lag weinend vor Rührung in ihrem Bett und dankte diversen indischen Gottheiten für »die besten Freunde, die man sich vorstellen kann«, Caro war in manische Flirtlaune verfallen und baggerte schamlos an den männlichen Gästen herum. Helge, komatös im Matratzenzimmer kauernd, bekam von alledem nichts mit. Halvar, der sich im Schnapsnebel wieder seiner großen Gefühle bewusst wurde, sah seine große Chance gekommen und führte Caro zum Einzelgespräch in die Küche. Ich nutzte die Zeit, um in Ruhe zu kotzen, und gurgelte anschließend mit veganer Zahncreme auf Löwenzahnbasis, wovon es mir fast noch einmal hochkam. Als ich mit dem Vorsatz, Landbier zu klauen, in die Küche schwankte, saß Halvar dort wie ein Häufchen Elend. »Scheiße!«, jammerte er. »Ich hab versucht, sie zu küssen!«

»Halvar, alter Aufreißer! Die Frau hat 'nen Freund!«

»Weiß ich doch, Mann. Aber wie sie so dasaß und so krass gelächelt hat, konnte ich nicht anders ...«

»Und?!?«

»Nix und. Sie meint, ich bin nicht ihr Typ und so. Gefühle rein freundschaftlich, dieser Scheiß halt ...«

»Oh Mann ... Ich hab dir doch gesagt, lass die Finger von der ...«

Plötzlich stand Inka in der Küche. Sie sah überraschend nüchtern aus. »Nico, komm mal kurz mit. Ich brauch deine Hilfe.«

Im Flur standen Caro und Rob, komplett angezogen. »Wir gehen auf den Friedhof!«, schrie Caro, im Gegensatz zu Inka schien sie sogar noch verstrahlter als zuvor.

»Wir gehen Geister jagen, haha!«, verkündete Rob, ein geiles Grinsen im Gesicht. Verdammt, was sollte das denn jetzt werden?

»Geh mit«, flüsterte mir Inka ins Ohr. »Nicht, dass Caro irgendwelchen Scheiß baut. Sie hat wieder ihren Baggerflash, und Rob wird das bestimmt ausnutzen.«

Bevor ich irgendetwas sagen konnte, rief Inka: »Nico geht mit!«

»COOOOOOL!«, kreischte Caro.

Rob lächelte bemüht, er schien eher wenig begeistert von der neuen Zusammenstellung der Expeditionsgruppe. Ich selbst hatte ebenso wenig Lust, Sittenwächter für einen notgeilen Narzissten und ein planiertes Partygirl zu spielen. »Warum gehst du denn nicht, Inka?«

»Ich kann doch schlecht von meiner eigenen Party abhauen. Außerdem störe ich ungern die Totenruhe. Schlechtes Karma und so.«

»Meinetwegen. Bei meinem Karma ist sowieso alles hoffnungslos«, seufzte ich und schnappte mir meine Trainingsjacke. In der Flasche hinterm Blumentopf fand ich immerhin noch etwas Fremdalk als Wegzehrung.

Der Friedhof lag gleich am Ende der Straße. Zu unserem Glück waren auch die Gassen des kommenden Szeneviertels zu dieser späten Stunde wie leer gefegt. Wir überwanden einen Außenzaun mit scharfen Metallspitzen, der Rob und mir um ein Haar sämtliche Entscheidungen in Bezug auf Kinderwunsch abgenommen hätte, dann standen wir auf dem stockfinsteren Friedhofsgelände. Und jetzt?

»Ich will mit den Toten sprechen!«, rief Caro und folgte einem der Wege ins Dunkel.

»Aber nicht so laut, verdammt«, mahnte ich. »Die Toten hören dich bestimmt auch so. Ich hab keinen Bock, die Nacht vor meinem Konzert in der Gummizelle zu verbringen.«

Wie sich herausstellte, waren nächtliche Friedhofsbesuche ohne den Einfluss bewusstseinsverändernder Drogen fürchterlich langweilig. Letztlich liefen wir durch einen dunklen Park, in dem ein paar Grabsteine standen. Die Toten waren tot, und sie würden es mit allerhöchster Wahrscheinlichkeit auch bleiben. Caro hingegen war vollkommen außer sich, ihre selbstsichere Radiostimme hatte sich in die einer hysterischen Zwölfjährigen verwandelt. »Ist das nicht Wahnsinn? Ich meine, wir laufen hier so durch die Gegend, und unter uns liegen *Tote!* Tausende von Toten! Und jeder von denen hat *gelebt!* Stellt euch mal vor, jeder von denen könnte uns jetzt seine Lebensgeschichte erzählen!«

»Ich bin eigentlich ganz froh, dass uns das erspart bleibt ...«, murmelte ich.

»Zum Beispiel der hier. Ich will jetzt eine Verbindung zu Wilhelm Karl Hansen herstellen. Wilhelm Karl Hansen, ich rufe deinen Geist! Sprich zu mir!«

Herrje, das war ja sogar mir peinlich. Auch Rob, der für den Verlauf der Nacht ganz andere Pläne gehabt hatte, war schwer genervt. »Hey, Schätzchen, der Typ ist tot. Der wird dir nicht antworten. Außerdem ist es arschkalt hier. Lass uns doch nach Hause, ich fahr dich rum ...«

»Nach Hause? Quatsch, jetzt geht's doch erst richtig los.« Plötzlich zeigte sie mit dem Finger in die Finsternis hinter uns. »Scheiße, Jungs, sind das etwa die Bullen da hinten?«

Erschrocken fuhren wir herum. Hinter uns lag eine Wand aus schwarzen Tannen, das Schweigen im Walde.

»Wo denn!?«, rief Rob. »Caro, da ist niemand! – Caro?!«

Als wir uns wieder umdrehten, sahen wir ihre Umrisse, die sich im Wahnsinnstempo auf ein Gebüsch zubewegten. »Fangt mich doch, Jungs!«, schrie die Flüchtige.

»Na, was? Hinterher!«, rief ich Rob zu, und wir nahmen die Verfolgung auf. Leider waren wir alles andere als sportlich, wie es sich für Vollblutmusiker gehörte. Gegen Caro, die Volleyball in der zweiten Bundesliga spielte, waren wir chancenlos. Schon nach kurzer Zeit war die manische Musikstudentin wie vom Erdboden verschwunden.

»Scheiße, ich glaub, wir haben sie verloren«, hechelte Rob.

»Glaub ich auch.« So schnell war ich nicht mehr gelaufen, seit ich letzten Freitag mein *Neptun* an der Kasse der *Shell*-Tanke vergessen hatte!

»Und jetzt?«, fragte Rob.

»Na was schon. Suchen!«

»Wozu denn. Die Tussi verarscht uns doch. Lass uns einfach zurückgehen.«

»Wir können die doch nicht hier allein auf dem Friedhof lassen.«

»Was soll ihr denn passieren? Glaubst du, so ein paar Zombies kommen aus der Erde und fressen sie?«

»Schnauze, Mann. Checkst du das nicht? Ich sollte auf sie aufpassen. Jetzt kann ich doch nicht zu Inka zurückkommen und sagen: Sorry, Caro ist noch irgendwo allein auf dem scheiß Friedhof.«

»Wahrscheinlich ist die längst schon wieder auf der Party und lacht sich über uns tot. Ich hab in sechzehn Stunden 'nen wichtigen Gig, so langsam muss ich mal pennen gehen.«

»Nix da. Wir müssen sie finden.«

»Dann such mal schön weiter. Viel Spaß. Bis morgen in der *Pumpe*, falls du hier je wieder rausfindest.«

Rob machte den Abgang, und ich stand nachts um halb drei allein auf dem Hauptfriedhof einer schlafenden norddeutschen Stadt, ratlos in der Dunkelheit, über mir der Mond, der mich scheinbar auslachte. Eine Weile irrte ich auf gut Glück durch das sprichwörtlich totenstille Gelände. So allein war es hier doch ein wenig verstörend, die Gegenwart von so viel Tod deprimierte mich. Tausend Leben, tausend gescheiterte Träume, tausendmal Schulden, Scheidung, Schmerzen. Raucherbein, Diabetes, Krebs. Das Bedrückendste an diesem Ort aber war, dass der überwiegende Teil der Begrabenen sein Ende in Kiel gefunden hatte. In Kiel zu leben war ja schon traurig genug, in Kiel zu sterben musste der Gipfel der Trostlosigkeit sein. Ich leerte die Flasche, die kurz darauf als Grabschmuck für einen gewissen Erwin Hinrichs Verwendung fand. Vielleicht war Herr Hinrichs selbst durch die Flasche ins Grab gebracht worden und prostete mir jetzt aus der Hölle zu, so genau hatte ich mir noch nie Gedanken über das Leben nach dem Tode gemacht. Ich hatte ja Mühe genug zu verstehen, was *vor* dem Tode mit uns passierte.

Von Caro jedenfalls keine Spur. Ich rief ein paar Mal dezent in die Nacht, ohne Antwort zu erhalten. Inzwischen hatte ich nicht mehr die leiseste Ahnung, wo ich war. Langsam fragte ich mich, ob ich eigentlich noch nach Caro suchte oder schon dabei war, einen Ausweg aus diesem gottverlassenen Labyrinth zu finden.

Schließlich öffnete sich vor mir ein kreisrunder Platz, in der Mitte zwei weiße, über zwei Meter hohe Monolithe. Der Weg führte einmal im Kreis drum herum, es war eine Sackgasse. Am Wegesrand standen Blumen und Grablichter, der Mond tauchte den Platz in ein silbernes, gespenstisches Licht. Was die surreale Szenerie aber perfekt machte, war Caro, die mit ausgebreiteten Armen vor den Monolithen im Mondlicht lag. Sie bewegte sich nicht, auch nicht, als ich mich näherte.

»Caro! Scheiße, alles okay?«

Ich beugte mich über sie. Ihre Augen waren starr in den Sternenhimmel gerichtet.

»Es ist sooo friedlich hier«, flüsterte sie vor sich hin.

»Friedlich? Von wegen. Du hast mir ganz schön Angst eingejagt ...«

»Komm, wir nehmen Kontakt mit dem Universum auf.«

»Heute nicht, Caro. Steh auf, wir gehen zurück. Inka dreht doch durch vor Sorgen.«

»Gib mir wenigstens noch 'ne Zigarette.«

»Ich hab keine Zigaretten.«

Jetzt setzte sie sich auf und sah mich an. »Hey, Nico, hab ich dir schon mal gesagt, dass du auf der Bühne verdammt heiß aussiehst?«

Mir fiel darauf keine Antwort ein, denn in diesem Augenblick war ich vollauf damit beschäftigt, sie nicht ebenfalls verdammt heiß zu finden.

Jetzt bemerkte ich auch die kleine weiße Engelsfigur, die jemand an den Wegesrand gestellt hatte. »Bau keinen Scheiß, du Vollspaten!«, rief der Engel mir zu, ich konnte es deutlich in meinem Kopf hören. »Bau keinen Scheiß, sie lebt mit ihrem Freund zusammen, und der ist der größte Fan deiner dämlichen Band!«

Ich hörte so konzentriert zu, dass ich nichts tat, als Caro sich Trainingsjacke und T-Shirt auszog. Tattoos, dachte ich nur noch, sie hat ja überall Tattoos. Tattoos auf der Brust, auf dem Bauch, auch auf ihren Armen, die mich jetzt zu ihr nach unten zogen, immer weiter nach unten zogen. Ich glaube, ich wollte noch etwas sagen, etwas furchtbar Kluges wie »Wir dürfen das nicht« oder »Das ist keine gute Idee«, aber da waren meine Lippen schon auf ihren, ihre auf meinen, und der Rest ergab sich von selbst.

OFFENER KANAL

Am Nachmittag fanden meine Bandkollegen ihren verwüsteten Frontmann in seinem ebenso verwüsteten Schlafgemach vor. Irgendjemand musste sich hier unerlaubt Zutritt verschafft, Kuschelmusik von *Coldplay* in Dauerschleife angeschmissen und den Papierkorb vollgekotzt haben. Als Zeuge zur Rekonstruktion der Ereignisse war ich eher unbrauchbar, lag ich doch zusammengekrümmt in einer Bierlache unter dem Schreibtisch, eine ausgelaufene *Beck's*-Dose umklammernd. *Beck's* und *Coldplay*? Offenbar waren meine Promillewerte in astronomische Dimensionen vorgestoßen. Ich murmelte irgendwas von wegen Rock-'n'-Roll-Lifestyle und mentaler Vorbereitung, dann wurde ich zur Kernsanierung unter die Dusche und schließlich ins Bandmobil abkommandiert.

Für die Anfahrt zur *Pumpe* brauchten wir dank der weitläufig abgesperrten Innenstadt ewig. Ein massiver Sommerregen hielt die Besucher der *Kieler Woche* natürlich nicht davon ab, sich mal wieder wie eine Horde zugekokster russischer Matrosen auf Puffexkursion zu benehmen. Vergeblich täuschte ich auf der Rückbank einen komatösen Schlaf vor, Halvar aber hatte bezüglich des Verlaufs des Vorabends Klärungsbedarf. »Was ging bei euch eigentlich noch? Ich hab irgendwas von 'ner Friedhofsparty gehört ... Als Caro wiederkam, war sie total fertig, hat kaum noch was gesagt. Scheint ja 'nen ziemlichen Horrortrip gehabt zu haben ...«

»Keine Ahnung, wir haben uns da irgendwie verloren. Weiß ja nicht mal, wie ich selber nach Hause gekommen bin ...«, murmelte ich, und das stimmte zur Abwechslung sogar: Meine inneren Aufzeichnungen von allem, was nach dem Zwischenfall mit Caro passiert war, waren großflächig ausradiert.

»Hauptsache, du bist nachher auf der Bühne in Form«, mahnte Halvar. »Zieht euch das rein, Leute: Der *Offene Kanal* filmt das ganze Konzert! Wir kommen ins Fernsehen, Jungs!«

An der kleinen Bar im Kellergeschoss der *Pumpe* stimmten wir uns mit ein paar *Flensburgern* auf die bevorstehende Fernsehkarriere ein. Mit jedem Schluck kam ich mehr in Auftrittslaune, ein herrlich emotionaler After-Kater-Rausch setzte ein. Feierliche Abschiedsstimmung lag in der Luft, zumindest für mich. Beinah hätte ich aus dem Sack gelassen, dass mich eine Zukunft in Hamburg erwartete, in der meine Bandkollegen wahrscheinlich keine allzu große Rolle mehr spielen würden. Nach dem Gig, sagte ich zu mir, warte bis nach dem Gig, bring hier um Himmels willen jetzt keine Unruhe rein.

Ich kam auch gar nicht dazu, irgendetwas aus dem Sack zu lassen, denn plötzlich entdeckte ich Klaas und Anja an der Bar, Händchen haltend. Anscheinend gab es nun doch kein deutsches Hostel in den Highlands und keine weitere Boutique in Berlin, vielleicht hatte Simone de Beauvoir sich in Sachen Anja nicht genug angestrengt. Klaas grinste breit, er trank Tonic Water, womit er mir weltmännisch zuprostete, als hätte er einmal zu oft *Casablanca* geguckt. Mit meinem *Flensburger* und einem unangenehmen Gefühl im Verdauungstrakt ging ich zum Aushilfs-Bogart und seiner Ingrid Bergman rüber. Anja lächelte verhalten, dennoch sah sie wie generalüberholt aus. Sie trug eine kecke Kurzhaarfrisur und schien wieder ein paar Kilo zugelegt zu haben. Auch sie hielt ein Tonic Water umklammert.

»Nico, alter Rockstar!«, begrüßte Klaas mich überschwänglich. »Wir wollten natürlich deinen großen Auftritt nicht verpassen. Go, *Galaktika*, go!«

»Danke, Mann.«

»Außerdem haben wir was zu feiern. Sagst du es ihm, Schatz?«

Anja legte sich eine Hand auf den Bauch und lächelte noch verlegener. Mein Mageninhalt meldete dringende Entleerungswünsche an.

»Ich bin ...«, hob Anja an.

»Ja, ich seh schon«, unterbrach ich sie und bemühte mich, ihr nicht in die Umstandsmode zu kotzen.

»IST DAS NICHT FANTASTISCH!?«, brüllte Klaas. »Ein kleiner Klaas oder eine kleine Anja, und *ich* hab das Wunder des Lebens in ihren Bauch gezaubert! Ich bin *potent*, Alter!«

»Wie lange ... also, wie weit bist du denn?«, fragte ich Anja fachmännisch.

»Fünfzehnte Woche«, gab sie kleinlaut zur Antwort, es klang beinah, als würde sie ein Verbrechen zugeben.

Ich rechnete nach. Klaas musste den Braten unmittelbar nach unserer Nacht im *Tamen-T* in die Röhre geschoben haben. Anscheinend hatten die Unzertrennlichen sich auf ziemlich intensive Weise miteinander versöhnt. Ich musste an Maren denken und fragte mich, warum bei den Frauen sofort der Vermehrungsinstinkt einsetzte, nachdem sie mich abgeschossen hatten. Gottverdammt, was war das Leben doch für eine beschissene Seifenoper.

Ich entschuldigte mich damit, dass ich jetzt wichtige Auftrittsvorbereitungen zu erledigen hätte, ging dabei aber nicht unnötig ins Detail. Eine schnelle Entspannungsmasturbation auf dem Herrenklo wäre jetzt genau das Richtige, um mich wieder auf den Wettbewerb zu fokussieren! Wozu meditieren, wenn man masturbieren konnte?

Zunächst einmal erleichterte ich mich anderweitig an einem Pissoir, das zu meiner hellsten Freude mit frischen Spülsteinen gespickt war. *WC Frisch Zitrus*, das erriet meine Kennernase sofort. Während ich beschwingt strullend die heilsamen Chemiedämpfe inhalierte, musste ich an meine erste, hochromantische Begegnung mit Krissi auf dem Herrenklo denken. Ein paar selige Sekunden lang schien es so klar wie Klospülung, dass sich der Kreis heute Nacht schließen und ich mit Pokal und Traumfrau nach Hause gehen würde. Ich war derartig high, ich konnte sogar dem Idioten vergeben, der die ungefähr zwei Dutzend *Trimmer*-Aufkleber in Augenhöhe über dem Pissbecken angebracht hatte und mit hoher Wahrscheinlichkeit Rob hieß.

Als ich zum autoerotischen Teil des Toilettenbesuchs übergehen wollte, bemerkte ich die Gestalt in der Ecke neben dem Kondomautomaten. Sie war dürr und gebückt und hatte entfernt Ähnlichkeit mit Helge. Aber das war nicht Helge, der sanftmütige Deutschlehrer, der größte *Galaktika*-Fan des bekannten Universums: Das hier war eine Art Anti-Helge, ein wutschnaubender Brutalo-Nerd mit Schaum vor dem Mund.

»Na, Jensen«, zischte der Wüterich, »endlich fertig gepisst? Wir beide müssen uns mal unterhalten.«

»Helge, was ...« Ich wusste nicht, wie ich den Satz beenden sollte. Ohnehin unterbrach Helge mich mit heiserer, dröhnender Stimme, er klang, als hätte man einen Verzerrer hinter seinen Kehlkopf geschaltet.

»Du Wichser hast mit meiner Freundin rumgemacht.«
Woher zum Teufel ...?

»Woher ...«, fiel es aus mir heraus, »ich meine, woher willst du das wissen?«

Heilige Scheiße, das klang ja wie ein Schuldeingeständnis. Ebenso gut hätte ich »Ja, *und wie* ich mit ihr rumgemacht habe!« herausschreien können.

»Weil sie es mir gesagt hat. Sie war dicht, und du Arsch hast das eiskalt ausgenutzt«, knurrte mein Ankläger.

Da es keinen Sinn mehr machte, irgendwas abzustreiten, versuchte ich mich an einer Art Schadensbegrenzung. »Moment mal, Helge. Ich kann das erklären. Die ganze Sache ging von *ihr* aus.«

»Und wenn schon. Dazu gehören immer zwei.«

»Mann, ich war doch selbst total voll. Außerdem hatte ich überhaupt keinen Bock auf den scheiß Friedhof. Ich meine, wo warst *du?* Wenn du auf sie aufgepasst hättest, würde sie auch nicht in der Gegend rumvögeln.«

Helge rutschte die Kinnlade schier bis zur Südhalbkugel. »Hä, was? Wieso rumvögeln? Davon hat Caro nix gesagt.«

AUTSCH. Jetzt war ich selbst gespannt, wie ich mich da wieder rausquatschen würde. »Ach, hat sie nicht? Na ja, äh, vergiss, was ich gesagt habe. Eigentlich war da fast gar nix. Ich meine, wir haben ja nur ... Äh, Helge? Du willst mich doch jetzt nicht schlagen, oder?«

Natürlich wollte er das nicht! Wie konnte ich so was von einem überzeugten Pazifisten wie Helge denken? Gut, er hatte die Faust geballt und zitterte am ganzen Körper, der arme Junge sah aus, als hätte er gerade ein *Sportfreunde-Stiller*-Konzert in voller Länge mit ansehen müssen, aber mal ehrlich: Man erfuhr ja auch nicht jeden Samstagabend, dass die eigene Freundin mit dem Frontmann der lokalen Lieblingsband auf Friedhöfen fremdvögelt, sein erregter Gesamtzustand lag also im Bereich des

Verständlichen. Hatte ich ein Glück, dass der gute alte Helge körperliche Gewalt zur Konfliktlösung entschieden ablehnte!

Er schrie etwas wie »ICH BRING DICH UM!«, bevor mich seine rechte Gerade direkt überm linken Auge traf. Ich fühlte nichts, denn es ging alles sehr, sehr schnell. Das eben noch so grelle Deckenlicht wurde immer dunkler, die ganze Decke kam ins Rutschen, rutschte an mir vorbei, unter mir hindurch, und dann wurde ich müde, unfassbar müde. Mein letzter Gedanke war: Überraschend bequem, dieser Fliesenboden, wieso haben wir so einen denn nicht im Studentenwohnheim, dann war alles weg.

WETTBEWERBSVERZERRUNG

In einem großen, schummrigen Raum kam ich wieder zu mir. Wenn das die Hölle war, so würde es mir hier ganz ausgezeichnet gefallen: Ich lag auf einer Ledercouch, vor mir ein Tisch voller belegter Brötchen und allerlei Alkoholika. In den Ecken des Raumes entdeckte ich weitere Sitzgruppen und einen Haufen junger, zumeist langhaariger Männer. Wahrscheinlich würden mich gleich Kurt Cobain und Jim Morrison herzlich im Club der toten Musiker begrüßen. Da fiel mir jedoch auf, dass ich irgendetwas Kaltes am Kopf hatte. Jemand, der aussah wie Martin, hielt mir einen Eisbeutel an den Schädel, mir gegenüber erkannte ich ein ernstes Gesicht, das Halvar zu gehören schien. Auf dem Weg ins Rock-'n'-Roll-Walhalla hatte ich offenbar einen Zwischenstopp im Backstagebereich der *Pumpe* eingelegt. Die Wirklichkeit hatte mich wieder, und sie war alles andere als angenehm. Mein Gehirn schrie vor Schmerz, als würde es in einer Schraubzwinge stecken. Meine linke Augenbraue abzutasten erwies sich als großer Fehler: Ebenso gut hätte ich mir einen elektrischen Schlag verabreichen können. In beiden Gehörgängen tobte sich ein durchgehender, schriller Pfeifton aus. Meine Zunge fühlte sich dick und filzig an, wie mit Pelz überzogen.

»Bier ...«, röchelte ich.

»Na bitte, da ist er wieder«, hörte ich Halvars Stimme.

»Könnte 'ne Gehirnerschütterung sein. Alkohol ist da jetzt vielleicht nicht so gut«, meinte Martin.

»Schnauze, Mann«, keuchte ich und entriss Halvar das bereits geöffnete *Flensburger*.

»Dein Auge sieht ja böse aus, Kollege«, sagte der hochgewachsene, kahlköpfige Mann, der plötzlich bei uns stand. »Ihr lebt wohl das echte Rockstar-Leben, vor dem

Auftritt erst mal 'ne zünftige Schlägerei, haha! Ich bin übrigens Uwe, der Veranstalter.«

Er reichte mir seine riesengroße Hand, die ich kraftlos schüttelte. »Und, wie sieht's aus, wirst du spielen können, Kollege?«

»Klar kann ich«, war meine Antwort, obwohl ich erhebliche Zweifel daran hatte. Ich hätte mir in meinem Zustand nicht mal die Schuhe binden können.

»Super, dann werden wir mal gnädig sein und euch ganz ans Ende setzen. Damit du dich vorm Auftritt noch 'n bisschen ausruhen kannst. Und wenn's dir doch schlechter geht, sag Bescheid …«

»Nee, alles super, bloß 'n bisschen Kopfweh«, log ich. Uwe dampfte ab.

»Was war denn da vorhin los, Mann?«, fragte Halvar. »Wir haben irgendwen brüllen gehört, und dann lagst du da bewusstlos auf dem Klo. Wer zum Teufel war das?«

»Weiß nicht …«, murmelte ich. »Irgendein Typ von der Party gestern, der meinte, ich hätte was mit seiner Alten gehabt. Muss mich verwechselt haben.«

Halvars Blick verfinsterte sich. »Du hattest aber nichts mit Caro, oder?«

»Ich?«

»Wer denn sonst, du Arsch. Ich meine, ihr wart zusammen auf dem Friedhof und so …«

»Quatsch, Alter. Rob war doch dabei. Da war nix, Mann …«

Bevor kurz darauf die erste Band angesagt wurde, begutachtete ich auf dem Klo noch das Ausmaß meiner Verunstaltung. Sicher, mit diesem aus medizinischer Sicht beeindruckenden Augenring hätte ich als Komparse in einem Zombiefilm mitwirken können, andererseits unterstrichen derartige Blessuren doch nur meine Reputation als wilder Rock-Rebell. Zufrieden bezog ich mit Halvar und Martin einen Beobachtungsposten in Barnähe und genoss die verschämten Blicke der Schaulustigen: »Der Typ da mit dem krassen Auge, ob der heute auch hier auftritt? Wenn seine Musik so interessant ist wie er aussieht, muss seine Band ja was ganz Besonderes sein ...«

Was die Qualität der Konkurrenz anging, hatte sich im Vergleich zum Vorjahr wenig geändert: Auf der für Kieler Verhältnisse riesenhaften Bühne spielte eine bemühte Amateurkapelle nach der anderen brav ihre drei Songs runter. Die heilsame Kombination aus Bier und den größten Hits der Bandapotheke machte sich bemerkbar, meine Verfassung verbesserte sich. Sanft bedröhnt und nahezu schmerzfrei schlenderte ich zur Bar. Dass man sich als Wettbewerbsteilnehmer kostenlos besaufen konnte, rechtfertigte schon beinah die Mitwirkung an diesem Kleinkunstkarneval.

Ich orderte drei Tequilas ohne das bescheuerte Salz und die nutzlosen Zitronen, als mich von hinten eine wohlbekannte Stimme ansprach. »Na, Herr Rockstar? Vor dem Auftritt noch 'ne Runde Prügel bezogen? Sag bloß, es gab Probleme mit der Fanbasis.«

Inka, auch das noch. Jetzt sollte mir der krankenhausreife Kopf wohl auch noch gewaschen werden.

»Hör mal, Inka. Das ist alles ein großes Missverständnis ...«

»Bemüh dich nicht, Casanova. Caro hat mir detailliert Bericht erstattet.«

»*Sie* hat angefangen«, stellte ich klar. »Außerdem wolltest *du* ja unbedingt, dass ich mit auf den dämlichen Friedhof gehe.«

»Ach Nico, wie ich das an dir hasse. Immer sind es die anderen. Inka war schuld, Caro war schuld, der Wodka war schuld, meine schwere Kindheit war schuld ...«

»Lass das, Inka. Sag mal lieber ... was hat Caro eigentlich genau erzählt?«

»Ach, mal wieder 'nen Filmriss gehabt? Wundert mich nicht, damit machst du es dir ja immer schön einfach. Dabei gibt es ja diesmal nicht besonders viel, an das du dich erinnern müsstest.«

»Wie meinst du das?«

»Na ja, Nico, offensichtlich haben du und Caro deine sexuellen Fähigkeiten unter Alkoholeinfluss etwas zu hoch eingeschätzt. Zum Glück für alle Beteiligten, muss man sagen. Ach, du hast deine Unterhose heute Morgen doch hoffentlich gewechselt, oder?«

Ich wusste nicht recht, ob ich vor Scham in den Tresen beißen oder vor Erleichterung auf ihm herumspringen sollte. »Das heißt, Caro und ich haben gar nicht ...?«

»Nein, Mister Vorzeitige Ejakulation. Das dicke Auge hast du dir trotzdem verdient, und das sagt dir eine glühende Gandhi-Anhängerin.«

»Hör zu, Inka, wir reden später weiter. Ich muss mich jetzt auf den Auftritt vorbereiten«, erklärte ich und griff nach den Schnapsgläsern.

»Ach, Nico ...« Inka sah auf einmal verändert aus, eher barmherzig als böse. »Ohne diesen ganzen Rockstar-Quatsch könntest du ein so netter Kerl sein.«

»Pah. Dieser Rockstar-Quatsch, wie du es nennst, das *bin* ich, Inka. Ohne das bin ich nur ein einfacher Junge aus einer kleinen Stadt. Wart's ab, nachher auf der Bühne wirst du sehen, was ich meine.«

»Ich kann's kaum erwarten. Ach, und was später weiterreden angeht ... Ich weiß irgendwie gar nicht, ob ich das noch will.«

»Wie jetzt?«

»So, wie ich's sage. Anscheinend kommst du ja inzwischen ganz gut alleine klar. Vielleicht sollten wir die Betreuung mit sofortiger Wirkung einstellen.«

»Wie du meinst. Ich brauch auch niemanden, Inka. Nur meine Musik und endlich ein kleines bisschen Erfolg.«

»Na dann, viel Glück, Nico.« Inkas Augen glänzten schon wieder so komisch. Meine Güte, ich hatte mich jetzt um Wichtigeres zu kümmern als um diesen studentischen Gefühlsquark. Mit einem filmreifen Naserümpfen ließ ich meine Ex-Betreuerin am Tresen stehen und brachte meinen Bandkollegen ihren Tequila – beziehungsweise das, was ich auf dem Weg zu ihnen noch davon übrig gelassen hatte.

Einige Schnäpse später bekamen *Calling Julia* ihre großen fünfzehn Minuten. Ich hatte schon im Vorfeld des Wettbewerbs gehört, dass *Mousetrap* sich aufgelöst hatten und Jule in einer neuen Band spielen würde. Und in was für einer: Sie hörten sich beinahe professionell an. Jule hatte drei versierte Musiker an Land gezogen, sie spielten eingängige Popsongs im Stil von *Die Happy* oder *No Doubt*. Die Frontfrau sah in ihrem Glitzerkleid aus wie eine Oscargewinnerin und sang, als hätte sie ein Kurzpraktikum bei Mariah Carey absolviert. Auch Halvar und Martin trauten Augen und Ohren kaum.

»Nicht übel, ey.«

»Die sind scheiße gut.«

»Und wenn schon«, blaffte ich. »Das ist doch glattgebügelter Weichspülpop. Denen fehlt doch das gewisse Etwas ...«

Gleich im Anschluss gaben sich *Trimmer* die Ehre. Auch hier wurden wir kalt erwischt: Sie waren ebenfalls eine ganze Spur besser geworden. Jetzt als Quartett hatten sie sich endgültig auf Nu Metal eingeschossen, der Sound klang noch härter und satter, und der neue Gitarrist mit seiner roten Irokesenfrisur sah aus wie frisch vom Set eines Cyberpunk-Films eingekauft. Als ebenso genial erwies sich der Schachzug, Rob die Gitarre wegzunehmen. Er lieferte in seinen idiotischen Army-Shorts und dem bis zum Bauchnabel aufgeknöpften Hemd eine beachtliche Bühnenshow ab, zudem sang er ohne Klampfe nahezu fehlerfrei. Dass er immerfort Schwachsinnigkeiten wie »Kiel, seid ihr gut drauf?« und »Ich will die Hände sehen!« ins Publikum warf, unterstrich letztlich nur noch die geballte Souveränität dieses Auftritts.

»Wow, die Jungs machen sich.«

»Jo, ganz geil.«

»Die stecken wir in die Tasche«, beteuerte ich. »Okay, sie sind besser geworden, aber das wirkt doch viel zu arrogant und gekünstelt. Wir müssen halt sympathischer und authentischer rüberkommen ...«

Die Chance dazu bot sich uns kurz vor Mitternacht: Als letzte Band des Teilnehmerfelds beorderte Uwe uns auf die Bühne. Jetzt war er da, der Moment, auf den ich so lang gewartet hatte, der Moment, um endlich abzuheben in den Sternenhimmel des Ruhms!

Ich war fest entschlossen, das Konzert meines Lebens abzuliefern, aber als ich von oben in den Saal hinabblickte, fühlte ich mich wie auf einem Schafott. Alle waren sie da, Inka, Klaas und Anja, Rob und *Trimmer*, Jule und *Calling Julia*, die *Cadillacs* und sogar Krissi. Vor ihr durfte ich am allerwenigsten versagen. Nein, das war kein Publikum, das war eine erbarmungslose Meute, die nur darauf wartete, mich untergehen zu sehen. Zu allem Übel ging auch noch der Schwachkopf vom *Offenen Kanal* direkt neben der Bühne in Stellung und hielt seine elende Kamera wie ein Maschinengewehr auf mich angelegt.

»Leg los, Nico!«, krähte Halvar hinter seinem Schlagzeug, aber ich stand vor dem Mikro wie in Gips gegossen: Totaler Blackout. Ich wollte eine Ansage machen, bekam aber keinen Ton heraus. In meinem Hirn war nichts als schwarzer Glibber. So viel stand fest: Im Hier und Jetzt würde ich unter diesen Umständen kein Konzert zustande bringen. Also tat ich das, was ich in den letzten anderthalb Jahren bis zur Perfektion eingeübt hatte: Ich bildete mir ein, ich wäre bereits berühmt.

Ich schloss die Augen und wurde umgehend zum Rockstar. Jetzt stand ich auf der Bühne des Olympiastadions, unter mir die Menge, deren stetige Verehrung mir die Kraft gab, mich für sie aufzuopfern. Die Akkorde flossen aus meinem Kopf in meine Hände, von dort in den Verstärker und hinaus in den Saal, der Song spielte sich nahezu von selbst. Mit zusammengekniffenen Augen sang, schrie, seufzte, klagte und predigte ich, ein Rock-'n'-Roll-Messias, der sich für seinen großen Traum die Seele aus dem geschundenen Leib rockte. In diesen fünfzehn goldenen Minuten kam es mir vor, als sei ich bereits am Ziel, im Rock-Olymp, bei den Göttern. Ich war der Star, der in der Zeitung steht, der fünfte Beatle, der Elvis unter den Presleys, der Cobain der Cobains. Ich spielte ein Konzert, von dem die Zuschauer noch auf dem Sterbebett ihren Enkeln berichten würden, die Frauen schrien sich die Kehlen wund vor Verlangen nach ihrem Sexidol, doch die Frau meiner Träume wartete hinter der Bühne, Krissi, meine Muse und Ehefrau, die Liebe meines großartigen Lebens, die Mutter meiner neunundneunzig hochtalentierten Kinder, die eines Tages selbst mit ihren Bands für Furore sorgen würden. Es war ein langer Weg gewesen vom Studentenwohnheim zur Stadiontournee, aber all das Bier, der Schweiß und die Tränen, die trüben Tage an der Uni und die verlorenen Nächte im *Tucholsky*, es hatte sich alles ausgezahlt. Rock 'n' Roll war Krieg, aber ich hatte Martin und Halvar an meiner Seite, meine fabelhaften Freunde, die zahllose Bühnenschlachten mit mir geschlagen hatten, sie ritten dieselbe Welle, sie waren Teil des Traums, Teil von *Galaktika*, der größten Rockband der Menschheitsgeschichte. Derart versunken in meine Zukunftsvision war ich, dass ich unsere drei Songs wie im Rausch runterspielte, plötzlich waren unsere fünfzehn Minuten Ruhm auch schon vorüber. Meine Augen brannten vor Schweiß, als ich sie wieder öffnete. Statt der hunderttausend Stadionbesucher sah ich nun wieder auf höchstens hundert hinunter, doch die applaudierten herzlich, gemessen an unseren bisherigen Gigs applaudierten sie sich sogar die Finger wund.

»Dafür, dass du mit 'ner halben Gehirnerschütterung gespielt hast, nicht übel«, urteilte Halvar beim Abbauen. »Auf jeden Fall unser bestes Konzert. Nur die Ansagen ...«

»Ansagen, hä?« Ich konnte mich nicht erinnern, welche gemacht zu haben.

»Na ja: ›Olympiastadion‹? ›Hallo Berlin‹? Sollte das etwa witzig sein oder wie?«

»Oh ... ja, sorry. Ich hab mich da in was reingesteigert ...«

Bis zur Siegerehrung mussten wir jetzt nur noch die Darbietung der amtierenden Champions überleben, ohne eine drastische Erhöhung des Alkoholpegels natürlich ein Ding der Unmöglichkeit. Überraschenderweise traten auch die *Cadillacs* in neuer Besetzung auf. Und in was für einer: Krissi schien vom Bandmaskottchen zum Bandmitglied aufgestiegen zu sein! Mit einem opulenten Outfit im Stil einer Südstaatenprinzessin und einem Lächeln irgendwo zwischen Lampenfieber und Vollrausch nahm sie leicht schwankend Aufstellung vor einem der Mikroständer. Krissi übernahm die zweite Stimme, hatte sogar ein paar Soloparts. Überraschenderweise konnte sie überhaupt nicht singen, sie hörte sich an wie ein bekiffter Pfingstspatz im Stimmbruch. Wer war auf die hirnverbrannte Idee gekommen, sie in die Band aufzunehmen? Ob sich dieses André-Arschloch auf diese Weise für erwiesene sexuelle Gefälligkeiten bedankte? Mir wurde schlagartig übel. Jetzt musste ich mich anscheinend doch noch übergeben. Ich wandte mich ab und ging zurück Richtung Backstageraum, vorbei am Jurypult, wo die notgeilen Altrocker beim Anblick der talentfreien Sexgöttin offenkundig kurz vor der kollektiven Spontanejakulation standen. Zum Glück spielten die *Cadillacs* dieses Jahr außer Konkurrenz, gegen Krissis Reize wäre selbst die Qualitätsmusik von *Galaktika* mit hoher Wahrscheinlichkeit chancenlos gewesen.

Hinter der Bühne war alles ruhig. Offenbar wollte sich niemand das peinliche Gerumpel der Titelträger entgehen lassen. Im Flur entdeckte ich plötzlich, dass jemand an eine der Türen einen Zettel geklebt hatte:

JURY ONLY!!!

Tja, die Jury saß ja nun gerade vollversammelt draußen, um sich unter dem Richterpult einen auf Krissi zu hobeln. Spaßeshalber drückte ich die Klinke herunter. Die Tür war überraschenderweise offen. Ich lugte vorsichtig hinein: In dem fensterlosen Raum war niemand. Vor mir stand ein Tapeziertisch voller Bierflaschen, Schreibzeug und Knabberkram, in seiner Mitte ragte eine halb leere Flasche *Glenfiddich* auf. Unglaublich, wir *Rockförde*-Sklaven wurden mit *Flensburger Pils* abgespeist, während die Herren Preisrichter sich in ihrem Kabuff den erlesenen Whisky gönnten. Neben der Flasche, kaum halb so groß, stand ein gitarrenförmiger Pokal, der aussah, als hätte ihn ein betrunkener Metallarbeiter in der Mittagspause zusammengelötet. Falls ich die Wahl haben sollte, ich würde mir nach unserem Sieg statt der erbärmlichen Trophäe lieber den Schnaps überreichen lassen.

Gerade, als ich mir aus Gründen der Gerechtigkeit einen Schluck genehmigen wollte, entdeckte ich den Schuhkarton am hinteren Ende des Tisches. Er war weiß und unscheinbar, hatte jedoch einen Schlitz an der Oberseite. Moment mal, wurde die Abstimmung etwa in geheimer Wahl mit so einer lächerlichen Papp-Urne durchgeführt? Die wahrscheinlich durch und durch korrupten Jurymitglieder schienen sich gegenseitig nicht über den Weg zu trauen. Ich hob den Deckel ab. Erstaunlicherweise lag am Boden des Kartons eine Handvoll Zettel. Ich griff einen heraus und sah die Namen aller zwölf Bands, mit einem Kästchen zum Ankreuzen davor. Auf diesem Zettel hatten *Calling Julia* ein Kreuz erhalten. So weit funktionierte mein vermöbeltes Hirn noch, dass ich mir der Sachlage bewusst werden konnte: Sie hatten bereits abgestimmt, und die Ergebnisse lagen hier in diesem Pappkarton! Sicher, in jeder Sekunde konnte ein ungehaltener Preisrichter in der Tür stehen, aber es war zu spät: Eine unbezähmbare Neugier packte mich, jetzt musste ich einfach wissen, wer gewonnen hatte. Hastig zählte ich durch: *Galaktika* hatten zwei

Stimmen erhalten, *Trimmer* ebenfalls zwei und *Calling Julia* … drei, verdammte drei Stimmen.

Das war es also, das amtliche Endergebnis. *Calling Julia* hatten gewonnen, nicht *Galaktika*. Wir waren nur Zweiter, und selbst den verschissenen zweiten Platz mussten wir uns mit *Trimmer* teilen! Hatten diese Pseudo-Experten etwa zu tief in den *Glenfiddich* geguckt? Verdammt noch mal, wir waren so gut gewesen! Vor Wut brannte alles in mir. Das hier war der wahrscheinlich bitterste Moment, seit ich im Kindergarten beim Halma gegen Wiebke Möller verloren hatte. Zweiter Platz oder letzter, das war völlig egal: Verloren war verloren. Und alles nur wegen einer einzigen Stimme! Wenn das Jury-Arschloch auf diesem Wahlzettel hier zum Beispiel statt *Calling Julia* einfach *Galaktika* angekreuzt hätte …

Nanu, was war das denn? Zu meiner eigenen Überraschung stellte ich fest, dass ich mir Radiergummi und Bleistift gegriffen, das Kreuz bei *Calling Julia* wegradiert und bei *Galaktika* neu gesetzt hatte. Das Ganze hatte nur zwei Sekunden gedauert, aber der Wahlausgang hatte sich zu unseren Gunsten verschoben: *Galaktika* drei, *Calling Julia* und *Trimmer* je zwei Stimmen. Da verstummte draußen die Musik. Jeden Moment konnte die Jury zurückkehren, um die Auszählung vorzunehmen! Ich setzte den Deckel wieder auf den Karton und hastete raus auf den Flur, wo ich zu meinem ursprünglich angedachten Kotzplan zurückkehrte.

Nico, Nico, was für eine Nummer, dachte ich nur, als ich mir nach erfolgreicher Erleichterung kaltes Wasser ins Gesicht spritzte. Ließ sich das Schicksal wirklich so leicht austricksen? Hatten sie die Stimmen vielleicht doch schon längst ausgezählt? Lieber Rock-'n'-Roll-Gott, betete ich, das hier muss einfach klappen. Niemand hatte es mehr verdient als ich!

In seiner albernen Abschlussrede dankte Uwe von der Putzfrau bis zum Ministerpräsidenten so ziemlich jedem, der nur im Entferntesten etwas mit dem beknackten Wettbewerb zu tun haben könnte. Schließlich überreichte ihm eines der Jurymitglieder unter dem hysterischen Applaus der Anwesenden einen Umschlag, und der Gewinner konnte verkündet werden. Meine Güte, sie zelebrierten den dämlichen Provinzpreis wirklich wie eine Oscarverleihung. Halvar und Martin starrten wie hypnotisiert zur Bühne, sie sahen aus, als ob sie einer religiösen Zeremonie beiwohnen würden.

»Ladies and Gentlemen, ich verkünde nun den Sieger des *Rockförde* Bandcontest 2003. And the Winner is …«, hob Uwe an, fischte einen Zettel aus dem Umschlag und machte die zu erwartende theatralische Pause. Provinzveranstaltung hin oder her: Ich nässte mich beinahe ein vor Anspannung.

»And the Winner is …«

»*Galaktika, Galaktika*«, murmelte ich wie ein Mantra vor mich hin. Uwe schließlich schmetterte in den Saal:

»*GALAKTIKA!!*«

Na also! Ich stieß einen kurzen Schrei aus, irgendwas zwischen »JA!« und »ALTER!«, das im Ergebnis wie »JALTA!« klang. Wir hatten wirklich gewonnen!

»Krass«, kommentierte Martin trocken.

»Verdammte Scheiße!«, schrie Halvar und wuchtete mir seine gut 90 Kilo in die Arme. »Wir haben's geschafft, Mann! Nico, ich wusste es!«

Der Saal explodierte. Eine Flutwelle aus Applaus brandete über uns hinweg, alle Augen waren auf uns gerichtet, während das gute alte *We Are the Champions* aus den

Lautsprechern dröhnte. So fühlte sich das also an. Da war er endlich, der Moment, auf den ich so lange und so hart hingearbeitet hatte! Ich hatte es geschafft, war am Ziel meiner Träume, am Ende des Regenbogens. Es war ein Gefühl für die Götter. Erfolg, Erfolg, endlich Erfolg!

Wir erklommen die Bühne, und ich nahm den Pokal in Empfang. Da standen wir nun, die verdienten Sieger! Halvar strahlte, wie ich ihn noch nie hatte strahlen sehen, und sogar Martin schien sich so etwas Ähnliches wie ein Lächeln abzuringen. Was für eine Nacht! Ich reckte den mickrigen Pokal in die Höhe, als wäre es der *MTV Music Award*, denn für einen Moment war er das. Wir waren die Könige von Kiel, die Könige von Deutschland, ach Quatsch: Des ganzen verdammten Universums.

»Eine Rede!«, schrie irgendjemand.

»Ja, eine Rede, Nico!«, ein anderer, offenbar Klaas.

Eine Rede? Kein Problem! Was für ein Zufall, dass ich diesen Moment seit Wochen wieder und wieder in meinem Kopf durchgespielt hatte. »Meine sehr verehr...«

FIIIIIEEEEEEP!!

Hoppla. Rückkopplung. Ein schrilles Pfeifen jagte durch meinen Gehörgang, und dann spürte ich eine Art Knall im Kopf. Plötzlich war alles verrutscht, unscharf und schwankte. In mir dröhnte und rauschte es, ich fühlte mich in etwa so, wie ich nach meinem Knockout im Backstageraum erwacht war. War das jetzt doch die von Martin beschworene Gehirnerschütterung? Ich stand immer noch am Mikro, wollte irgendetwas sagen, brachte aber nur »Ich ...« heraus, gefolgt von irgendeinem Geröchel. Ich blickte mich hilfesuchend zur Seite um, zu Halvar, aber Halvar war nicht mehr da. An seiner statt stand ein Mann mit langen schwarzen Locken und Schnauzbart, in Schlag-

hose, Cowboystiefel und eine bunte Hippie-Weste gekleidet. Er kam mir seltsam bekannt vor.

»Nico, Kumpel, wat is dat bloß mit dir?«, sagte der Typ
mit schnarrender Stimme im Ruhrpott-Akzent. »Dafür hab
ich dir nich Gitarre beigebracht, dat du hier so 'n Kappes
abziehst. Musik musste ausm Herz raus machen, nich wegen Ruhm und Pokale und so 'n Zeugs!«

»Wer … wer sind Sie denn?«, stammelte ich.

»Kumpel, haste wat anner Rübe? Ich bin der Peter,
Peter Bursch, dein Gitarrenlehrer, und getz hömma endlich auf mit dem Mumpitz und geb dat Dingen zurück!«

»Hör nicht auf den komischen Kauz!«, rief jemand von
der anderen Seite. Ich fuhr herum und sah dort, wo eben
noch Martin gestanden hatte, einen kleinen Mann mit
Halbglatze im schwarzen Anzug. Auch ihn hatte ich irgendwo schon einmal gesehen. »Alles richtig gemacht,
Junge! Du hast den Dreh raus!«, krächzte das Männlein,
seine Sprechweise klang schroff und zugleich irgendwie
schmierig. »Dieses Geschäft ist dermaßen hart, da muss
man seine Chancen eben ergreifen! Und glaub mal nicht,
dass ein Ralph Siegel ohne kleine Tricks ganz nach oben
gekommen wäre … Für den absoluten Erfolg musst du dich
von diesem moralischen Ballast frei machen! Und jetzt sag
artig Danke, nimm den scheiß Pokal und genieß deinen
Triumph!«

Jetzt ist es so weit, dachte ich nur, jetzt bin ich endgültig
durchgedreht. Ich presste die Augen zusammen und
hoffte, dass die Wahnvorstellungen verschwinden würden. Als ich jedoch wieder runter ins Publikum sah, wurde
alles noch schlimmer: Ich schaute in die Gesichter der
Leute, aber es war, als würde ich hundertfach in mein eigenes Gesicht gucken, wie in Hunderte von Spiegeln. Nico
an Nico an Nico.

»Ich ...«, nahm ich einen erneuten Anlauf. Konzentrier dich, verflucht! Nimm den Rat von Ralph Siegel an: Sag einfach Danke, nimm deinen blöden Pokal und feier dir die Leber blutig. »Ich wollte ...«

Im Saal war es jetzt totenstill, wie auf einer Beerdigung. Die hunderttausend Nicos da unten warteten gebannt, was das denn nun war, das ich wollte.

»Ich wollte sagen, dass wir ...« Ich drehte mich zur Seite, wo jetzt wieder Halvar stand, er sah völlig verzweifelt aus.

»Nico, was ist los, Mann? Alles okay?«

»Nee, Halvar ... Hier ist gar nix okay«, keuchte ich, und dann krachte irgendetwas in mir zusammen. Ich drehte mich wieder ans Mikro. »Ich wollte sagen, dass wir den Preis nicht annehmen.«

Eine Welle aus »Hä?« und »Was?« schwappte durch die *Pumpe*. »WAAAS??«, hörte ich Halvar neben mir brüllen. »Nico, was soll der Scheiß?«

»Lasst mich das kurz erklären ...«, stammelte ich ins Mikro. »Es tut mir leid, aber wir sind nicht die Gewinner. Eigentlich haben *Calling Julia* gewonnen.«

»Nico, was zum Teufel redest du da?«, schrie Halvar.

»Ganz ruhig, Kollege! *Ihr* habt gewonnen, hier steht's«, rief Uwe und zeigte mir den Zettel mit unserem Bandnamen. »Geht's dir gut, Junge?«

»Ich weiß, das klingt jetzt komisch«, rief ich in Richtung Publikum. »Aber ich muss jetzt so was wie ein Geständnis ablegen. Ich habe ... Also, ich hab die Wahl manipuliert.«

Zweite Welle aus »Was?« und »Hä?«, diesmal eher wie ein Tsunami. Im ganzen Saal brodelte Stimmengewirr.

»DU HAST WAS??«, schrie Halvar mich an.

»Ich bin in den Juryraum eingebrochen und hab die Wahlzettel manipuliert. Eigentlich sind wir nur Zweiter geworden, mit *Trimmer* zusammen. *Calling Julia* sind die echten Gewinner.«

Kurze Stille.

»Betrüüüger!«, schrie irgendjemand.

»Ist das wahr?!«, fragte Uwe kreidebleich.

Jetzt riss ich das Mikro aus seiner Halterung und lief damit auf der Bühne herum, wie ein irrer Prediger oder Motivationscoach. »Ja, es stimmt. Ich habe betrogen. Ich hab die Ergebnisse gesehen und wollte es nicht wahrhaben. Weil wir nicht gewonnen haben, obwohl wir so gut waren wie noch nie. Ich wollte so gerne gewinnen ... nur ein einziges Mal, verdammt. Seit ich vor einem Jahr hier nach Kiel gekommen bin, ist nichts so gelaufen, wie ich es mir vorgestellt hatte. Mein Studium lief beschissen, meine Band hat keine Auftritte gekriegt, ich hab mich in eine Frau verknallt, die sich nicht mal meinen Namen merken kann. NICO, ich heiße NICO, ist das so schwer, verdammt?«

Ich hielt kurz inne und blickte ins Publikum. Immerhin, die Leute trugen jetzt wieder ihre eigenen Gesichter, aber die sahen wahlweise fassungslos oder schadenfroh aus.

»Ich heiße Nico, und ich bin ein Betrüger. Ich hab die Wahl manipuliert, aber das war nicht das erste Mal, dass ich betrogen habe. Ich hab meiner Mutter versprochen, dass ich in Kiel keine Musik machen würde, und hab mir hier sofort eine Band gesucht.«

»Böser Junge!«, schrie jemand.

»Dann hab ich meinen Schlagzeuger durch eine gefälschte Mail aus seiner alten Band fliegen lassen, weil ich unbedingt mit ihm Musik machen wollte.«

»ICH HAB'S GEWUSST!!«, brüllte Halvar.

»Tja, und als ich dann meine Band hatte, konnte ich das Lügen nicht lassen. Zum Beispiel hab ich meinen Jungs verheimlicht, dass das heute hier unser letztes Konzert ist, weil ich nach Hamburg ziehen und ohne sie weitermachen werde.«

»WAAAS??«, brüllte Halvar.

Martin regte sich nicht, starrte nur ausdruckslos auf den Boden.

»Und dann hab ich unserem größten Fan gestern Nacht die Frau ausgespannt.«

»DU ARSCHLOCH!!«, brüllte Halvar.

»Geile Sau!«, schrie irgendwer im Publikum.

»Das sind alles Sachen, auf die ich nicht stolz bin. Ich weiß auch nicht, wie ich das alles wiedergutmachen kann. Ich kann einfach nur sagen, dass es mir leidtut. Was ich gelernt habe, ist ... Tja, dass ich einfach nicht so gut bin, wie ich dachte. Ich bin kein großer Musiker, ich werde auch nie einer sein. Ich bin nur ein dummer, egoistischer Junge, der nichts auf die Reihe kriegt. Aber bald schon bin ich weg, keine Sorge. Ich werde hier nicht noch mehr Schaden anrichten. Kiel kann ja auch nichts dafür, dass ich so ein Idiot bin. Es tut mir leid. Und jetzt fällt mir auch nichts mehr ein.«

Ich hängte das Mikro zurück und schlich mit hängenden Schultern und eingezogenem Kopf von der Bühne, wie ein Verbrecher, der sich in allen Anklagepunkten schuldig bekannt hatte. Mir fiel auf, dass ich immer noch den bescheuerten Pokal in den Händen hielt, mir war danach, das Ding über meinen eigenen Schädel zu dreschen. Stattdessen ging ich zu *Calling Julia* und drückte der verdutzten Jule die Trophäe in die Hand.

Dann wollte ich nur noch verschwunden sein. Durch die Menge bahnte ich meinen Weg zum Ausgang, es war ein Spießrutenlauf durch wüste Beschimpfungen und Gelächter, aber nichts davon drang mehr zu mir durch, während ich aus der *Pumpe* flüchtete, raus in den Regen, in die schwarzen Straßen der Stadt, die mich nun endgültig besiegt hatte.

PARK FICTION

In Hamburg war alles größer. Die Häuser, der Hafen, die Schiffe, der Kiez, die Bars, die Bands, die Egos der Leute, der Anteil Geistesgestörter an der Gesamtbevölkerung. Ein paar von ihnen zum Beispiel hatten am Elbufer mehrere meterhohe Metallpalmen aufgestellt und diesem skurrilen Versammlungsort der linksalternativen Szene den Namen *Park Fiction* gegeben. Unter einer dieser Palmen saß ich mit Inka, die anlässlich eines Vorstellungsgesprächs für ein Praktikum am ethnologischen Museum in meiner Wahlheimat weilte. Wir hatten uns seit dem Bandwettbewerb vor sechs Wochen nicht mehr gesehen.

»Mensch, Nico, ich bin ehrlich erstaunt«, sagte Inka und deutete zaghaft auf meine *Afri Cola*, als handle es sich um einen Atomwaffensprengkopf. »Ich meine, du bist so anders geworden. Also, mal abgesehen von den kurzen Haaren und diesem scheußlichen, karierten Hemd ... Ich glaube, seit wir uns kennen, hab ich dich noch nie mit einem alkoholfreien Getränk in der Hand gesehen.«

»Ich weiß, Inka, ich mache eine seltsame Phase durch«, gab ich zu. »Nüchtern nach sechzehn Uhr, ich sage dir, eine einzige Grenzerfahrung. Musste aber mal sein. Ist ja zum Schluss alles ein bisschen ausgeartet ... Aber ohne die Sauferei krieg ich auch viel mehr auf die Kette.«

»Ich freu mich für dich, Hase«, sagte Inka und hob ihr *Astra*. »Aber wenn ich hier ein Belohnungsbierchen auf meinen Praktikumsplatz trinke, ist das ja hoffentlich okay?«

»Kein Problem. Das Schlimmste hab ich schon hinter mir. Am ersten Abend hier in Hamburg stand ich kurz vor einem Toilettenreiniger-Tonic, aber jetzt fühl ich mich eigentlich ziemlich gut.« Ich nahm einen Schluck von meinem klebrig-süßen Szenegetränk und fragte mich wieder mal, warum diese sogenannten Softdrinks allesamt derart abscheulich schmecken mussten. Dass ich abgesehen von ein oder zwei Rückfallbierchen seit dreiunddreißigeinhalb Tagen abstinent war, konnte niemand weniger glauben als ich selbst.

»Was sind denn das für Sachen, die du jetzt auf die Kette kriegst?«, fragte Inka endlich.

»Ach weißt du, ich hab da so ein kleines Projekt am Laufen«, erklärte ich, schwer bemüht, nicht allzu euphorisch zu klingen. »Eine neue Webseite. Mal sehen, was draus wird.«

»Was für eine Webseite denn?«

»Na ja, ich hab mir gleich nach meinem Umzug erst mal so ein Stadtmagazin gekauft. *SZENE Hamburg*, stell dir vor, das heißt wirklich so. Und jetzt kommt's: Die Titelstory nannte sich *Szeneguide für Insider*. Zuerst hab ich das für einen Witz gehalten, aber die meinten das vollkommen ernst. Und da hatte ich die Idee, das Ganze mal auf die Spitze zu treiben, mit so einer Art satirischem Stadtmagazin. Muss mich hier natürlich noch 'n bisschen einleben und recherchieren, aber die ersten Artikel sind schon geschrieben ...«

»Nico, Nico, immer noch ganz der Alte. Irgendwie mag ich ja deinen Ehrgeiz. Irgendein großes Projekt musst du immer am Start haben ...«

»Na ja, das ist jetzt kein großes Projekt«, spielte ich meinen brillanten Einfall herunter. »Obwohl ... ich könnte mir schon vorstellen, dass was draus wird. Fun-Seiten sind im Netz gerade ein großes Ding. Und du hast doch immer gesagt, wie gut ich schreiben kann. An der Berufsschule hab ich nur lächerliche 28 Wochenstunden, da bleibt mir nebenher noch ordentlich Zeit für die Seite.«

»Klar, Hase. Ich hoffe ja nur, dass du in dieser Stadt etwas weniger Schaden anrichten wirst als in unserem armen kleinen Kiel.«

Verlegen knibbelte ich am Etikett meiner Colaflasche. »Wie geht's denn Caro und Helge?«

»Ich dachte schon, du fragst nie. Stell dir vor, die zwei sind jetzt endgültig auseinander. Aber bevor du dir Hoffnungen machst: Caro hat schon einen Neuen. So einen Schnösel vom Radio ... Helge stand zwei Wochen lang jeden Abend besoffen bei ihnen am Fenster, aber inzwischen hat er wohl eingesehen, dass Caro einfach nicht gemacht ist für was Festes. Glaub mal nicht, dass du ihr einziger Ausrutscher warst ...«

»Ach, nein?«

»Also, da war der Volleyballtrainer, der Dozent für systematische Musikwissenschaft, der Tätowierer mit dem gigantischen Penis ...«

»Okay, genug. So genau will ich's auch gar nicht wissen.«

»Ich hatte damals einfach gehofft, dass wenigstens unsere Freunde die Finger von ihr lassen würden. Aber Schwamm drüber, du bist schließlich auch nur ein Mann, oder besser gesagt, du bist dabei, einer zu werden.«

Ich hörte kaum noch hin, da mir eine viel wichtigere Sache unter sämtlichen Nägeln brannte. »Hast du ... Hast du in letzter Zeit eigentlich mal Halvar gesehen?« Seit dem Fiasko beim Bandwettbewerb hatte sich mein Lebensabschnittsdrummer nicht mehr bei mir gemeldet und ich mich, aus Angst vor einer Abfuhr, auch nicht bei ihm. Halvar musste in Bezug auf meine Person schwer missgestimmt sein, und ich wusste nicht einmal, ob nun wegen Caro, meiner Schummelei beim Wettbewerb, der E-Mail-

Affäre oder den zahllosen anderen Böcken, die ich geschossen hatte.

»Ich hab ihn neulich bei Robs Geburtstag getroffen«, sagte Inka. »Schien ihm ziemlich gut zu gehen. Du weißt also gar nichts von der neuen Band?«

»Neue Band?«

»Na ja ... Halvar, Martin und Rob machen jetzt Musik zusammen.«

»Wie bitte?!?« Es hätte mich erheblich weniger schockiert, wenn Halvar einen veganen Schnellimbiss im *Tucholsky* betreiben oder als transsexueller Varieté-Tänzer im *Garden Eden* auftreten würde.

»Ernsthaft, Hase. Sie heißen *Scars & Needles*. Oder war es *Needles & Scars*? Egal, Rob war so enttäuscht vom zweiten Platz beim Bandwettbewerb, dass er *Trimmer* noch am selben Abend aufgelöst hat. Er meinte irgendwas in der Richtung, dass englischsprachige Musik jetzt wieder im Kommen sei. Tja, und da Halvar und Martin ja auch ohne Band dastanden ...«

»Klar, warum auch nicht ...«, murmelte ich und merkte schlagartig, wie fern mir Kiel, die Musik und das alles inzwischen war.

Plötzlich grinste Inka. »Dass Halvar eine Freundin hat, wusstest du also auch noch nicht ...?«

»Halvar? Eine Freundin?!« So langsam wurde es richtig abenteuerlich.

»Ja, so ein Emo-Mädel. Hat er vor ein paar Wochen bei der Semesterabschlussparty getroffen, da stand sie hinter der Bar. Die Kleine benutzt ein bisschen viel Bleichcreme für meinen Geschmack, aber Halvar war hin und weg ...« Das konnte natürlich nur ein Witz sein. »Kein Witz!«, kreischte Inka. »Die zwei sind wohl richtig fest zusammen, große Gefühle und so. Wurden sogar schon beim romantischen Picknick im Schrevenpark gesichtet, da haben sie sich gegenseitig mit Weintrauben gefüttert und so gruselige Pärchensachen ...«

»Ich glaub, ich spinne. Halvar, der alte Hengst!«

»Ja, und deswegen denk ich, es wäre vielleicht ein ganz guter Zeitpunkt, dich mal wieder bei ihm zu melden, jetzt wo er auf so ekligen rosa Wolken durch die Gegend schwebt. Wahrscheinlich wartet er nur darauf. Ihr zwei Spinner wart doch immer ein Herz und eine Seele.«

»Haha. Ich weiß, schlimmer als ein altes Ehepaar.« Jetzt wurde ich fast ein wenig sentimental, zumal auch noch die Sonne wie eine matschige Blutorange über dem Hamburger Hafen unterging. »Weißt du, Inka, trotz allem, es war doch irgendwie eine schöne Zeit in Kiel. Beschissen, aber schön. So wie das ganze Leben.«

»Mensch, Nico, ich wusste doch immer, dass in dir eine philosophische Ader ruht. Vielleicht solltest du statt deinem Spaßmagazin lieber ein Buch schreiben, Hase.«

»Bloß nicht«, wehrte ich ab. »Wenn mich die Germanistik eins gelehrt hat, dann, dass nur absolute Schwachköpfe Bücher schreiben ...«

Später, nachdem ich Inka zum Bahnhof gebracht hatte, fuhr ich mit der S-Bahn zurück nach Eilbek, den sterbenslangweiligen Stadtteil, in dem ich eine winzige Einzimmerwohnung bewohnte. Ich dachte an Halvar, Martin, Caro und all die anderen, und zum ersten Mal fühlte ich mich ein wenig einsam in meinem neuen Leben. Sogar diesen Penner Rob, die Flachzangen von *26 Degrees* und meine dämlichen Mitbewohner aus dem Studentenwohnheim vermisste ich irgendwie.

Als ich am S-Bahnhof Hasselbrook ausstieg, vibrierte es plötzlich in meiner Hose. Nach kurzem Schock zog ich das dunkelblaue *Nokia* aus der Tasche und wurde mir zum ersten Mal richtig bewusst, dass nun auch ich zu diesen völlig verblödeten, geltungsbedürftigen Besitzern eines Mobiltelefons gehörte. Das Leben war wirklich vollkommen unvorhersehbar.

Nachdem ich ungefähr eine halbe Minute überlegt hatte, was im Falle eines eingehenden Anrufes zu tun sei, erwischte ich schließlich den richtigen Knopf.

»Ja? Hallo?«

»Hi, spreche ich mit Nico?«, krächzte eine Männerstimme aus dem Apparat, der wie durch ein Wunder kein Kabel brauchte. Außer Inka und meiner Mutter, die meine ständige Erreichbarkeit in der Halbweltmetropole Hamburg als Bedingung für die Finanzierung meiner achtundzwanzig Quadratmeter einforderte, hatte ich noch niemandem meine Handynummer mitgeteilt.

»Äh, ja. Wer ist denn da? Halvar, bist du das?«

»Was, wer? Nein, hier ist Olli. Ich ruf an wegen der Gitarre.«

»Wegen was? Ach so, ja ...« Jetzt erinnerte ich mich an den Zettel, den ich vor ein paar Tagen in einem Musikgeschäft auf St. Pauli aufgehängt hatte.

»Ist sie noch da?«

»Ja, ist noch da. Du bist der erste Anrufer ...«

»Ah, cool. Also, kann ich sie mir angucken?«

»Äh, klar. Jederzeit.«

»GEIL! Welche Ecke ist das denn?«, schrie der Typ in den Hörer.

»Eilbek. Nähe Hasselbrook.«

»ECHT? Ist ja cool, in der Nähe wohn ich. Wie sieht's aus, kann ich heute noch rumkommen?«

»Äh ... ja, wieso nicht ...«

»GEIL, derbe Sache!«

Etwa zwanzig Minuten später stand eine Milchsemmel von höchstens achtzehn oder neunzehn bei mir auf der Matte. Er trug Seitenscheitel, Trainingsjacke und ein *Tocotronic*-Shirt. An irgendjemanden erinnerte er mich, ich wusste nur nicht genau, an wen.

»Dreihundert Euro, dann gibt's die Gitarrentasche und den Übungsverstärker dazu«, erklärte ich und wies auf die *Fender Mexican*, die frisch poliert im Gitarrenständer neben meinem Schlafsofa thronte. Die zahlreichen Aufkleber wie *Meine Freunde sind der letzte Dreck* und *Wer ficken will, muss freundlich sein* hatte ich inzwischen rückstandslos entfernt.

»Derbes Teil!«, japste der Jungspund. »Kann ich sie mal in die Hand nehmen?«

»Nur zu.« Ich hob die Klampfe aus ihrem Ständer und wollte sie dem Knilch überreichen, hielt dann aber kurz inne. Für einen Augenblick war alles wieder da: Die *Pumpe*, der Südfriedhof, Caros Tattoos, die Hippie-WG, die Bluse von Evelin Blum, Marias Moussaka, Martins *Volvo*, die Sterne über dem Dach des Wohnheims, der Proberaum, das *Tucholsky*, der Schweinestall, Krissis betrunkenes Lächeln, Inka und die Gänse am Schreventeich, Halvars Dachkammer und das elektronische Schlagzeug, meine Mutter am Steuer des Umzugswagens und zuletzt mein altes Kinderzimmer, in dem ein junger Mann sich im Spiegel betrachtete, ein junger Mann mit einer Gitarre und einem Traum.

»Haha, magst sie gar nicht mehr hergeben, was?«, unterbrach mich der andere junge Mann, der vermutlich auch ein oder zwei Träume hatte. »Viele Erinnerungen?«

»Ja … viele Erinnerungen«, murmelte ich.

»Versteh ich, Mann. In so 'nem Instrument steckt ja irgendwie auch immer 'ne Geschichte.«

»Ja. Eine ziemlich lange sogar.«

»Erzähl sie doch. Also, falls du gerade nichts anderes vorhast.«

Und ich hatte gerade nichts anderes vor.

KAPITELÜBERSICHT